पारसमणि

पारसमणि

रमेश चंद्र

प्रकाशक : **युवा हिंदी**

भवन संख्या 2/42 (दूसरी मंजिल), अंसारी रोड, दरियागंज, नई दिल्ली-110002

 / संस्करण : प्रथम, 2025 / पेपरबैक मूल्य : तीन सौ रुपए

मुद्रक : आर-टेक ऑफसेट प्रिंटर्स, दिल्ली आवरण : विरेंद्र कुमार नागर

PARASMANI *Stories* by Shri Ramesh Chandra ₹ 300.00 (PB)

Published by **YUVA HINDI**

An imprint of **Namaskar Books**

Building No. 2/42 (Second Floor), Ansari Road, Daryaganj, New Delhi-2

ISBN 978-93-94871-32-8

समर्पण

माँ और बाबूजी

बाबूजी से छिपाकर मुझे अपनी हँसुली (तब औरतों के गले में पहना जानेवाला चाँदी का आभूषण) देते हुए माँ बोली—जा, अपनी जिंदगी जी ले। इससे मिले पैसों से मैंने मुंबई की ट्रेन पकड़ ली। बहुतों की तरह मैं भी हीरो बनने गया था। स्वीकारता हूँ, मैं सफल न हो सका। अरसा बाद जब लौटा तो घर क्या, गाँव में भी पैर रखने की हिम्मत न हो रही थी। जिंदगी के कई साल रेत की तरह मुट्ठी से फिसल चुके थे। बेस्ट सेलर बुक की शीर्षक कथा 'भिखना पहाड़ी' में जिस बहरे बाबूजी का जिक्र मैंने किया है, ठीक उसी तरह मेरे साथ भी हुआ। मैं बाबूजी को पकड़ देर तक रोता रहा।

मैं हारकर लौटा था, लेकिन बाबूजी ने हार नहीं मानी। उन्होंने मुझे नए सिरे से सोचने और जीवन जीने के लिए तैयार किया।

—**रमेश चंद्र**

संघर्ष और संवेदना की कहानियाँ

आज जबकि ढेर सारी कहानियों से कहानीपन के गायब होने की शिकायत की जाती है, कथाकार रमेश चंद्र की कहानियाँ किस्सागोई शैली की वजह से अपनी अलग ही पहचान रखती हैं। हालाँकि रमेश चंद्र जी को कथा के हलके में आए हुए कुछ ही वर्ष हुए हैं, लेकिन कम समय में ही उन्होंने अपनी पहचान पुख्ता कर ली है।

रमेश चंद्र की कहानियों से होकर गुजरना एक सुखद हवा के झोंके का अहसास कराता है। लोक संवेदना उनकी कथाओं की विशिष्टता हुआ करती है और गाहे-बगाहे उनमें लोक-संस्कृति की झाँकी पाठकों को अभिभूत किए बगैर नहीं रहती। इसके मूल में है उनकी गँवई सोच। दरअसल, उन्होंने ग्रामीण जीवन को शिद्दत से जिया है और आज भले ही वह नगर-महानगर में जी रहे हों, पर उनके भीतर आज भी गाँव जिंदा है और तभी गाँव की खट्टी-मीठी स्मृतियाँ उनकी कथा-भूमि को उर्वरता एवं जीवंतता प्रदान करती हैं।

'पारसमणि' शीर्षक ताजा कहानी-संग्रह की सत्रह कहानियाँ मौजूदा दौर के ऊबड़-खाबड़ विश्वसनीय यथार्थ के अनवरत संघर्ष और संवेदना की कहानियाँ हैं, जिनमें युवा पीढ़ी की जीवन-शैली, जद्दोजहद और बार-बार की नाकामियों के बीच से फूटती कामयाबी की ललछौंही किरण जीने की सार्थकता एवं जूझने की शक्ति देती है।

शीर्षक 'पारसमणि' कहानी-संग्रह की सबसे लंबी और ऐसी प्रभावी विशिष्ट रचना है, जो संघर्षशील युवाओं को कभी निराश-हताश न होने और पूरे दमखम, आत्मविश्वास से लैस होकर मंजिल की ओर अहर्निश अग्रसर होने की खातिर अभिप्रेरित करती है। हर दृष्टि से दबे-कुचले, आर्थिक विपन्न

परिवार के पारस और मणि अपनी विलक्षण प्रतिभा एवं हर काल–परिस्थिति से जूझते हुए टूट–टूटकर भी जुड़ जाने का माद्दा रखते हैं और अंततः पारस व मणि की कामयाबी तथा एकाकार हो पारसमणि के रूप में दोनों का दांपत्य जीवन समाज के लिए प्रतिमान साबित होता है।

कथाकार ने इस कहानी के माध्यम से पाटलिपुत्र की ऐतिहासिक धरोहरों से भी पाठकों को रू–ब–रू करवाया है और शहर में येन–केन–प्रकारेण प्रतियोगी परीक्षाओं की तैयारी करते युवा परिस्थितिवश बार–बार गाँव लौटते हैं। गँवई लोक–जीवन में दूध–पानी से मिले लोकगीत, लोक–संस्कृति की बानगी कथासूत्र को सरस व जीवंत बनाती है। आजकल नशाखुरानी गिरोह के शिकार हो रहे नवयुवकों के प्रति भी कथाकार ने आगाह किया है, जिसकी बदौलत भाई–बहन का रिश्ता भी तार–तार होने से बहुत मुश्किल से बच पाता है।

संग्रह की अधिकांश कहानियों के कथानक गाँव के निचले तबके के अर्थाभाव में जीते पात्रों से लिये गए हैं, जो कथाकार की वैचारिक प्रतिबद्धता का द्योतक है। चाहे बेबसी में जीते कुम्हार हों या संगतराश–पात्रों की कला, जीतोड़ मेहनत और फटेहाली पाठकों के अंतर्मन में उद्वेलन पैदा करती है। सामाजिक विसंगतियों और विद्रूपताओं के चित्र भी अंतर्मंथन को विवश करते हैं।

भोजपुरी अंचल के शब्द, लोकोक्ति और मुहावरे कहानियों की चमक में चार चाँद लगा देते हैं। उर्दू–फारसी के शब्द भी अँगूठी में जड़े नगीने से प्रतीत होते हैं।

मौजूदा दौर की समकालीन हिंदी कहानी न तो कोई उपदेश देती है, न ही कोई संदेश छोड़ती है। परंतु, श्री चंद्र की कहानियाँ सामाजिक विसंगतियों–विद्रूपताओं से जुड़कर एक जरूरी सवाल उठाती हैं और वह जरूरी सवाल ही मानवीय संवेदना को झकझोरने में अग्रणी भूमिका निभाता है। 'पारसमणि' का कथाकार भी निरंतर इस दिशा में अग्रसर हो, शीर्ष ऊँचाइयों को स्पर्श करे, यह मेरी हार्दिक शुभकामना है।

—भगवती प्रसाद द्विवेदी
प्रसिद्ध कथाकार एवं साहित्यकार

दो शब्द

रमेश चंद्र ने जब संजीदा लेखन की ओर रुख किया तो उनके पास जीवनानुभवों का समृद्ध खजाना था, सो शुरुआती दौर में ही उनकी कलम ने परिपक्व कथाओं को सिरजा और बिहार के साहित्यलोक ने उनकी पदचाप पर सहर्ष अपने द्वार खोल दिए।

अच्छी कहानियाँ तभी बनती हैं, जब लेखक की कल्पना आकाश में उड़ान भरे, पर उसकी निगाह जमीन पर टिकी हो। रमेश चंद्र भीड़ में सबसे पीछे खड़े आदमी को खोजते हैं, उसकी पीड़ा, नैराश्य और संघर्ष को आत्मसात् करते हैं। अपनी नुकीली कलम की धार से पैरवी करके समाज के बहरे कानों तक उसकी अनसुनी गुहार पहुँचाते हैं। संग्रह 'पारसमणि' की अधिकांश कहानियाँ संसाधन-विहीन पात्रों की विषम परिस्थितियों से मुठभेड़ और विजय को दर्शाती हैं।

रिक्शावाले की कबाड़ बीनने वाली बेटी का आई.आई.टी. में सफल होना, तमाम दुश्वारियों को झेलते हुए पारस और मणि का प्रशासनिक सेवा में पहुँचना पाठकों में उम्मीद की उजास भरता है। शिक्षा विभाग से जुड़े लेखक शिक्षक की महत्तर भूमिका का बखान करते हैं। शिक्षक चाहे तो कम संसाधनों में ज्ञान की अलख जगाने के अलावा अपने शिष्य को बाल-विवाह की दलदल से भी निकाल सकता है।

महानगरीय संस्कृति की चकाचौंध में ग्रामीण और कस्बाई सरोकार धूमिल न पड़ जाए, यह चिंता कोंचती है रमेश चंद्र को। संभवतः इसी वजह से वे कोलतार से चमचमाती सड़कों और राजमार्गों के बरअक्स धूल भरी कंटकाकीर्ण पगडंडियों से अपने कथाबीज उठाते हैं। उनकी कहानियाँ

कमजोर तबके के पक्ष में खड़ी दिखती हैं। उनके यहाँ 21वीं सदी का वह समाज है, जो पुराणपंथिता, अंधविश्वास और रूढ़ियों से मुक्त नहीं हुआ है। दहेज और विजातीय विवाह से उपजी समस्याओं का परिवार के सौहार्द को ग्रस लेना, पुरुष का विवाहेतर संबंध और पत्नी का एक अदद बनारसी साड़ी पाने की अधूरी लालसा लिये दुनिया से कूच कर जाना कितना पीड़ादायक है। थिएटर कंपनी में काम करने वाली लड़की किन दुश्वारियों से गुजरती है, घर-परिवार, दांपत्य और समाज में घटने वाली ऐसी ही यथार्थ घटनाओं को केंद्र में रखकर लेखक अपना कथा-लोक रचते हैं। उनके कथानक समस्याओं को रेखांकित कर विरोध और झंडाबरदारी का विध्वंसक प्रतिलोम खड़ा करने की बजाय मेहनत और जिजीविषा के प्रेरक समाधान प्रस्तुत करते हैं। संकलन की अधिकांश कहानी पॉजिटिव नोट पर खत्म होती हैं। उनके यहाँ भेस बदलकर भीख माँगने वाला बहुरूपिया चरित्र भी पाठक को संदेश देता है। लेखक का जीवन के प्रति सकारात्मक सोच उनके पात्रों में प्रतिबिंबित होता है। इनके यहाँ अतिव्यस्त बाप को सीख देता बेटा है, ऐसे अभावग्रस्त बच्चे हैं, जो बीमार पिता की दवाइयों के लिए गिफ्ट लेने से मना कर देते हैं। त्याग, तपश्चर्या और अध्यवसाय जैसे लुप्त होते मूल्यों की स्थापना करती हैं संग्रह की कहानियाँ।

विविधवर्णी कहानियों में विपन्नता का दंश झेलते पात्रों की जद्दोजहद है, सामाजिक विसंगतियाँ हैं, एक संगतराश के अधूरे प्रेम की व्यथा है तो होली के बिगड़ते स्वरूप पर व्यंग्य रचती कथा भी है।

लेखक के सृजन में अद्भुत संप्रेषणीयता है, और इसका कारण है अंचल की खुशबू लिये उनकी पात्रानुकूल भाषा, जिसकी मिठास सहज ही पाठक को चाक्षुष अनुभूति के संसार में ले जाती है। कथ्य और स्थापत्य का सफल संयोजन पाठक को बाँधे रखता है। मार्मिक कथानक के विन्यास में लेखक को महारत हासिल है। आशा है, अपने आसपास विकीर्ण दु:खों को चुनकर वे सृजन की बगिया में रोपते रहेंगे।

रचनाशील बने रहने की शुभकामनाओं के साथ

—भावना शेखर

प्रसिद्ध लेखिका

अपनी बात

अपनी पाँचवीं पुस्तक 'पारसमणि' पाठकों को समर्पित करते हुए प्रसन्न हूँ। मेरे लिए पाठक सिर्फ पाठक नहीं होते, वे मेरे अभिन्न मित्र सरीखे होते हैं। उन्हीं की प्रेरणा पाकर कुछ लिख पाता हूँ। याद है, अस्सी के दशक में मैंने 'नागराज' नाम से नाटक की पहली पुस्तक लिखी और पाठकों को प्रस्तुत किया। यह खूब पढ़ी और सराही गई। जगह-जगह इसके मंचन हुए। उत्साह बढ़ा तो दूसरी पुस्तक 'कसूर क्या था ?' लिखी। यह भी एक नाटक की पुस्तक ही थी। तब मैं बतौर अभिनेता नाटकों में काम करता था। बाद में कुछ नाटकों में निर्देशन भी किया। जब मंच पर होता था तो दर्शक दिल थाम कर मेरा अभिनय देखते थे, सराहते भी खूब थे; लेकिन यह भी कहते थे कि बेवकूफ ने अपनी जिंदगी बरबाद कर ली। अकसर मुझे 'स्पॉयल जीनियस' कह कर पुकारा जाता। पढ़ने में उत्कृष्ट कोटि का छात्र था। अकसर अपनी कक्षाओं में प्रथम स्थान पाता था, सो परिवार ही नहीं, समाज के लोग भी यही मानकर चल रहे थे कि मैं जीवन में कुछ बढ़िया करूँगा, किसी अच्छे पोस्ट पर जाऊँगा। लेकिन ऐसा नहीं हुआ और लाख टके का अभिनेता बनने के बाद भी मैं 'स्पॉयल जीनियस' ही बना रहा। तब नाटक महज मनोरंजन के लिए होते थे। चार पैसे आमदनी की गुंजाइश नहीं थी। नतीजा, न चाहते हुए भी रोटी की तलाश में लग जाना पड़ा। संघर्ष चलता रहा। सफलता मृग-मरीचिका की तरह चकमा देती रही। हृदय में लेखक जिंदा रहा। जिंदगी से जद्दोजहद चलता रहा। मेहनत रंग लाई, रोटी मुयस्सर हो गई। ऐसे तीन दशक गुजर गए। कुछ मित्र साहित्यकारों की राय मिली और एक बार फिर कलम पकड़ ली। पहला कथा-संग्रह 'भिखना पहाड़ी' आया। फिर लगे हाथ दूसरा कथा-संग्रह 'रुकना नहीं राधिका' आया। दोनों पुस्तकों को पाठक मित्रों ने हाथोंहाथ लिया। इस

सफर में मार्गदर्शक के रूप में साथ रहे मित्रवर श्री आनंद कुमार (सुपर 30) का विशेष रूप से ऋणी हूँ। वरीय साहित्यकार जनाब कासिम खुर्शीद, डॉ. ज्ञानदेवमणि त्रिपाठी, शिक्षाविद्, लेखक जनाब एम. शफ़ी, निर्माता-निर्देशक अनील कुमार मिश्रा, जनाब नूर आलम साहब और मित्र मजिटर व मनोजजी का आभारी हूँ। आवरण चित्रकार श्री विरेंद्र कुमार नागर का सहयोग पूर्व की भाँति इस बार भी मिला है।

अब पाँचवीं पुस्तक आपके पास है। आशा है, पुस्तक पसंद आएगी! इसमें हर वर्ग के पाठकों के लिए कहानियाँ हैं। चाहे वे बड़े-बुजुर्ग हों, कामकाजी महिलाएँ हों, गृहिणी हों, बच्चे हों या प्रतियोगिता परीक्षा की तैयारी कर रहे युवक-युवतियाँ हों। हर बार की तरह एक बार यही कहूँगा कि 'पारसमणि' पसंद आए तो इसे मेरे गुरुजनों का आशीर्वाद माना जाए। कहीं कुछ कमी हो तो बताया जाए, सिर झुकाकर स्वीकार करूँगा।

—रमेश चंद्र

मोबाइल : 9430203718

इ-मेल : rameshchandra0100@gmail.com

अनुक्रम

पारसमणि

"भरदुल भैया, चौंतीस का चावल, दस की दाल और पाँच का परवल दे दो। प्लीज, थोड़ा जल्दी करो।" पारस नॉन स्टॉप बोला। श्रीलक्ष्मी-गणेश को अगरबत्ती दिखाता भरदुल ने ऐसे घूरा, जैसे किसी ने गुर्दा माँग लिया हो। सुबह-सबेरे बात बोहनी की न होती तो टके सा जवाब दे देता। मगर चुप रहा। पूजा पूरी की और सौदा तौल दिया। बंदा लिया और झटके से निकला। फिर, तुरंत पलटा और रिरियाया—"भैया, चार रुपए अभी बच रहे हैं। बुरा न मानो तो चार दाना मसाला भी।" भृकुटि तन गई भरदुल की। आँखें नचाकर बोला, "अब चार में तुझे क्या चाहिए? जीरा, मिर्च या हल्दी? अदना-सा एक चॉकलेट भी पाँच का आता है।" "मुट्‌ठी भर नमक तो दे दो। आज माड़-भात ही सही।" बोलकर बंदे ने पॉकेट से कागज का टुकड़ा निकाला और रट्‌टा मारने लगा—'अमरीका की अर्थव्यवस्था को निर्धारित करने वाले महत्त्वपूर्ण कारकों में एक है...।' भरदुल मन-ही-मन भुनभुनाया—"हूँह...! पचास पॉकेट में नहीं रहते, मगर बातें आसमान ऊपर फेंकेंगे। कभी पटना पार हुए नहीं लेकिन लंका, जापान और बर्मा का ऐसे बखान करेंगे, जैसे वहाँ की सगरी गली कूचा रौंद आए हों। लपेट-लपेटकर लंबा हाँकने में इन लॉज वाले लड़कों का जोड़ नहीं है। आज शाम लौटो बाबू, फिर तेरी हजामत बनाता हूँ। उधारी सैकड़ा पार चली गई। माँगो तो मौनी बाबा की तरह दमी साधकर बैठ जाता है। देने में नानी मरती है।" भरदुल भी क्या करे? जब से लालमोहन लॉज के तीन लड़के चौदह सौ का चूना लगाकर चले गए, उसने भी हाथ खड़े कर दिए। अब ना उधो की लेनी, ना माधो की देनी। एक हाथ से लेता है और दूसरे हाथ से देता है। परंतु पारस में ऐसा क्या देखा कि कमजोर पड़

गया। गाहे-बगाहे दे ही देता है। आखिर वह भी कोई टाटा-बिड़ला थोड़े है कि खैरात बाँटता फिरे! खैर, खीजकर नमक दे दिया। बंदे ने बाज बहादुर-सी छलाँग लगाई और हवा हवाई हो गया।

"उठो! ऐसे सो रही हो जैसे घोड़ा बेच व्यापारी सोता है। जल्दी बाथरूम जाओ, वरना बाजू वाली बबीता या ऊपर वाली उदिता घुस गई तो नहाकर ही निकलेगी। मनोहरा मुंगेरी से भगवान बचाए। ससुर किताबें लिये घुसता है। इकोनॉमिक्स और पॉलिटिक्स के पाँच-पाँच प्रश्न जब तक याद नहीं हो जाते, बंदा बाहर नहीं आता। आप दरवाजे पर लाख मुक्का मार लो, कोई फर्क नहीं पड़ता। बाहर आकर ऐसा पोज मारता है, जैसे कोई जंग जीतकर लौटा हो। अंदर की बात ये है कि बंदा बवासीर से लड़ता है। अब खूब खाओ हरिया होटल का चिकेन फ्राई और चंदनवा का चाऊमीन! धत्, भला कोई विद्या माई को साथ लिये संडास जाता है! इसीलिए तो हर बार लुढ़क जाते हो बेटा! कहीं सरस्वती मइया से ऐसे खिलवाड़ किया जाता है?" पारस ने कहने को तो कह दिया लेकिन, अफसोस भी बहुत हुआ। खुद का खयाल आया तो आँखें भर आईं। ठीक है, मनोहरा की आदत खराब है। लेकिन उसने कौन से तीर मार लिये हैं? कटऑफ कभी पाँच, कभी सात से ऊपर सरक जाता था। पिछले कई साल से बिगड़ी घड़ी की तरह एक ही जगह टिक-टिक कर रहा है। जेहन जब ज्यादा जकड़ने लगा तो खुद में लौटना मजबूरी हो गई। देखा, मणि ने फिर करवट बदल ली थी, और जोर-जोर से नाक बजा रही थी। इस बार तनिक तेज आवाज में बोला—"देखो, ग्यारह तक गिनता हूँ, अगर न उठी तो पानी फेंक दूँगा।" फिर वह चाय बनाने लगा। मणि सोती रही। पारस ने जल्दी-जल्दी चाय की पतीली चूल्हे पर चढ़ाई और दूध का पैकेट खोला। 'ओह! इतने में तो एक कप भी नहीं बनेगी।' फिर चीनी देख चौंका। बेचारी गरीब की खुशी की तरह पेंदी में पड़ी थी। पिछले पंद्रह दिनों से ऐसे ही चल रहा था। तीन ट्यूशन थे। तीनों छूट गए थे। बाबूजी के बारह सौ दस दिन भी टिक नहीं पाते थे। गुजरे महीने किराया नहीं दिया सो लॉज मालकिन किरकिरी की हुई है। बंदा बचने के लिए पिछवाड़े से भागता है। ऊपर से एग्जाम का टेंशन। इधर नींद नदारद। जब चौसठवीं सुपर फास्ट-सी इस हलके हॉल्ट को अँगूठा दिखाती गुजर गई तो पटरियाँ देर तक थरथराती रहीं। तब तीस दिन तक

सो न सका। इस बार मेंस तक पहुँचा जरूर, लेकिन वायवा में लुढ़क गया। दो नंबर और आ जाते तो आज हाकिम हो जाता। फिर तो सीना ठोक घर जाता और उन तमाम लौंडे-लफाड़ियों को तौल-तौलकर जवाब देता, जो बबुआ कलेक्टर कह चिढ़ाते थे। गाँव गए नहीं कि बोलबाजी शुरू हो जाती थी—"का हो बबुआ कलेक्टर! कौने जिला पोस्टिंग पाए? सहरसा, सिवान, सुपौल तो आप ही की राह देख रहे हैं। चाहें तो किशनगंज, कैमूर या कटिहार भी जा सकते हैं। कौनो जिला घुस जाइए, आपकी मरजी। मगर हाँ, तनिक हम लोगों पर भी कृपा बनाए रखिएगा।" सुनकर ऐसा लगता, जैसे किसी ने सिरिंज लगा सारा खून खींच लिया हो। कई बार मन किया कि दो-दो हाथ कर ले। लेकिन चुप रहना मुनासिब समझा। अब कौन जानता था कि मंझधार से निकली नाव किनारे आकर पलट जाएगी! खैर, सारा दारोमदार अब पैंसठवीं पर था। पिता के पीर और नयनों के नीर साथ सफर कर रहे थे। माँ छोटी बहन के लिए बेचैन रहती थी। सयानी बेटी के लिए मिल रहे रिश्ते गंडक नदी के बाँध में हुए रिसाव की तरह बार-बार टूट जाते थे। अगरचे यह दगा दे गई तो जेठ की दोपहरिया अँधेरिया में बदल जाएगी। फिर कुछ न सूझेगा। आखिरी चांस था। कनपटी के बाल कब के सफेद हो गए थे। अब आगे से उजाला शुरू हो गया था। बैलून से निकली हवा की तरह गाल पिचक गए थे। देर तक पढ़ता तो सूखी आँखें समंदर हो जातीं। शायद यह भी कोई बीमारी थी। अब इतनी फुरसत कहाँ कि हॉस्पिटल की लंबी लाइन में लगा रहता! बड़ी मुश्किल से पी.टी. पार लगी थी। आज से मेंस शुरू हो रहा था।

ऑटो गांधी मैदान से आगे बढ़ा तो आठ बज रहे थे। मणि का सेंटर शास्त्री नगर था। पारस को गरदनीबाग जाना था। आज बंदे को अजीब कैफियत हो रही थी। मणि से फुसफुसाया—"पता नहीं मेरी पेंटी इतनी टाइट क्यों लग रही है? हिलने-डुलने में भी दिक्कत हो रही है।" "आपको होश कहाँ रहता है? जल्दबाजी में आपने मेरी पहन ली है।" "और तुम···!" पारस चौंका। "मैं क्या करती? अब ये ऑब्जेक्टिव एग्जाम थोड़े था कि चार-पाँच विकल्प थे। एक थी, वह भी आपकी। मजबूरन पहन ली।" मणि मुसकराई और मुँह दबाकर देर तक हँसती रही। पारस भी अपनी हँसी न रोक सका। फिर गंभीर हो गया। नीचे देखा, तीन साल पुराने जूते वफादार दोस्त की तरह

आज भी साथ चल रहे थे। याद नहीं, आखिरी बार नए कपड़े कब लिये थे। मणि की बाईं चप्पल कील काँटों पर टिकी थी। दाहिनी की हील निकल गई थी। चलती तो लगता, कोई लंगड़ी जा रही है। सपने हैं साहेब! पीछा तो करना पड़ेगा। आँखें भीगने लगीं। अतीत आँखों में उतरने लगा…।

मौलाद्दीनपुर से महज कोस भर पूरब की ओर बढ़िए तो सुरेमनपुर एक बड़ा गाँव आता है। थोड़ी दूर पर शामपुर पड़ता है। बीच में सरही नदी बहती है। किनारे शीशम, सेमल और बबूल के दरख्त जैसे कल खड़े थे, वैसे आज भी हैं। हाँ, कच्ची सड़कें पक्की में जरूर तब्दील हो गई हैं। नदी पर पुल बन जाने से सुरेमनपुर और शामपुर का आवागमन आसान हो गया है। पूरी रात रोशनी रहती है। देर रात गुजरिए तो भी डर नहीं लगता। वरना कभी साँझ होते ही राहगीर हनुमान चालीसा पढ़ने लगते थे। और, पढ़ें क्यों नहीं? जामुन वाली परती को पार करना कोई मामूली बात थी! बड़े-बड़े पहलवान भी लंगोट खोल फेंक देते थे। तब तेलिया मसान से टकराना कोई हँसी मजाक थोड़े था! तिरमुहानी के बरगद पर जीन बाबा का वास था। यहीं थोड़ी राहत मिलती थी। सावनी पूर्णिमा को पूरा गाँव खीर-भोजन चढ़ाता था। नतीजा, जीन बाबा भी नेह नाता निभाते और राह पार लगा देते थे। समय बदला। बिजली के गड़े खंभों पर दूधिया बल्ब क्या लटके, बेचारी कुच-कुच अँधेरिया विदा हो गई और प्यारी टह-टह अँजोरिया नई दुलहनिया की तरह आ विराजी। इसके साथ ही सगरे भूत-पिशाच भी भाग खड़े हुए। अब रात-दिन रह गुजर रहता है। कहीं कोई बात नहीं। लेकिन जीन बाबा पर खीर-भोजन चढ़ाने का सिलसिला आज भी जारी है।

डेढ़ सौ घरों के बड़े गाँव सुरेमनपुर में बीनटोल और गद्दीटोल के बीच कुम्हारों की छोटी सी बस्ती है। सदियों से चाक पर चलती जिंदगी अब ठहरने लगी है। मुश्किल से बढ़िया मिट्टी मिलती है। सो बरतन बनाने में भारी कवायद करनी पड़ती है। मर-मरकर कुछ बना भी लो तो खरीदता कौन है! पीतल-प्लास्टिक का समय आया तो माटी का मोल ही नहीं रहा। मेले में मिट्टी की मोहनी मुरलिया या दही वाली गुजरिया ब्याहता बहू की तरह राह निहारती रह जाती है और जींस वाली जापानी गुड़िया उढ़री औरत की तरह माथे चढ़ जाती है। हाथों के हुनर हार जाते हैं और कलयुगी कारखाने जीत

जाते हैं। छठ-दीवाली में कुछ दीए बिक भी जाएँ तो परिवार नहीं पलता। मजबूरन पुस्तैनी धंधे पस्त पड़ रहे हैं। अतीत को याद कर बूढ़े बाबूराम की आँखें चमक जाती हैं। ओह! वो भी क्या दिन थे! शादी-ब्याह में बहँगी लेकर जाने पर कितनी आवभगत होती थी! पहले गोपालगारी होती, भर पेट भोजन कराया जाता। फिर, बढ़िया बख्शीश देकर विदाई होती। कभी-कभार पियरी धोती भी मिल जाती थी। लेकिन अब वह युग न रहा। वक्त बदला तो इनसान भी बदले। कई-कई कोस दूल्हा-दुलहन को पालकी में पहुँचाने वाले कहारी कंधे अब जीने के लिए दूसरे कंधों के मोहताज हो गए हैं। मजबूरन कुछ परिवार दिल्ली, पंजाब और रोहतक का रुख कर लिये हैं। रेलगाड़ी के डिब्बों से निकली सड़कें जहाँ समाप्त होती हैं, वहीं नई जिंदगियाँ आबाद हो जाती हैं। बावजूद इसके कुछ कुम्हारों ने धंधे को धर्म की भाँति पकड़ रखा है। ऐसा ही एक परिवार परमेसर का है। खुद चाक चलाते हैं और पत्नी बरतन सुखाती हैं। पति आवा जलाते हैं, पत्नी पकाती हैं। दूसरे दिन बरतन तैयार हो जाते हैं। फिर बड़ी हिफाजत से उन्हें शहर पहुँचाया जाता है। चाय-चुक्कड़ के लिए बने कुल्हड़ काम चलाने लायक कीमत दे जाते हैं। पाई-पाई का हिसाब रखा जाता है। आधे पैसे शांति की शादी के लिए होते हैं। आधे पढ़ाई में जाते हैं। बेटा स्नातक में अव्वल आया तो चार कोस में डंका बज गया। अब जबकि पटना पढ़ने की जिद की तो कलेजा बैठ गया। हित कुटुंब की चौखट से चार-चार बार खाली हाथ लौट आए। कहीं से कोई मदद नहीं मिली। परमेसर आज रात भर आसमान निहारते रहे। सतावहा सात बाँस ऊपर आया तो हड़बड़ाकर उठे। पत्नी को जगाया और बोले—"अगर हम दो चाक चलाएँ तो शायद बाबू की पढ़ाई पार लग जाए!" पत्नी बोली—"पागल हो गए हो क्या? अपनी उमर नहीं देखते! एक तो चलता नहीं, दो-दो कहाँ से चलाओगे? सारे लड़के कानपुर, कलकत्ता जा रहे हैं, बेटे को भी साथ लगा दो। कमाएगा तो आदमी बन जाएगा। शांति सयानी हो गई है। भाई भैवदी जीना मुहाल किए हुए हैं। फिर शामपुर वाली बेसहारा बेटी की भी सोचो! मजबूर माँ मजदूरी करके और तीज-त्योहार पर चाक चलाकर बेटी को पढ़ा रही है। रिश्ता दे रखे हो तो निभाओ भी। धत्! समय पर ही शगुन सोहाता है।" लेकिन परमेसर पलटे नहीं। सुबह-सबेरे बेटे को बस पर बिठाते हुए बोले—"पारस!

जा ही रहे हो तो पीछे मुड़कर न देखना। पाँच-दस कट्ठा जो भी जमीन है, बेच दूँगा। तू आदमी बन जाएगा तो सात पीढ़ी तर जाएगी। फिर शांति की शादी भी अच्छे घर में हो जाएगी। चाक पर चलती कमजोर उँगलियों की चिंता न करना। हौसला बुलंद रखना और खूब मन लगाकर पढ़ना।" बस खुल गई और देखते-देखते आँखों से ओझल हो गई। कुछ ही दिन बाद दीवाली थी। परमेसर पलटे और बूढ़ी उँगलियों को जी भर निहारा। लम्हे न लगे, वे चाक पर तेज चलने लगीं। सोचे, पहली बार बेटा पर्व में नहीं रहेगा। बहुत सुना-सुना लगेगा। तब बहुत अखरेगा। याद आया। पहली बार पारस जब स्कूल गया तो गाँव के एक लड़के के साथ सीधे तीसरी कक्षा में जा बैठा। मास्टरजी मुसकराए और वापस पहली जमात में ले आए। स्लेट पर ककहरा लिखा तो मइया को दिखाने के लिए स्कूल छोड़ घर भाग आया। तब मइया खूब हँसी। बहुत छोटा था तो जिद करके चाक पर जा बैठता था। बेटे का मन रखने के लिए उन्हें दो-तीन चक्कर चाक चलाने पड़ते थे। तब ताली बजा-बजाकर हँसता था। कभी तेज चला देते तो डरकर चिल्लाने लगता। मइया देखती तो उन्हें खूब खरी-खोटी सुनाती। जब उतार देते तो उछलकर कंधों पर जा बैठता। समय का पंछी डाल-दर-डाल कई डाल पर बैठा। कभी बसंती बयार बही तो कभी पतझड़ की उदासी आई। बहरहाल, समय सायरन बजाता रहा। अतीत जब आँखों से उतर गया तो परमेसर पलटकर देखे। शांति कच्चे बरतनों को उठा-उठाकर धूप में सुखा रही थी और भाई वियोग में बरसती आँखों को बड़ी बारीकी से छुपा रही थी। मइया भोजन बनाई लेकिन कहाँ कोई खाया! परमेसर अनुमान लगाए, बस तेज गति से चली जा रही होगी। दोपहरिया ढलते-ढलते शायद बहुत दूर निकल जाएगी।

बस सचमुच तेज रफ्तार से भागी चली जा रही थी। सुनहरे सपने साथ सफर कर रहे थे। हाजीपुर आया तो दोपहरिया ढल रही थी। कुछ पैसेंजर उतरे, कुछ चढ़े। गांधी सेतु पार करने में घंटा भर लग गया। कंडक्टर चिल्लाया—'गायघाट उतरने वाले तैयार हो जाएँ। इसके बाद बस सीधे मीठापुर रुकेगी।' पारस के पास ढोने के लिए कुछ खास नहीं था। एक कंबल, कुछ कपड़े और माँ के दिए चूड़ा-गुड़। आराम से उतरा। भर नजर सपनों के शहर को निहारा। उत्तर हाजीपुर, वैशाली था। बीच गंगा मइया बह रही थी। पश्चिम बाबा याहया

मनेरी (र. अ.) का मजार था। पूरब पटना सिटी था। सुना था, उधर कहीं सिक्खों के दशवें और अंतिम गुरु गोबिंद सिंह की जन्मस्थली है, जो पाँच प्रमुख तख्तों में शुमार है। शेरशाह की मसजिद और पादरी की हवेली उधर ही हैं। साल उन्नीस सौ अड़तालीस में मदर टेरेसा ने यहीं नर्सिंग का प्रशिक्षण लिया था। सड़क संकेतक बता रहा था कि आगे बढ़ दाहिने मुड़ने पर कुम्हरार आता है। अगमकुआँ में वह खुद खड़ा था। बाईपास से आगे बोधगया, पावापुरी, राजगीर, और नालंदा के रास्ते निकल जाते हैं। सगरी इतिहास आज किताबों से निकल सामने खड़ा था। बंदा मन-ही-मन विचार किया। किसी दिन वह भी तख्त श्री हरमंदिर में माथा टेकने जाएगा, छककर लंगर खाएगा और उधर से ही पटनदेवी मइया को चुनरी चढ़ाकर लौट आएगा। फिलहाल, मन में उठती तरंगों को शांत किया और चल दिया।

कॉलोनी में कंकड़बाग और सड़क में अशोक राजपथ का जोड़ नहीं है। चलते-चलते आप थक जाएँगे, लेकिन न कॉलोनी खत्म होगी और न सड़क ही समाप्त होगी। इसी पर खुदाबक्श लाइब्रेरी, पटना कॉलेज, अंजुमन इसलामिया हॉल, गोलघर और आगे सदाकत आश्रम आते हैं। थोड़ा बाएँ बढ़िए तो गांधी घाट और दरभंगा हाऊस मिल जाएँगे, जहाँ कालीजी का मशहूर मंदिर है। यहाँ साल भर आस्था का सैलाब उमड़ा रहता है। सबका अपना समृद्ध इतिहास है। आज इसी सड़क पर पारस अकेला जा रहा था। कहीं कोई जान-पहचान नहीं थी। हाँ, एक बात याद आई। मौलाद्दीनपुर के मौला चाचा मीठापुर में सब्जी का ठेला लगाते हैं। ईद-बकरीद गाँव जाते तो बढ़िया बखान करते थे। किसी दिन खोजेगा उनको। पत्थर की मसजिद पार हुई तो टेंपू वाला पूछा—“भैया! कहाँ उतरोगे?” पारस बोला—“वहाँ जहाँ लड़के रहते हैं। मेरा मतलब, ऐसी कोई जगह जहाँ लड़के प्रतियोगिता परीक्षा की तैयारी करते हैं।” बंदा समझ गया कि लड़का कोरा कागज है और पहली बार पटना आया है। इनसान नेक था सो आसान शब्दों में समझाया—“देखो, गायघाट से लेकर गांधी मैदान तक चारों तरफ लड़के-ही-लड़के रहते हैं। महेंद्रू से मुसल्लहपुरहाट तक मय मोहल्ला इन पढ़ाकुओं से भरा पड़ा है। ज्यादातर ट्यूशन कोचिंग सेंटर इधर ही हैं। भिखना पहाड़ी में तो खैर पैर रखने की भी जगह नहीं है। पाँच पत्थर मारो तो चार इन पढ़ाकुओं पर ही पड़ते हैं।

सारे होटल ढाबे इन्हीं के बलबूते चलते हैं। सच मानो यार तो ये बेरोजगार ही यहाँ बड़ा रोजगार दे जाते हैं। कभी बाबाधाम गए हो?" "नहीं भैया।" सपाट उत्तर पारस का था। "अमूमन वहाँ एक कंवरिया अजगैबीनाथ से तकरीबन तैंतीस कोस पैदल चलकर बाबाधाम पहुँचता है। इस सफर पर तीन सौ रुपए खर्च करता है। प्रतिदिन लगभग एक लाख लोग इस तीर्थ पर जाते हैं। हिसाब लगाओ तो तीन करोड़ का रोज कारोबार होता है। मय सावन बाबा भोले की विशेष कृपा बरसती रहती है। लोग कहते भी हैं, सावन कमाओ और पूरे साल खाओ। ठीक बाबाधाम की तरह यहाँ भी सोना-चाँदी झरते रहता है। हर तीसरे घर में लॉज होता है। आम दस्तूर है, पाँच-दस पढ़ाकुओं को रख लो, गृहस्थी चल जाएगी। अब तुम्हारी मरजी, बोलो कहाँ उतार दूँ?" "भैया! अपनी जानकारी से कहीं उतार दो। मैं क्या कहूँ?" ब्रेक लगा दिए टेम्पुवाले ने। सामने सुल्तानगंज था। बोला—"मैं अहमद, अररिया से हूँ। कमीशन की तैयारी कर रहा हूँ। लास्ट ईयर पी. टी. निकाली थी, लेकिन मेंस में अटक गया। चार घंटे टेंपू चलाता हूँ। काम लायक कमाई हो जाती है। मेरा नंबर लिख लो। कभी जरूरत पड़े तो बड़ा भाई समझ फोन कर लेना।" पारस ने पॉकेट से पेन निकाला और हथेली पर लिखने लगा। बंदा ताज्जुब से बोला—"क्यों, मोबाइल नहीं है क्या?" "नहीं भैया। वैसे किराया कितना दूँ?" बंदा बोला—"पहली बार पटना आए हो। इसे वापस रख लो। मेरी तरफ से चाय पी लेना।" पारस अपलक निहारता रहा। बंदा फिर बोला—"एक बात गिरह गाँठ बाँध लेना। 'पढ़ो तो पटना, नहीं तो लौटो घर अपना।'" फिर वह रुका नहीं। सामने कोई सवारी खड़ी थी सो झटके से निकल गया। पारस देर तक देखता रहा। पहली नजर में पटना बड़ा प्यारा लगा।

आप स्कूल, कॉलेज या जिला के अव्वल हो सकते हैं। लेकिन जब आप तख्तगाह (राजधानी) में होंगे तो अपनी काबिलियत को सूबाई स्तर पर साबित करना बड़ी चुनौती होगी। अब ये आप पर मुनहसर (निर्भर) होता है कि इल्म के समंदर में आप कितने गहरे उतरते हैं। गोता जितना गहरा होगा, मोती-मूँगा मुट्‌ठी में उसी मुतल्लिक मिलेंगे। अगर किनारे खड़े रहे तो रेत ही हासिल होगी जो पलक झपकते मुट्‌ठी से फिसल जाएगी। पढ़ने वाले इसे खूब जानते हैं। लिहाजा रात को दिन बनाकर पढ़ते हैं। माड़-भात मुख्य आइटम है। कभी

चोखा मिल गया तो वाह-वाह, वरना हरी मिर्च सदाबहार। कोशिश रहती है कि खुद को कैसे सैटल करें, ताकि समय की बचत हो। यही बचत एक दिन बड़ी पूँजी बन जाती है। परीक्षा तो शह मात का खेल है। आपकी सोच जहाँ तक जा सकती है, परीक्षक उसके ऊपर सोचता है। सवालों में ट्विस्ट डालने की कला उसे खूब आती है। आखिर उसे सर्वश्रेष्ठ चुनना होता है। फिर तो कसौटी पर खरे उतरने के लिए भगीरथ प्रयास करने पड़ते हैं। इसी कसौटी पर खरा उतरने के लिए पारस भी पसीना बहा रहा है। तीन दीवाली बीत चुकी है। न घर की सोचा, न घर गया। अररिया के अहमद भाई ने जहाँ उतारा, वहीं ठहर गया। इस बीच दो परीक्षाएँ दीं। सवाल सर के ऊपर से निकल गए। औकात मालूम हो गई बच्चू को। अहमद ने समझाया—"यार! ये कमीशन है। यहाँ दो-तीन साल तो सेल्फ एसेसमेंट करने और परीक्षा पैटर्न समझने में लग जाते हैं। लगे हो तो लगे रहना। बड़ी मंजिल के मुसाफिर मील के छोटे पत्थरों की गिनती नहीं करते!"

'इकसठ का एक, बासठ का दो, तिरसठ का तीन और चौसठ का चार···। सब अपना उत्तर मिला लिए हों तो आगे बढ़ें!' आवाज एक लड़के की थी। 'जी, बढ़िए, बढ़िए···।' भीड़ से शोर आया। यह गंगा किनारे चल रही पाठशाला का शोर था। रानी घाट, गांधी घाट, काली घाट और घघा घाट पर सुबह-सबेरे पाठशालाएँ लगती हैं। यहाँ पढ़ाने वाले कोई शिक्षक नहीं होते, लेकिन पढ़ने वालों की भरमार होती है। जैसे पानी अपना तल तलाशते रहता है, वैसे यहाँ ज्ञान भी एक जेहन से दूसरे जेहन में जाते रहता है। प्रतियोगिता परीक्षा की तैयारी के लिए यह आइडिया आजकल फैशन में है। रेलवे, बैंकिंग, स्टॉफ सेलेक्शन और विभिन्न आयोगों की अलग-अलग जमात होती है। एक बंदा सौ-डेढ़-सौ प्रश्नों का सेट तैयार करता है, फिर फोटोस्टेट कराता है और दूसरे दिन साथियों में बाँट देता है। सभी साथ बैठ कर हल करते हैं। अंत में उत्तर बोला जाता है। सभी अपने आंसरशीट का मिलान कर तैयारी का स्वतः मूल्यांकन करते हैं। सिलसिला चलते रहता है। आज पारी की शुरुआत पारस ने की। पाठशाला शुरू हुई ही थी कि अहमद भाई आ गए। पारस को अलग हटाए और पूछे—"क्या तूने मेरा नंबर अपने घर दिया था?" "जी, भैया! मेरे चाचा तपेसर हैं। उनके घर मोबाइल है। उनको दिया था।" "तो फिर जल्दी

चलो।" अहमद पारस को अपनी ऑटो में बैठाए और सीधे बस स्टैंड पहुँचे। रास्ते में साफ-साफ बता दिए कि उसके बाबूजी की तबीयत ज्यादा खराब है। उसे तुरंत घर जाना चाहिए। घर नहीं, बल्कि सीधे अस्पताल जाना चाहिए। साँप सूँघ गया पारस को। वह उजाला किस काम जो अपने पीछे अँधेरे का आलम छोड़ जाए! बाबूजी नींव की ईंट थे। जब यही चटख जाए तो मकान मिनटों में भहराकर गिर जाएगा। पूरा दिन सफर में निकल गया। गई रात अस्पताल पहुँचा। माँ देखी तो फफक पड़ी। बहन बिलख-बिलखकर रोने लगी। बाबूजी बेड पर बेहोश पड़े थे। डॉक्टर ने बताया कि पक्षाघात का गहरा प्रभाव है। जान बच जाएगी। लेकिन शायद खड़ा होने में… ! मेरा मतलब, लंबा वक्त लग सकता है। सुई दवा में कोई कोताही न हुई। दस दिन बाद अस्पताल से छुट्टी मिल गई। सभी घर आए। बाबूजी के हालात थोड़ा सँभले लेकिन आधे अंगों पर नियंत्रण न रहा। चलने की कोशिश करते तो तिलमिलाकर गिर पड़ते। माँ दौड़कर सँभालती। बोलने के लिए मुँह खोलते तो लार की लरी लग जाती। बहन कपड़े से पोंछती रहती। आवाज फुसफुसाकर रह जाती। पारस देखता तो कलेजा मुँह को आ जाता। ऐसे तीन महीने गुजर गए। धीरे-धीरे कुम्हारी कंधे खड़े होने लगे। बाबूजी लाठी के सहारे चलने लगे। आवाज भी कुछ हद तक सुधर गई। उस दिन दोपहरिया में पारस बाबूजी के पैरों की मालिश कर रहा था, तभी चाचा के घर से फोन लिये एक बच्ची आई। उधर अहमद भाई थे। बोले—"पारस! जल्दी चले आओ। आयोग ने अधिसूचना जारी कर दी है। फॉर्म भरा जा रहा है।" बाबूजी कमजोर जरूर हो गए थे लेकिन आँखें आज भी आसमान देख लेती थीं। सबकुछ समझ गए। इशारा कर बोल दिए कि वह सबेरे वाली गाड़ी पकड़ ले।

न चाहते हुए भी पारस को निकलना पड़ा। शामपुर मोड़ पहुँचा ही था कि एक औरत आगे बढ़ रुकने का इशारा की। साथ में एक लड़की भी थी। औरत बोली—"बाबू! यह भी पटना जाएगी। साथ लेते जाइए।" पारस को अटपटा लगा, फिर भी मौन स्वीकृति दे दी और आगे बढ़ने लगा। जब तेज चलता तो लड़की भी तेज चलने लगती। जब धीरे होता तो वह भी रफ्तार कम कर लेती। तनिक गुस्सा भी आता। सोचता, नाहक सरदर्द क्यों मोल ले लिया?

किशनगंज से कैमूर हो या गया से गोपालगंज। बक्सर से बेतिया हो या

जमुई से जहानाबाद। आना-जाना अब आसान हो गया है। प्रांत के किसी कोने से राजधानी पहुँचने में देर नहीं लगती। कहीं बैठ जाइए, आप आराम से पटना पहुँच जाएँगे। फोरलेन पर बस मिल गई। दोनों साथ ही बैठे। लेकिन खामोश। बस जब झटके से रुकती तो खुद में सिमटे दोनों एक-दूसरे से बचने की कोशिश करते। गाँव, खेत, खलिहान सब पीछे छूटने लगे। तिजहरिया ढल रही थी तो मुजफ्फरपुर आया। पारस ने पूछा—"पटना में कोई काम है ?" लड़की बोली—"जी! बिना काम क्यों जाती।" "लौटना कब है ?" दूसरा सवाल था। "लौटना नहीं है। अब वहीं रह कर पढ़ना है। कॉलेज में इस बार अव्वल आई तो हेड सर राय दिए कि मुझे पटना जाकर तैयारी करनी चाहिए। सो जा रही हूँ।" "शामपुर में किनके यहाँ रहती हो ?" पारस ने जानना चाहा। "सहारन का नाम सुने होंगे। उन्हीं की बेटी हूँ। बाबूजी तो नहीं रहे। लेकिन माँ है। वही छोड़ने आई थी। अकेली थी सो डर लगता था। अब आप मिल गए तो कोई बात नहीं है।" लड़की बिला लाग लपेट बोल गई। पारस चौंके। जेहन पर जोर पड़ने लगा...। याद आया। तब वह दर्जा दस में थे। छह में एडमिशन लेने एक दुबली-पतली लड़की अपनी माँ की उँगली पकड़े आई थी। माँ ने पारस से ही पूछा था। "बाबू! यहाँ नाम कैसे लिखाता है ? यह पाँच पास कर चुकी है।" तब पारस ही फॉर्म भरे, हेडमास्टर साहब से मिलाए और नामांकन की सारी प्रक्रियाएँ पूरी कराए थे। कुछ साल बाद जब इंटर में पहुँचे तो शामपुर से एक सज्जन आए। साथ में दो-तीन, संगी-साथी भी थे। पारस को बुलाए। घुमा-फिराकर देखे और इक्कीस रुपए हथेली पर रख देर तक आशीर्वाद देते रहे। यह सहारन ही थे। उस दिन माँ-बाबू की खुशी देखते बनती थी। यह छेंका था। गोया कि रिश्ते की पहली सीढ़ी पार कर ली गई। पल भर में सबकुछ साफ हो गया। साथ बैठी लड़की वही थी, जिसके साथ बाबूजी ने रिश्ता तय कर रखा था। पारस को आगे कुछ याद नहीं। जब खुद का होश न रहा तो दूसरे की क्या खबर! आज अचानक मिलना और साथ चलना संयोग था। अंजाने में आँखें कुछ भी देख लेती हैं। लेकिन शनासाई नमूदार (पहचान प्रकट होना) हो जाने पर नजरें नहीं उठतीं। सारे शरीर में सुरसुरी होने लगी। अब देह में छुअन होती तो अजीब कैफियत होने लगती। लड़की बाहर देखती रही। बस हाजीपुर रुकी तो पारस दो कप चाय लाए। एक लड़की को बढ़ाते हुए पूछे—"नाम

क्या है?" "माँ, मनिया बुलाती है। स्कूल में मणि लिखाया है।" "मुझे जानती हो?" पारस मुसकराए। "अब ये भी कोई पूछने वाली बात है! बिना देखे-सुने और जाने-पहचाने कोई कैसे किसी के पीछे चल देगा और इतना सट के साथ बैठ जाएगा? मैं तो उसी वक्त पहचान गई, जब आप बाबूजी को देखने हॉस्पिटल आए थे। हम लोग भी वहीं थे। आपके आने के बाद घर चल दिए। रास्ते में माँ सबकुछ बता दी। उसने तो यह भी बता दिया कि देर-सबेर आपसे मेरी शादी होने वाली है।" बिंदास बाला एक साँस में बोल गई। "लेकिन तुम्हें मेरे साथ अकेली नहीं आना चाहिए। लोग क्या कहेंगे?" पारस थोड़ा झेंप गए। "लोग तो कुछ भी कह देंगे। किसका-किसका मुँह बंद कीजिएगा। लेकिन यह भी सोचिए, आखिर मैं आती भी तो किसके साथ आती? कौन मुझे साथ लाता? मेरे आगे-पीछे कौन है? और, भूल-चूक से किसी और के साथ आ भी जाती तो क्या आपको अच्छा लगता? माँ ने बहुत सोच-विचार कर आपके साथ लगाया है। बावजूद, आपको एतराज हो तो कहिए, मैं लौट जाती हूँ। पड़ी रहूँगी शामपुर में। अरसा गुजर गया, क्या आपने कभी मेरी खोज खबर ली? क्या यही चाहते हैं कि अहिल्या की तरह मैं भी अपने राम की राह निहारती पत्थर बन पड़ी रहूँ?" पारस निरुत्तर हो गए। देखा, मणि की आँखें भीगने लगी थीं। कुछ बोलने की हिम्मत न हुई। बस चलती रही। मणि की आँखों में बचपन और बीते दिन बरबस उतरने लगे। तब बाबूजी कलकत्ता जूट मिल में दरबान हुआ करते थे। सुबह-सबेरे, हाकिम-हुक्मराँ की खिदमत में लगे हाथ देर रात साहबों की सलामी बजाते रहते। गाड़ियाँ आतीं तो दौड़कर फाटक खोलते। हाथ जोड़ते, उनके समान उठाते और दौड़कर ऑफिस में रख आते। मेम साहिबान की गोद से बच्चों को उतारते, उनके जूते-चप्पल खोलते और मन-ही-मन फूले नहीं समाते। छोटे बच्चे फट-फट अंग्रेजी बोलते तो बाबूजी देर तक सुनते रहते। वही सोहबत असर कर गई और बेटी को बढ़िया पढ़ाने के सपने देखने लगे। वह महज चार साल की थी जब बाबूजी मइया संग कलकत्ता घुमाने ले गए। हावड़ा का पुल, चिड़ियाखाना और सुंदर-सुंदर स्कूल आँखों में बसे तो फिर उतर न सके। माह भर बाद बाबूजी लौटे तो वह भी लौट आई। समय पंख लगाकर उड़ता रहा। याद है, बाबूजी की असामयिक मृत्यु ने माँ को अंदर से खोखला कर दिया।

तब इसी नन्ही जान ने माँ के आँसू पोंछे। घर के काम में हाथ बँटाने से लेकर मिट्टी के भाँति-भाँति के बरतन आसानी से बनाने लगी। सुखाती, पकाती और टोकरी में लेकर मेला-बाजार दौड़ जाती। मिट्टी के रंग-बिरंगे खिलौने बिक जाते तो फुले न समाती। मइया देखती तो कलेजा मुँह को आ जाता। ओह! बेचारी बिटिया खेलने की उम्र में खिलौने बेच रही थी। अतीत आँखों में उतरता रहा, राह कटती रही। जब अगमकुआँ आया तो दोनों साथ उतरे। पारस खड़े होकर किसी वरीय व्याख्याता की तरह बताने लगे—“देखो, यही पटना है। वह पटना जो विविधताओं से भरी भूमि भारत में विशिष्ट पहचान और अपने गौरवशाली अतीत हेतु सुख्यात सूबे की राजधानी है। वह बिहार जो अपने बाँकपन और समृद्ध संस्कृति के लिए जाना जाता है। चरक, चंद्रगुप्त, और चाणक्य से लेकर गांधी की कर्मभूमि रही बिहार की धरती को जहाँ विश्व में शांति और अहिंसा का संदेश देने वाले भगवान बुद्ध और जैन धर्म के चौबीसवें तीर्थंकर वर्धमान महावीर की पवित्र भूमि होने का गौरव प्राप्त है, वहीं हजरत शरफुद्दीन याहया मनेरी (र.अ.) की पाक जमीं होने का फख्र भी हासिल है। नालंदा और विक्रमशिला के शिक्षा केंद्रों से निकली ज्ञान की किरणें आज भी बिहार के व्योम में व्याप्त हैं। आज हम या तुम जो एक छोटे मोहल्ले से निकल कर राज्य की बड़ी राजधानी, पटना पहुँचे हैं, उसका यही कारण है।” मणि अबोध बालिका की तरह चुपचाप सुन रही थी। पारस बताते गए—“थोड़ी बहुत इतिहास की जानकारी होगी तो बखूबी जानती होगी, ऐतिहासिक इमारतों के लिए प्रसिद्ध पटना अजातशत्रु, सम्राट अशोक, और समुद्रगुप्त जैसे शूरवीरों के वैभवशाली अतीत को अपने दामन में समेटे हुए है। यह सिर्फ शक्तिशाली राजवंशों के लिए ही नहीं जाना जाता बल्कि ज्ञान और अध्यात्म के लिए भी लोकप्रिय रहा है। जानती हो मणि, यहाँ कौन-कौन यात्री बाहर से आए थे?” हाजिरजवाब मणि छुटते ही बोली—“जी, मेगस्थनीज, फाह्यान और ह्वेनसांग जैसे प्रबुद्ध यात्रियों का आगमन हुआ था।” पारस मणि के सामान्य ज्ञान से प्रभावित हुए और आगे बोले—“महान् कूटनीतिज्ञ कौटिल्य ने अर्थशास्त्र और विष्णु शर्मा ने ‘पंचतंत्र’ की रचना यहीं की। अपना बिहार, विहार और बहार सब समेटे हुए है। आओ, आगे चलते हैं।” फिर दोनों चलने लगे। पारस राह चलती मणि को घूम-घूमकर देखते रहे। मुट्ठी भर असबाब (सामग्री) लिये

साथ चलती बाला गेहूँ के खेतों में अनायास उग आई तीसी के फूलों जैसी सुंदर लग रही थी।

हातिमताई की तरह अहमद भाई भी मौके की नजाकत को भाँप लेते थे। फिर परेशान हाथ को थामने में देर नहीं लगती। जिसको जब जरूरत पड़ती, हाजिर हो जाते। शायद ही कोई लड़का हो जो अहमद भाई को न जानता हो। रक्षाबंधन के दिन लड़कियाँ खोज-खोजकर राखी बाँधतीं। बंदे का नंबर सरकारी सेवा की तरह सार्वजनिक हो चुका था। जब लॉज वाली आंटी ने टके सा जवाब दे दिया तो हजरत फिर हाजिर हो गए। देखी तो तेवर तनिक ढीले पड़े। बोली—"अहमद! अब आ गए तो तुम्हीं बताओ बेटा, कैसे किसी कुँवारी लड़की को पारस के कमरे में रहने की इजाजत दे दूँ? कल कोई लफड़ा खड़ा हो गया तो मुफ्त में लेनी की देनी पड़ जाएगी। कोर्ट-कचहरी का चक्कर कौन लगाएगा? कौन थाना-पुलिस की गारंटी लेगा?" "मैं हूँ न। मैं हर बात की गारंटी लेता हूँ। कुछ भी हुआ तो उसकी सारी जवाबदेही मेरी होगी। आंटी, समझ लीजिए, लड़की मेरी बहन-बेटी जैसी है। बड़ी आस लिये पटना आई है। जरा इसकी जागती आँखों में उफनते ख्वाबों को देखिए! इतने बड़े शहर में क्या इस मासूम को एक छत भी मयस्सर न होगी? क्या गौतम के ज्ञान, अशोक की आन, मगध बखान और बाबा याहया मनेरी (र.अ.) की धरती शर्मशार न होगी? अगर आप नहीं रहने देंगी तो कोई बात नहीं। मैं इसे लिये जाता हूँ। भले ही मैं दीगर मजहब से हूँ लेकिन मेरा ईमान पुख्ता है।" मणि की आँखें अहमद के कदमों में बिछने लगीं। होंठ खुल न सके। लेकिन बहती आँखें सबकुछ बयाँ कर गईं। उदिता दौड़कर आई और उसके हाथ पकड़ बोली—"मणि मेरे कमरे में रहेगी। मेरे साथ पढ़ेगी। हम इसके सपनों में पलीता नहीं लगने देंगे।" माहौल गमगीन हो गया। आखिर में तय हुआ कि पारस के कमरे को दो भाग में बाँट दिया जाए। मनोहर, ममता और माया सब लग गए। आठ-बाई-आठ को रस्सी से घेरकर दो भाग में बाँट दिया गया और उस पर परदे डाल दिए गए। गोया कि लक्ष्मण-रेखा खींच दी गई। एक में मणि रह गई, दूसरे में पारस ने आसन जमा लिये। समय धीरे-धीरे सरकने लगा। फिर वही पी.टी. और वही मेंस। आठ-बाई-आठ अब सज चुका था। जब एक कपड़े बदलता तो दूसरा बाहर निकल जाता। संडास सामूहिक था,

लेकिन सपने एक थे। हालाँकि दबी जुबान, आजू-बाजू फुसफुसाहट भी होती—"भाई! लिव इन रिलेशन का जमाना है। गाँव घर एक बहाना है और जब डफली अपनी है तो मनचाहा राग बजाना है।" कहते हैं, खैर, खून, खाँसी, खुशी छुपाए नहीं छुपती। बात देर-सबेर गाँव पहुँच ही गई। सुरेमनपुर और शामपुर में भी चर्चा चल पड़ी। लोग खूब चटखारे लेते—"देखो, देखो! बबुआ कलेक्टर ने क्या गुल खिलाया! बढ़िया से बाप को बेवकूफ बनाया। पहले चँवर-चांचर बिके, अब गोएंड़ की बारी है। घूम-घूमकर बरतन बेचती बूढ़ी महतारी है। कहीं ऐसा होता है क्या कि शादी हुई नहीं और साथ रहने लगे? ऐसे लोगों को नरक में भी जगह न मिलेगी। बाप काँपती काया लिये दिन-दिन भर चाक चलाता है और उधर बेटा गुलछर्रे उड़ा रहा है। धत्, कहीं टाट में मखमल का पेबंद लगता है!" बाबूजी सुनते तो झेंप जाते। लेकिन बेटे पर भरोसा था। उम्मीद की डोर को टूटने नहीं दिया। अलबत्ता वह डोर कुछ लंबी जरूर खींच गई। इधर एक नया काम यह हुआ कि अमनपुर में बेटी के लिए बढ़िया रिश्ता मिल गया। अब शादी की तैयारी होने लगी। उधर पारस ने नए सिरे से पढ़ना शुरू किया। जहाँ तक चले थे, आँखें उसके आगे देखने लगीं। मणि को साथ बैठाते। खुद पढ़ाते। जो सबक देकर जाते, वह ट्यूशन पढ़ाकर लौटते तो तैयार रखती। मणि आज्ञाकारी बच्चे की तरह अक्षरशः पालन करती और लगी रहती। बेचारी आठ-बाई-आठ से बाहर की दुनिया न देखी। अपने व्यवहार से आंटी और तमाम लड़कियों का दिल जीत ली। अपने कपड़े धोती तो उनके भी शामिल कर लेती। सुखाकर, आयरन कर कमरे-कमरे पहुँचा देती। लड़कियाँ भी अपने नोट्स से खूब मदद करतीं। आप एक बार जब कसौटी पर खरे उतर जाते हैं तो लोगों का भरोसा जीत लेते हैं। मन में उठने वाली तरह-तरह की तरंगों को मार दिया जाए तो भजन भी हो जाएगा और पढ़ाई भी हो जाएगी। चंचल चित तो प्रकाश से भी तेज चलता है। अब यह आप पर निर्भर करता है कि आप इसे बाँधकर रखते हैं या चितवन के लिए खुला छोड़ देते हैं। अगर बढ़िया से बाँधने की कला आ गई तो हर तैयारी मुकम्मल होने लगती है। यहाँ भी यही हुआ। पारस के साथ मणि भी पी.टी. निकाल ली। मगर आगे का रास्ता देखा हुआ नहीं था सो मेंस क्लियर न कर सकी। जब कमजोर पक्षों की पड़ताल हुई तो रास्ते निकलने लगे।

लड़कियों के साथ मेल-जोल बढ़ा तो दिल की बात होंठों पर आ गई। फिर तो बात कानोकान पसरती चली गई। चलते जमाने की चलन कहिए, प्रेमी-प्रेयसी या पति-पत्नी, एक-दूसरे के जन्मदिन को सबक की तरह याद रखने लगे हैं। मणि भी पारस का जन्मदिन जान चुकी थी। जब इकतीस दिसंबर आया तो उसने भी मुट्ठी भर असबाब से आठ-बाई-आठ को बढ़िया सजाया। अहमद भाई को दावत दे दी। शाम को जब पारस आए तो आठ-बाई-आठ के बदले स्वरूप देख चौंक गए। कमरा करीने से सजा था। लक्ष्मण-रेखा भी हटा ली गई थी। शाम के सात बजे होंगे कि तमाम मेहमान हाजिर हो गए। मनोहरा मुंगेरी हाजिरजवाब था। पारस को देखते ही थोड़ा लंबा खींच दिया—"हाँ तो जनाब ने हमें किस मकसद से याद किया? हम हाजिर हैं। हुक्म हो मेरे आका!" पारस को कोई जवाब न सुझा। बोले, "मैंने तुझे कहाँ बुलाया है?" "अब हजरत इतने भोले भी न बनिए! भले चार बार फिसड्डी रह चुके हैं लेकिन हैं तो कमीशन वाले ही न! हम आसमान में उड़ते पंछियों के पर भी गिन लेते हैं।" मनोहरा दूर की फेंका। पारस उलझते गए। रही सही कसर तब पूरी हो गई जब लड़कियों ने हैप्पी बर्थडे बोलना शुरू किया। ममता बाहर से एक स्टूल उठा लाई। उस पर अपना दुपट्टा डाल दी। बैठने को कुछ था नहीं सो सभी फर्श पर ही तशरीफ रख लिए। तभी एक विस्फोट हुआ। इसकी उम्मीद पारस को कतई न थी। आंटी की बड़ी बहू मणि को सजाकर ला खड़ी की। सुर्ख साड़ी में मणि दुलहन-सी लग रही थी। छोटी बहू एक छोटा सा केक स्टूल पर रख दी। माया मोमबत्ती जला दी। फिर, पारस से बोली—"भैया! आज आपका जन्मदिन है। इन जलती मोमबत्तियों को बुझाइए और हमारा मुँह मीठा कराइए। और···इस फूल-सी दुलहन को हमें भाभी कह बुलाने की आजादी दीजिए।" पारस ने पहली बार मणि को इतनी नजदीक से निहारा। आँखें भर आईं। काँपते हाथों से केक काटा और घुटनों के बल बैठ गए। फिर बुक्का फाड़ रो पड़े। बाबूजी की चाक पर चलती उँगलियाँ और बरतन बेचती माँ बारी-बारी से आँखों के आगे आने लगीं। पारस देर तक रोते रहे। तभी किसी ने कंधे पर हाथ रखा और प्यार से उठाया। ये अहमद भाई थे। उनके इशारे पर मणि ने बर्थडे की रस्म अदायगी की। आठ-बाई-आठ हैपी बर्थडे की आवाज से गूँज उठा। मणि ने मुट्ठी भर मिठाइयाँ मँगवाई थी।

लेकिन अहमद भाई बड़ा डब्बा लेकर आए थे। सभी खाए, मुसकराए और निकल गए। थोड़ी देर बाद ममता पलटी। शायद वह अपना दुपट्टा भूल गई थी। कमरे का शोर थम चुका था। मणि छोटी बहू की साड़ी लौटाने ऊपर गई थी। देखी, पारस आठ-बाई-आठ में फिर से लक्ष्मण-रेखा खींच रहे थे। आज पहली बार उसने ईमान के सच्चे और लंगोट के पक्के पारस को भाई कहकर पुकारा। दुपट्टा ली और चली गई। अब मणि पूरे लॉज के लड़के-लड़कियों की भाभी थी। आंटी बहू कहकर पुकारने लगी। मणि सुनती तो उसे खूब अच्छा लगता। बहरहाल, समय का सायरन बजता रहा। साल-दर-साल तीन साल गुजर गए।

ऑटो चितकोहड़ा पुल पार किया तो पारस खुद में लौटे। अतीत आँखों में उतर चुका था। देखा, सामने गरदनीबाग था। मणि कब की उतर चुकी थी। भाड़ा दिया और लंबे डग भरते पटना हाईस्कूल जा पहुँचे। दर्जनों न्यायमूर्ति, राजनेता और भारतीय प्रशासनिक सेवा के अधिकारियों को अपने साँचे में गढ़ने वाला यह विद्यालय अपने गौरवशाली अतीत के लिए जाना जाता है। आज उन तमाम परीक्षार्थियों का खैर मकदम कर रहा था। जो जीवन के बड़े लक्ष्य की ओर बढ़ रहे थे। कभी आप बिहार विधानमंडल के पूर्वी गेट की तरफ जाएँ तो शहीद स्मारक को सलाम किए बिना आगे बढ़ नहीं सकते। ये वाहिद पूज्य स्थल है, जहाँ मजहब की मीनारें छोटी पड़ जाती हैं। 'अंग्रेजो भारत छोड़ो' का नारा बुलंद करते हुए जिन दिलेर, वीर बिहारियों ने अपना बाँकपन निछावर किया और सचिवालय पर तिरंगा फहराया, उन सात शहीदों में शुमार, राजेंद्र प्रसाद सिंह इसी स्कूल के उदीयमान नक्षत्र थे। पारस विद्यालय के बीच बनी उस महान् सूरमा की आदमकद प्रतिमा को प्रणाम किए और अपनी जगह जा बैठे। घंटी बजी। प्रश्न-पत्र मिले और परीक्षा प्रारंभ हो गई। कलम से निकली रोशनाई कागज पर जिंदगी की इबारत लिखने लगी। कहते हैं, तवे पर गोल-गोल घूमती रोटी तक पहुँचने की एक राह इन परीक्षाओं से होकर भी गुजरती है। पहला ही सवाल था। 'अमरीका की अर्थव्यस्था को निर्धारित करने वाले महत्त्वपूर्ण कारकों में··· !' पारस को याद आया। अरे, यह तो वही सवाल है, जिसे उन्होंने आज सुबह-सबेरे भरदुल भैया की दुकान पर दोहराया था। मुसकराए और लिखना शुरू किया। कलम चलती रही। कुछ

ऐसे भी सवाल थे जो जलेबी जैसे थे। देखने में बहुत उलझे हुए। अब कोई परीक्षार्थी इस उलझाव से ही मुँह बिचका ले तो उसे मिठाई में भरी मिठास का मजा कहाँ से आएगा! बहरहाल, समय समाप्त हुआ। उत्तर-पुस्तिका जमा की और बाहर निकल गए। याद आया, मणि इंतजार कर रही होगी।

काली घाट। सुबह-सबेरे की कक्षाएँ एक बार फिर लगने लगी थीं। अब दो ग्रुप बन चुके थे। जिन्हें कंफीडेंस था कि मेंस निकाल ले जाएँगे, वे सामूहिक चर्चा में बैठते थे। जिन्हें भरोसा नहीं था, वे फिर से इकसठ का एक और बासठ का दो पढ़ने लगे थे। कुछ ऐसे भी थे जो डोलड्रम में थे। ये बारी-बारी से दोनों समूहों में बैठते थे। मनोहरा की स्थिति कुछ ऐसी ही थी। पारस को खोने के लिए कुछ भी न था। पारी आखिरी थी, जिसे वे खेल चुके थे। वैसे तबीयत भी कुछ खराब रहती थी। मजबूरन कहीं ट्यूशन पढ़ाने नहीं जाते थे। भरदुल के तेरह सौ चढ़ चुके थे। उधर घर से पैसे आने बंद हो गए थे। जानते थे, पाई-पाई बहन की शादी के लिए जोड़े जा रहे होंगे। सो कुछ माँगना मुनासिब न था। पी. एम. सी. एच. पास ही था। डॉक्टर से दिखाकर मुफ्त मिली दवाएँ लाते और कमरे में पड़े रहते। मणि अब बाहर निकलने लगी थी। अखबार लाती। खाना बनाती और ममता के कमरे में जाकर पढ़ती रहती। पिछले दो महीने से उसका रूटीन कुछ बदल गया था। सुबह-सबेरे उठती। पारस को चाय देती और गंगा किनारे निकल जाती। फिर दस बजे लौटती। पारस समझते कि पढ़ने जाती होगी। मणि लौटने के साथ स्नान करती। फिर भोजन बनाने बैठ जाती। कुछ घटता तो दौड़कर भरदुल की दुकान से ले आती। पारस को अच्छा नहीं लगता, लेकिन कुछ कह नहीं पाते। एक दिन तबीयत कुछ ठीक लगी तो भरदुल के पास गए। एकाध ग्राहक खड़े थे। उन्हें सौदा देकर भरदुल बोला—"क्या चाहिए··· ? चौंतीस का चावल, दस की दाल और पाँच का परवल या कुछ और दे दूँ?" पारस चुप रहे। भरदुल मुसकराया और फिर बोला—"देखो! कोई ग्राहक आ गया तो मैं उलझ जाऊँगा। इसलिए कुछ चाहिए तो कह दो।" पारस अगल-बगल देखे और धीरे से बोले—"किस मुँह से कहूँ भैया! तेरे तेरह सौ तो पहले से चढ़े हुए हैं। फिर भी अगर दे सको तो एक साबुन और थोड़ा सर्फ दे दो। कपड़े बहुत गंदे हो गए हैं।" भरदुल फौरन दे दिया। चलने लगे तो बोला, "पारस! वो तुम्हारे साथ रहती है न, उसने तेरी

पाई-पाई चुका दिया है। अब कोई कर्ज वगैरह नहीं है। आराम से ले जाओ और जब जरूरत पड़े, दौड़कर आओ।" पारस को बहुत आश्चर्य हुआ। कमरे में पहुँचे तो मणि भोजन बना रही थी। आते ही पूछा, "मणि! भरदुल के तेरह सौ रुपए कहाँ से दिए? तेरे पास तो थे नहीं।" "मैं जानती थी, देर-सबेर आप पूछेंगे ही। सो बता देती हूँ। पहले आप खाना खा लीजिए।" लेकिन पारस जिद पर आ गए। मजबूरन मणि को बताना पड़ा, "पहली बात तो ये कि मैंने आपके पॉकेट से निकाला नहीं है।" पारस व्यंग्य भरे लहजे में बोले, "उसमें चालीस से ऊपर कभी रहता ही नहीं तो निकालोगी कहाँ से? अब बताओ, लाई कहाँ से?" तेवर थोड़ा तीखा हो गया। मणि मुसकराई और बोली, "ये मेरी कमाई के पैसे हैं।" "झूठ! झूठ!" पारस उग्र हो गए। भूल गए कि मणि उनके साथ सिर्फ रहकर पढ़ रही है। अभी उनकी ब्याहता नहीं है। मजे की बात, मणि तनिक भी बुरा नहीं मानी। आराम से बोली, "पिछले तीन महीने से आपकी दशा देख रही हूँ। स्वास्थ्य लगातार गिर रहा है। घर से पैसे नहीं आ रहे हैं। ट्यूशन भी छूट गए हैं। इसलिए मैंने कुछ काम करना शुरू कर दिया। गंगा किनारे पथरी घाट पर रोज दो घंटे झाड़ू लगा देती हूँ। वैसे इस काम के लिए बुशरा बहाल है, लेकिन आजकल उसकी तबीयत खराब चल रही है, सो उसकी जगह मैं काम कर देती हूँ। महीने के ढाई हजार मिल जाते हैं। अगर विश्वास न हो तो चलकर पूछ सकते हैं। सफाई वाले इंस्पेक्टर इंद्रजीत बाबू सब बता देंगे। आपकी कसम, यही सच है।" पारस टूटने लगे, "क्या तुम झाड़ू लगाती हो?" "तो इसमें बुरा क्या है? मेरी तरह रीता, रामकली और रजिया भी झाड़ू लगाती हैं। चार पैसे मिल जाते हैं। लगे हाथ गंगा मैया की सफाई भी हो जाती है। मन भी खुश, तन भी खुश और मैया भी खुश।" "लेकिन तुम्हें यह नहीं करना चाहिए। लोग क्या कहेंगे?" "लोग क्या कहेंगे, के चक्कर में अपना वर्तमान बिगाड़ लेना कहीं से बुद्धिमानी की बात नहीं है। जो काम करके हमारे माँ-बाप हमारा लालन-पालन कर रहे हैं, वही काम करके हम उनका भार थोड़ा हलका कर दें तो इसमें बुरा क्या है? मेरी माँ सारे दिन ईंट भट्ठे पर काम करती है। आपके बाबूजी चौदह घंटे चाक चलाते हैं। अम्मा बरतन बेचती हैं। आखिर किसके लिए? कोई काम छोटा-बड़ा नहीं होता। हमारी सोच ही हमें छोटा-बड़ा बनाती है।" पारस आज बौने बन गए थे। मणि

बूढ़ी दादी बन जिंदगी के फलसफे बताए जा रही थी। टूट गए पारस। मणि का हाथ पकड़ देर तक रोते रहे। मणि भी रोने लगी। उस दिन कोई खाना न खाया। हालाँकि चावल, दाल और आलू की भुजिया बढ़िया बने थे। साथ में धनिया की चटनी भी थी।

मौला की माया भी बड़ी निराली है। सृष्टि के सिलसिले को कैसे कायम रखना है, वही बेहतर जानता है। साँझ होते ही सूरज के उजाले को अँधेरे के आगोश में ला पटकता है। पूरी रात कयादत करते सितारों को सुबह होते ही समेट लेता है। यहाँ भी वह दिन आया जब रात की तारीकी खत्म हुई और सुबह की सुनहली किरणों के साथ दिन का आगाज हुआ। दस बजते ही लगभग हर लॉज में चहल-पहल बढ़ गई। मालूम हुआ कि मेंस का रिजल्ट आ गया है। सबको आखिरी पारी खेल रहे पारस की चिंता थी। बलिहारी बाबा भोलेनाथ और पारस के मेहनत-मशक्कत की! हजरत पास हो गए। मजे की बात ये रही कि मणि ने भी निकाल लिया। ममता, माया, उदिता और बबीता को पहले से कंफीडेंस था कि वे इस बार आ रही हैं। और, हुआ भी यही। मनोहरा मुंगेर चला गया था सो उसकी खबर न मिली। अहमद भाई को फोन किया गया, लेकिन मोबाइल स्विच ऑफ मिला। महीने दिन बाद वायवा था। परीक्षा, परीक्षा होती है। समझदार परीक्षार्थी इसे कभी हलके में नहीं लेता। थोड़ी सी चूक भी पासा पलट देती है। लिहाजा सभी अपने-अपने हिस्से का पसीना बहाना शुरू कर दिए। बहरहाल, वह दिन भी आया जिसका इंतजार आयोग की परीक्षा देने वाले हर परीक्षार्थी को रहता है। बारी-बारी से हर परीक्षार्थी वायवा के लिए बुलाए जाने लगे। कभी टाई न बाँधने वाले बंदे आज टाई में नजर आ रहे थे। जींस-पैंट में तितली-सी उड़ने वाली लड़कियाँ आज करीने से साड़ी पहन रखी थीं। अपनी बारी आने पर पारस और मणि भी गए। वायवा देकर निकल रहे थे कि गेट पर अहमद भाई मिल गए। साथ में मनोहरा भी था। सभी साथ बैठे। अहमद भाई टेंपू की ड्राइविंग सीट सँभाले। मणि पूछी, "भैया! आपका क्या हुआ? हम लोग बहुत परेशान थे।" "मेंस देकर गाँव चला गया था। वहाँ नेटवर्क का भारी प्रॉब्लम था। कोई जानकारी न मिली। परसों पटना पहुँचा तो मालूम हुआ कि मेरा भी मेंस क्लियर हो गया है। आज वायवा देकर एकाध सवारी की तलाश में गेट पर खड़ा था कि तुम

लोग आ गए।" मस्त अंदाज में अहमद भाई बोल गए। पारस पूछे, "वैसे क्या-क्या सवाल पूछे गए।" "पहला सवाल तो यही था कि आप करते क्या हैं?" "क्या जवाब दिए भैया?" उत्सुकतावश मणि पूछी। "साफ-साफ बता दिया कि पढ़ता हूँ, और पार्ट टाइम टेंपू चलाता हूँ। फिर इंटरनेशनल रिलेशन पर कुछ सवाल पूछे गए। जो जानता था सो बता दिया। कुछ ऐसे भी सवाल थे, जिन पर क्लियरिटी नहीं थी, उसके लिए माफी माँग ली और सलाम कर निकल गया। अब मौला की मरजी, चवन्नी का टेंपू चलवाए या अठन्नी का आदमी बना दे। ससुर इसी नौकरी के कारण शादी नहीं हो रही है। बेटी-वाला बेटी देने से पहले सौ बार पूछता है। जैसे ही मालूम होता है कि लड़का पटना में टेंपू चलाता है तो ऐसे भागता है जैसे मोटा डंडा देख कुत्ता दुम दबाकर गली में सरपट भागता है।" अपनी बात पूरी कर अहमद ने लंबी साँस ली और टेंपू धीरे किया। सामने ट्रॉफिक जाम था। आगे इनकम टैक्स चौराहा था। सभी खामोश थे। "अच्छा तुम लोग अपनी सुनाओ।" अहमद बात बढ़ाए। सब अपनी-अपनी सुनाने लगे। आखिर में पारस बोले, "भैया! सोच रहा हूँ, कल गाँव निकल जाऊँ। बहन की शादी है और बाबूजी लाचार हैं। घर रहूँगा तो माँ का हाथ बटाऊँगा। वैसे भी करने के लिए अब बचा ही क्या है?" यह सुन सभी उदास हो गए। तभी मनोहरा बोला, "लेकिन भैया! मणि अकेली कैसे रहेगी?" यही सवाल मणि का भी था, लेकिन वह बोल न पा रही थी। अच्छा हुआ, मनोहरा पूछ लिया। "मणि समझदार हो गई है। गंगा किनारे झाड़ू लगाकर कुछ कमा भी लेती है। फिर, परिस्थिति विशेष के लिए अहमद भैया हैं ही।" पारस बिंदास बोल गए। मणि सिर झुकाए सुनती रही। कुछ न बोली।

शुगर मिल में गन्ना गिराकर लौटते बैल और आखिरी परीक्षा से निकले परीक्षार्थी ऐसे निढाल पड़ जाते हैं जैसे देह में जान ही न हो। आज हर लॉज की कमोबेश यही स्थिति थी। रात भी थककर सोने लगी थी। लेकिन दो जोड़ी आँखों से नींद नदारद थी। एक पारस थे, दूसरी मणि। दोनों आमने-सामने बैठे थे, लेकिन खामोश। पारस कभी अखबार का कोई पन्ना पलटते तो मणि कभी दाँत से नाखून काटने लगती। रात गहराती गई। घंटे-दर-घंटे खिसकते गए। बहरहाल, सुबह हुई। मणि चाय बनाने लगी। तभी किसी ने दस्तक दिया। पारस उठे और दरवाजा खोला। बाहर आंटी की छोटी बहू खड़ी

थी। फिर, मोबाइल देती बोली, "भैया! अहमद भाई लाइन पर हैं।" पारस हाथ में मोबाइल लेकर सुनने लगे। अहमद कह रहे थे। "पारस, कुछ खबर मिली?" "नहीं भैया, कैसी खबर?" पारस बच्चों-सा उछले। "यार! पता नहीं, किस दुनिया में रहते हो? तुमको समझाना और पूर्णिया से पैदल आना सब बराबर है। भाई, स्टॉफ सेलेक्शन कमीशन का रिजल्ट आ गया है। तुम रिटेन क्वालीफाई कर गए हो! बहुत मुबारक। दो महीने बाद टाइपिंग टेस्ट है। अंग्रेजी में स्पीड कितनी है?" आवाज न निकल पाई पारस की। बोले, "भैया! मैं तो टाइपिंग का ए. बी. सी. डी. भी नहीं जानता हूँ।" "तो फॉर्म कैसे भर दिए? इसमें टाइपिंग टेस्ट तो जरूरी होता है।" "लड़कों की देखा-देखी।" पारस बुझ से गए। एक सफलता आई भी तो अँगूठा दिखाकर चली गई। "हेलो··· हेलो, अमाँ यार! पता नहीं तुम बीच-बीच में कहाँ खो जाते हो? अच्छा, मणि को फोन दो।" पारस ने मणि को फोन दे दिया। अहमद देर तक समझाते रहे। बात जब समाप्त हो गई तो मणि वह सबकुछ सुना दी जो अहमद भाई बताए थे। तय हुआ कि घर का प्रोग्राम फिलहाल रोक दिया जाए। किसी अच्छे इंस्टिट्यूट से टाइपिंग सीख ली जाए। वैसे दो महीने कम नहीं होते। मजबूरन पारस को रुकना पड़ा। दूसरे ही दिन से हाथ की अंगुलियाँ कंप्यूटर के की-बोर्ड पर संतुलन साधने लगीं। पहला दिन 'द क्विक ब्राउन फॉक्स जम्पड ओवर द लेजी डॉग' लिखने में ही निकल गया। पारस दस बजे जाते और शाम चार बजे लौटते। यही जिंदगी है भाई! जीने के लिए जद्दोजहद करने ही पड़ते हैं। बहरहाल, दो महीने बीतते देर न लगी। परीक्षा केंद्र इलाहाबाद में था। सो दो दिन पहले निकलना मजबूरी थी।

सुरेमनपुर। आज परमेसर के घर बारात आ रही है। छोटे से घर को बढ़िया से सजाया गया है। बारातियों के ठहरने के लिए प्रधान के पोखर पर शामियाना लग चुका है। हित-नात, कर-कुटुंब सब आ चुके हैं। शांति के ममहर से तीन भाभियाँ और ढेर सारी लड़कियाँ आई हैं। भर-भर बाँह कामदार चूड़ी पहनी छोटी भाभी बात-बात पर बाहर निकलती है और अपनी गार्डन सिल्क की साड़ी को ऐसे झमकाती है कि रिश्ते के देवरों पर बिन बादल बिजली गिर जाती है। नगिनिया चाल चलती हजरिया हजाम की कनिआइन देखती है तो मने मन खूब मुसकाती है। ढेर दिन बाद आज उसे कोई सीधी टक्कर मिली है। बारात

आने की धमस (सूचना) मिल चुकी है। सो जल्दी-जल्दी सारे काम निपटाए जा रहे हैं। पियरी धोती पहने परमेसर, मुसेहरी के मुन्ना मिसिर की राह देख रहे हैं। लगन में इनका भी भाव सोने-चाँदी की तरह आसमान छूने लगता है। हैं तो पढ़े-लिखे पंडित, लेकिन बिना इक्कीस-इक्यावन नकद लिये सोझ मुँह बात नहीं करते। ऊपर से ब्याह कराई में दो जोड़ी पियरी धोती चाहिए। लोग मन मसोसकर दे ही देते हैं। हजरिया हजाम तीन चक्कर लगा चुका है। अब जाकर बाबा का आसन डोला है। खबर मिली है कि आ रहे हैं। उधर आँगन में जब कोई रस्म होती है तो औरतें लाऊडस्पीकर पर गीत गाती हैं। हर नेग-विध के लिए पारंपरिक गीत होते हैं। गीत में दूल्हा-दुलहन का नाम होता है। बीच-बीच में दुलहन की माँ, पिता और भाई के नाम भी लिये जाते हैं। जब गीत में पारस का नाम आता है तो शांति बिलख-बिलखकर रोने लगती है। माँ चुप कराती है और दिलासा देती रहती है। अभागा एक भाई, वो भी अब तक नहीं आया है। बैंड-बाजे की आवाज नजदीक आने लगी है। लीजिए, बारात भी आ गई। अब द्वार-पूजा शुरू हो रही है। मुन्ना मिसिर मंत्रोच्चारण कर रहे हैं। औरतें गीत गाती हैं, 'लीं ना परमेसर पापा धोतिया, हाथे पान के बीड़ा। करीं ना समधिया से मिनती, सिर आजु नवाई। जे सिर कबहुँ ना नवेला, सिर आजु नवाई, बेटी हो शांतिय बेटी कारने, सिर आजु नवाई।' लोग उचक-उचककर दूल्हा को देख रहे हैं। शांति का योग्य वर देख संतोष होता है। पूछे जाने पर बाराती सीना तान बताते हैं। "लड़का मुंसपिलटी में बाबू है।" बूढ़े बब्बन बाबा गरदन हिलाते हैं और परमेसर की तारीफ करते हैं, 'देर आयद, दुरुस्त आयद। भले तनिक विलंब से ब्याह हुआ, लेकिन घर-वर बढ़िया मिले।' यही ऐसा समय होता है जब सारा गाँव एक पैर पर खड़ा होकर बारात का स्वागत करते हैं। लीजिए, द्वार-पूजा संपन्न हुई। शायद पंडितजी को कहीं और जाना है सो जल्दी-जल्दी सारे नेगचार निपटाए जा रहे हैं। उधर नाश्ता शुरू हो गया है। इसी बीच एक सज्जन खड़े होकर अनाप-शनाप बकने लगते हैं। शायद उन्हें नाश्ता देर से मिला है और उसमें भी एक रसगुल्ला कम है। बार-बार बारात छोड़ने की धमकी दे रहे हैं। अचानक हजरिया हजाम की कनिआइन पकवा रंग फेंककर भाग जाती है। यह आग में घी का काम करता है। अब वह सज्जन धोती खोलकर नाचने लगते हैं। परमेसर और उनके बड़े साले हाथ जोड़ मनाने

लगते हैं। तहकीकात होती है। पता चलता है—जनाब, दूल्हा के फूफाजी हैं। मुन्ना मिसिर अलग तूफान खड़े किए हुए हैं। बार-बार लगन का मुहूर्त बताते हैं, और सारे काम जल्दी-जल्दी निपटाने का हुक्म देते हैं। लीजिए, बारात प्रधान के पोखर को लौट रही है, लेकिन वर पक्ष के पउनी पसारी अपने नेग के लिए उधम मचाए हुए हैं। परमेसर अपनी सामर्थ्य के अनुसार सबको कुछ-न-कुछ दे ही देते हैं।

रात गहराने लगी है। लाउडस्पीकर पर मंत्रोच्चारण की ध्वनि साफ सुनाई देती है। शादी संपन्न हो रही है। शांति मंडप में बैठी है। बगल में माँ बैठी है। आँगन औरतों से खचाखच भरा है। दूल्हा आ चुके हैं। नेगचार शुरू हो गए हैं। बीच में कभी भाई की जरूरत पड़ती है तो ममेरे भाई को खड़ा कर दिया जाता है। शांति, माँ की उँगली दबाती है। मानो पूछ रही हो कि वो अब तक क्यों नहीं आया? माँ परदे में बेटी के हाथ सहलाती है और बार-बार दिलासा देती है। औरतें गीत गाती हैं। 'हमरी शांतिय हो बेटी, आँखी के रे पुतरिया। दिनवा हरेलु हो बेटी, भुखिया आ हो पियसिया।' अब परमेसर कन्यादान कर रहे हैं। फिर दूसरा गीत होता है। 'आहो पापा, कवने नगरिया जुअवा खेलनी कि हमरा के हार गइनी हे। आहो पापा, गईया बछरूवा काहे ना हरनी कि हमरा के हार गईनी हे। आहो बेटी, गईया बछरूवा घरऽ के लछमी कि तुँहू बेटी पहुनवा रहलु हो···!' आँगन में खड़ी औरतें जार-बेजार रो रही हैं। ये वाहिद गीत होता है कि सुनकर पत्थर दिल कलेजा भी फट जाता है। शायद इसीलिए कहा जाता है—'बेटा आपका हो सकता है लेकिन बेटी पूरे समाज की होती है।' आगे कुछ हलके-फुलके विधि-विधान के साथ शादी संपन्न हो जाती है।

भोर हो रही थी। मुहूर्त के हिसाब से किरिन फूटने के पहले शांति को विदा होना था। सो दरवाजे पर दूल्हे की गाड़ी बुला ली गई। उधर आँगन में कोहराम मचा हुआ था। औरतें समझा रही थीं, लेकिन शांति विदाई के कपड़े नहीं पहन रही थी। जिद धरे बैठी थी कि जब तक भाई नहीं आ जाता, वह ससुराल नहीं जाएगी। किसी कीमत पर नहीं जाएगी। मामा-मामी सब समझा चुके थे, लेकिन जहाँ बैठी थी, वहाँ से उठने को तैयार नहीं थी। आखिर में परमेसर को बुलाया गया। शांति, पिता को देखी तो भर अकवार पकड़ ली और चीख-चीखकर रोने लगी। परमेसर भी फूट पड़े। पूरा आँगन रो पड़ा। परमेसर

हाथ जोड़ इज्जत की दुहाई दिए और कपड़े पहनने की विनती किए। शांति पूछी—"बाबूजी! सिर्फ एक बात बता दीजिए। माँ मुझे दो माह से धोखे में क्यों रखी? बार-बार झूठी दिलासा क्यों देती रही? आप पिता हैं। सच्चाई समझा दीजिए। अगर मेरा भाई जिंदा है तो अब तक क्यों नहीं आया? या उसके साथ कोई घटना तो नहीं घट गई, जो मुझसे छुपाई जा रही है?" परमेसर को पहली बार पटना जाते बेटे से कही बात याद आ गई, "पारस! जा ही रहे हो तो पीछे मुड़कर मत देखना। पाँच-दस कट्ठा जो भी जमीन है, बेच दूँगा। तू आदमी बन जाएगा तो सात पीढ़ी तर जाएगी। फिर शांति की शादी भी अच्छे घर में हो जाएगी। चाक पर चलती कमजोर उँगलियों की चिंता न करना। हौसला बुलंद रखना।" कमजोर काया लरजने लगी। परमेसर खड़े न रह सके। बैठ गए और बिलखते हुए बोले, "बेटी! कसूर मेरा ही है। अगर मैं जानता कि दुनियावी बुलंदियों को पाने के पीछे खून के नाजुक रिश्तों को बेटा बौना बना देगा तो पढ़ने के लिए उसे कभी पटना नहीं भेजता।" शांति मान गई। उसने अपने आँसू पोंछ लिये और अंदर जाकर कपड़े बदलने लगी। फिर वहीं से बोली, "बाबूजी! एक बात बोल जाती हूँ। भैया अगर आए तो कह देना, शांति उसके लिए मर चुकी है। बड़े आदमी को बड़ा ओहदा बहुत मुबारक!"

दुलहन के जोड़े में शांति बाहर आई। रिश्ते की भाभियाँ पीछे से सहारा दिए चल रही थीं। दुलहन धीरे-धीरे आगे बढ़ने लगी। तभी ऐसा हुआ, जिसकी कोई कल्पना न किया था। मैले कुचैले कपड़ों में एक विक्षिप्त सा युवक भागते हुए आया और शांति के आगे खड़ा हो गया। दाढ़ी और सिर के बाल बेतरतीब बढ़े थे सो पहचान में नहीं आ रहा था। फिर, अचानक आगे बढ़ा और शांति को पकड़ लिया। लोग अनहोनी की आशंका से काँप गए। शांति दो कदम पीछे हट गई। फिर वो युवक दहाड़ें मार-मारकर रोने लगा। सबके जेहन पर हथौड़े पड़ने लगे। लोगों ने गौर किया। आवाज कुछ पहचानी सी लगी। तभी शांति की माँ युवक को पकड़ ली और बुक्का फाड़ रो पड़ी। बोली, "मैं जानती थी। तुम जरूर आओगे मेरे लाल! देख, तेरे बिन शांति की क्या दशा हो गई है?" धीरे-धीरे धुंध के बादल छँटने लगे। शांति को विश्वास नहीं हो रहा था, लेकिन जो देख रही थी, वह चौबीस कैरेट सोने की तरह खरा था। सामने बड़ा भाई पारस खड़ा था। शांति तमाम मर्यादाएँ भूल गई। भूल गई

कि सामने साजन भी खड़ा है। उसने भाई के बाल पकड़ लिये। लगी मुक्के मारने। कभी मारती, कभी सीने से लग जाती। कभी पेशानी चूमती, फिर चीख-चीखकर रोने लगती। बार-बार एक ही बात दोहराए जाती, "तू अब तक काहे नहीं आया?" जब शांति शांत हुई तो पारस बोला, "इलाहाबाद से इम्तहान देकर सीधे घर आ रहा था। रिजर्वेशन नहीं था सो जनरल डब्बे में सफर कर रहा था। बनारस तक तो आराम से आ गया। लेकिन…!" परमेसर दौड़कर आए और पारस का कंधा पकड़ झकझोरते हुए पूछे, "आगे क्या हुआ बेटा?" "आगे मुझे कुछ नहीं मालूम। तीसरे दिन जब आँख खुली तो खुद को आसनसोल अस्पताल में पड़ा हुआ पाया। जेहन जकड़ गया था। मैं पस्तहाल पड़ा था। जब सोचने की सलाहियत आई तो तेरा ही खयाल आया। सच कहता हूँ बहना! मैं उसी वक्त निकल जाना चाहता था। लेकिन डॉक्टरों ने रोक लिया। दो दिन तक सेलाइन चढ़ता रहा। जब सामान्य हुआ तो अस्पताल से छुट्टी मिली। फिर आसनसोल पुलिस ने मुझे वापसी का टिकट करा दिया। उन्हीं लोगों ने बताया कि मैं किसी नशाखुरानी गिरोह का शिकार हो गया था। मुझे बेहोश कर वे मेरा बैग, मेरे कपड़े, सबकुछ लेते गए। इलाहाबाद से तेरे लिए कुछ कपड़े और कुमकुम की चूड़ियाँ ली थी। सब उसी बैग में थे। रात बारह बजे स्टेशन उतरा। भागकर बस स्टैंड गया। कोई सवारी न मिली। सो पहाड़पुर से पैदल आ रहा हूँ।" दुलहन का लबादा गिर गया। नन्ही चिरइया खोंते में जा बैठी। दरिया बनी आँखें समंदर हो गईं। भाई-बहन देर तक रोते रहे। दरवाजे पर खड़े सभी लोग बिलख पड़े। हाथ में अक्षत लिये मुन्ना मिसिर आगे बढ़े और पारस का कंधा पकड़कर बोले, 'बेटा! सुबह का भूला अगर शाम को सलामत लौट आए तो उसे भूला हुआ थोड़े ही कहते हैं। उठो! बहन को जाने दो। विदाई का मुहूर्त निकला जा रहा है।' पारस बोले, "शांति मैं तेरे साथ चल रहा हूँ। जब तक दिल करे अपने पास बैठाए रखना। तेरे आँगन में एक बार फिर हम लोग कंचे खेलेंगे। मैं जानता हूँ, हार जाने के बाद भी तुम हार नहीं मानोगी। गलती तेरी रहेगी, लेकिन मुझे मरोगी। पूरे बचपन ऐसे ही न मारती रही हो! इस बार भी मार खा लूँगा।" ससुराल जाती दुलहनिया गुजरे दो माह में पहली बार मुसकराई। भाई को खींचकर गले लगाई और रोते-राते बोली, "सिर्फ यही सुनने के लिए मेरी साँसे अटकी थीं। भैया! तुम आ गए न।

अब आराम से चली जाऊँगी। माँ-बाबूजी का खयाल रखना।" पारस बहन को लिये गाड़ी की तरफ बढ़े। तभी तपेसर चाचा की बेटी मोबाइल लिये आई और जोर से चिल्लाई, "पारस भैया! आपका फोन।" पारस अचकचा गए, "इस वक्त कौन हो सकता है!" फोन लिया और कान से लगा लिया। उधर से आवाज आने लगी, "यार! इन लड़कियों ने तो लूट ही लिया। पूरे ढाई हजार का पेट्रोल डालना पड़ा। गरीब टेंपूवाला बिक गया। मैं आ रहा हूँ भाई! अगर शांति विदा न हुई हो तो थोड़ी देर के लिए उसे रोक लेना। तेरे गाँव के सीमाने में घुस चुका हूँ। कोई जीन बाबा का स्थान है। उससे आगे बढ़ रहा हूँ।" आवाज अहमद भाई की थी। पारस जल्दी-जल्दी सारी बात शांति को बता दिए। शांति मुसकराई और अहमद का इंतजार होने लगा। बदले हालात के मद्देनजर मुन्ना मिसिर भी बदले और आराम से बैठ गए। कोई आधे घंटे बाद पटनिया टेंपू दरवाजे पर आ लगा। सबसे पहले अहमद भाई उतरे। बगल से मनोहरा उतरा। पीछे से माया, ममता और उदिता निकलीं। मौनी बाबा की तरह दमी साध बैठी तीनों ने बाहर आकर लंबी-लंबी साँस लीं। फिर अपने छोटे-छोटे तोहफों को दुलहन के आँचल में डालने लगीं। पारस, माँ-बाबूजी और चाचा का परिचय कराए। सबने पैर छू प्रणाम किए और पारस की ओर देखने लगे। पारस मुसकराए और बोले, "क्या जरूरत थी, पूरी रात सफर कर टेंपू से आने की? रास्ते में कहीं कुछ हो जाता तो…!" "अपने डिप्टी कलेक्टर दोस्त की इकलौती बहन की शादी में इतना जोखिम तो बनता है भाई! मुबारक हो। कल ही रिजल्ट आया है। मैंने कई बार कोशिश की कि फोन से तुझे बता दूँ, लेकिन शादी-ब्याह का घर होने के कारण तेरे चाचा के घर किसी ने फोन ही नहीं उठाया। मजबूरन आना पड़ा।" पारस को विश्वास नहीं हो रहा था, लेकिन अहमद भाई की ईमानदारी पर कोई शक की गुंजाईश न थी। फौरन पूछे, "और आपका क्या हुआ भैया?" "बताता हूँ, यार! माया को शिक्षा सेवा मिली। ममता राजस्व सेवा में ले ली गई। उदिता प्रशाखा पदाधिकारी बन गई। मनोहरा को गन्ना विभाग से संतोष करना पड़ा। देखो! बंदा फिर भी मस्त है।" अब पारस की बेचैनी बढ़ गई। पूछे, "और…र…आपका क्या हुआ?" "अल्लाह ने इस गरीब की भी सुन ली। मैं सेल्स टैक्स में अधिकारी बन गया। लेकिन सबसे बड़ी बाजी तो उसने मार ली।" "किसने भैया… ?" पारस बेचैन

हो उठे। "धत्! अब हर बात तुम्हें ही क्यों बताऊँ?" फिर वह शांति की ओर मुखातिब हो बोले, "प्यारी बहना! जाते-जाते एक और नेक काम करती जा ना। पारस पिछली रोटी खाया है सो हर काम कल पर डालता है। बड़ा उपकार होगा तेरा! मेरे टेंपू में एक अदद और सवारी बैठी है। उसे अपने आँगन में बैठाती जा ना! बड़ा उपकार होगा तेरा।" शांति कुछ समझ न पाई। बोली, "बताइए भैया!" अहमद कान में बोले। बाप-रे-बाप! सुनना था कि शांति उछल पड़ी। दौड़कर टेंपू के पास गई और अंदर साधारण कपड़ों में छुई-मुई सी बैठी एक लड़की को बाहर निकाल लाई। फिर अपनी ललकी चादर ओढ़ा दी और देर तक देखती रही। यह गंगा किनारे पथरी घाट पर मुट्ठी भर पैसों के लिए झाड़ू लगाने वाली मणि थी। आज डी.एस.पी. बन चुकी थी। पारस को एक बार फिर विश्वास न हुआ, लेकिन रिजल्ट को झुठलाया नहीं जा सकता था। मणि आगे बढ़ माँ, बाबूजी और चाचा-चाची के पैर छुई। पता नहीं शांति को क्या शरारत सूझी कि अपने दूल्हा के कान में कुछ फुसफुसाई। उनके चेहरे पर मुसकान आई। वे मिसिरजी के पास गए और बोले, "बाबा! अब तो विदाई का मुहूर्त भी निकल गया। क्या अभी जाना ठीक रहेगा?" मिसिरजी साफ मुकर गए, "कत्तई नहीं।" "तो अगला मुहूर्त कब होगा?" "कल फिर किरिन फूटने के पहले।" बाबा बोल गए। "फिर हम इतनी देर तक क्या करेंगे? अच्छा, एक बात बताइए। क्या आज रात शादी का कोई मुहूर्त हो सकता है? अगर हो तो निकालिए, बड़ी कृपा होगी। वैसे भी नई पीढ़ी की नई नस्लों के पास समय कहाँ होता है! कस कर न पकड़ें तो मुट्ठी से फिसल जाते हैं। सो चट मँगनी पट ब्याह पर विचार कीजिए। हर नेग के पाँच सौ मिलेंगे। ओवरटाइम की फीस बोनस में मिलेगी।" आँखें चमकने लगीं मिसिरजी की। बोले, "बाबू! बनारसी पंचांग के हिसाब से तो योग नहीं बनता है, लेकिन मिथिला पंचांग में शायद कुछ मिल जाए। रुकिए, लग्न-पत्रिका देखता हूँ।" संयोगवश उसी दिन एक सुंदर मुहूर्त मिल गया। शामपुर से मणि की माँ और उनके सगे-संबंधियों को बुला लिया गया। आँगन वही था। मंडप वही था। लोग वही थे, लेकिन दूल्हा-दुलहन बदल गए थे। पगड़ी बाँधे पारस बहुत सुंदर लग रहे थे। मणि तो इंद्रासन की अप्सरा जैसी नजर आ रही थी। आज नाच-नाचकर गीत गाने की बारी शांति की थी। उसने सबको पछाड़

दिया। छोटी भाभी देर तक टिक न सकी। नगिनिया चाल वाली हजरिया हजाम की कनिआइन कुछ साथ दी, लेकिन देर तक वह भी अड़ न सकी। माँ भी सुर-में-सुर मिलाकर गाने लगी। परमेसर, तपेसर दोनों भाई बाहर मेहमानों को खिलाने-पिलाने में लगे रहे। आज मिसिरजी हर नेग को लंबा खींचे जा रहे थे। जब कन्यादान की बात आई तो रस्म रुक गई। पिता के पीढ़ा पर बैठने के लिए कोई नहीं था। बगल बैठी माँ गुजरे पति को याद कर रोने लगी। माँ को रोती देख मणि भी चिल्ला-चिल्लाकर रोने लगी। एक बार फिर मातम पसर गया। माया, ममता और उदिता ने मणि को पकड़ लिया और सुबुक-सुबुककर रोने लगीं। मनोहरा खड़ा न रह सका। अहमद भाई भी बिलखते हुए बैठ गए। फिर पता नहीं क्या सूझा, मिसिरजी से मुखातिब हो बोले, "देवता! अगर एतराज न हो तो मणि का कन्यादान मैं कर दूँ! मगर मैं दीगर मजहब से आता हूँ।" हालात को हलका करने में माहिर मिसिरजी तेज आवाज में बोले, "मजहब को मारो गोली। मोहब्बत से बड़ा कोई मजहब नहीं होता। आ जाओ खुदा के नेक बंदे!" फिर क्या था…! अहमद मणि के बाप बन बैठ गए और कन्यादान करने लगे। औरतों ने गीत गाना शुरू कर दिया, "जंघिया बइठवले ये पापा, अपनी हो पुतरिया, मुरुछी-मुरुछी हो गिरे, मड़उवा सभे हो लोगवा, काढ़ेले अहमदऽ ये पापा, अपनी हो पुतरिया, कहवाँ में रखनी ये समधी, अईसन सुंदर हो धीयवा, हमरा तऽ बाड़े ये समधी, सोने के हो पिंजड़वा, ओही पिंजड़ा रखनी ये समधी, अपनी हो पुतरिया…!" लाउडस्पीकर पर आवाज दूर-दूर तक जाने लगी। बाहर मौलाद्दीनपुर से आए मुसलिम बिरादरी के लोग जब जाने कि एक परदेसी मुसलमान यहाँ आकर हिंदू बिटिया का कन्यादान कर रहा है तो पूरा टोला-मोहल्ला टूट पड़ा। मंजर अजीब था, लेकिन परदेसी का प्यार पराया नहीं था। लोग फूट-फूटकर रो पड़े। सब खुली आँखों से देख रहे थे, मजहब की तमाम दीवारें धरासाई हो गई थीं। अंदर दोनों माँएँ अहमद को एकटक निहारे जा रही थीं। बहरहाल, शादी संपन्न हो गई। किरिन फूटने के पहले शांति फिर दुलहन बन गई। सुर्ख साड़ी में जब बाहर आई तो पीछे-पीछे एक और दुलहन निकली। मिसिरजी ने मंत्रोच्चारण करना शुरू किया। एक मुट्ठी अक्षत शांति और उसके दूल्हा पर फेंकते तो दूसरी मुट्ठी पारस और मणि पर डाल देते। गाड़ी में बैठने जा रही शांति को भर अकवारी पकड़,

रोते-रोते मणि बोली, "तेरा यह एहसान जिंदगी भर न भूलूँगी मेरी भोली ननद! चली जाओगी तो घर बहुत सुना लगेगा। चौथी पर इनको भेजूँगी। चली आना। कुछ दिन साथ गुजारेंगे। फिर आँगन में कंचे भी खेलेंगे। लेकिन एक बात याद रखना, मैं भी जल्दी हार नहीं मानती।" इस पर दोनों दुलहनिया जोर से हँस पड़ीं। फिर शांति, साजन के साथ अपने ससुराल को निकल पड़ी। मणि अपने साजन के साथ अपने ससुराल को मुड़ गई। अहमद भाई भी पटनिया टीम के साथ टेंपू स्टार्ट कर धीरे-धीरे बढ़ने लगे। पीछे बैठी तीनों लड़कियाँ आँगन जाते पारस और मणि को साइड मिरर में देर तक देखती रहीं।

टेंपू गाँव से निकल जब जीन बाबा के पास पहुँचा तो वहाँ दर्जनों औरत-मर्द साथ खड़े थे। कुछ औरतों ने हाथ के इशारे से रुकने को कहा। अहमद रुक गए और बोले, "जी, किसी को पटना जाना है क्या? लेकिन मेरे पास जगह बहुत कम है। सिर्फ एक सवारी जा सकती है।" सुनते ही मनोहरा कुढ़ गया। जानता था, हजरत हातिमताई, हद तक दरियादिल हैं। किसी को बैठा लिये तो उसे फिर पीछे पनाह लेनी होगी और जब ब्रेक मरेंगे तो पेंडुलम की तरह आगे-पीछे डोलते रहना होगा। बहरहाल, अहमद टेंपू साइड कर रुक गए। तभी भीड़ से एक उम्र दराज औरत निकली और बोली, "बेटा, आप लोगों में अहमद कौन है?" "अम्मा, जिनसे आप बात कर रही हैं, वही अहमद भाई हैं।" मनोहरा छूटते ही बोला। सुनना था कि भीड़ से 'सलामवलेकुम··· सलामवलेकुम···' की आवाज जोर-जोर से आने लगी। लोग अहमद को भर नजर देख लेने के लिए बेचैन हो उठे। बच्चे, बूढ़े और नौजवान, सभी अहमद से हाथ मिलाने लगे। सयानी लड़कियाँ बाअदब सलाम पेश करने लगीं। अहमद के लिए यह खूबसूरत ख्वाब जैसा था। कुछ समझ में नहीं आया कि ऐसा हो क्यों रहा है? चुपचाप सलाम का जवाब देते रहे, हाथ मिलाते रहे और जकड़ते जेहन को हलका करने की कोशिश करते रहे। जब शोर शांत हुआ तो उम्रदराज औरत बोली, "बाबू, हम बगल मोहल्ला गद्दीटोल की ग्वालिनें हैं। गाय-भैंस पालते हैं और घूम-घूमकर दूध-दही बेचते हैं। मजहब हमारे लिए मजे की चीज है। ईमान सच्चा और यकीदा पक्का होता है। लेकिन बेटा, रात जो तूने किया, उसके हम कायल हो गए। इतनी बड़ी लकीर खींच दी, जिसे आने वाली सात पीढ़ियाँ शायद पार न कर पाएँ। मणि बिटिया का कन्यादान

कर तूने ऐसी नजीर पेश की, जिसे सुरेमनपुर और शामपुर के लोग युगों तक याद रखेंगे। औरतें जब कन्यादान में तुम्हारा नाम लेकर गीत गा रही थीं तो हमारा पूरा मोहल्ला रो रहा था। हम दुआ करते हैं, "बेटा! अल्लाह तेरे ईमान को दुनिया के लिए अमानत बना दे। तुम्हें तमाम नेमतों से नवाजें। तेरे दीदार के लिए हम हाथ बाँधे देर से खड़े हैं।" बड़े-बुजुर्ग दुआ के लिए हाथ उठा लिए। औरतें अपने दामन फैलाकर और आँखों से अश्क बहाकर कहने लगीं, "ये सारे जहाँ के मालिक, तू देख रहा है न! मासूम मन ने कितनी बड़ी मिसाल पेश की है। हम नहीं जानते, यह कौन है, कहाँ से आया है ? लेकिन यकीनन कह सकते हैं, यह जरूर कोई निहायत नेक बंदा होगा। धरती के धर्म से बड़ा और मजहब के मायनों से ऊँचा, इसने जो लकीर खींची, उसे कभी छोटा पड़ने न देना। हमारी दुआओं को कबूल फरमाना ऐ मौला! इसके सर से अपनी रहमतों का साया कभी दूर न होने देना।" सभी देर तक दुआ देते रहे। आदमी को जीते जी जब ऐसी दुआएँ मिलती हैं तो वह अपने ही जिस्म का बोझ सँभाल नहीं पाता। पैर साथ नहीं देते। और, बिला देर सर शुक्रिया में झुकता चला जाता है। कुछ कहने के लिए होंठ खुलते जरूर हैं, लेकिन सिर्फ काँपकर रह जाते। बंदा बोल नहीं पाता। अहमद के साथ भी कुछ ऐसा ही हुआ। शरीर लरजने लगा। खड़े न रह सके। बैठ गए और बच्चों-सा बिलख पड़े। उन्हें खुद नहीं मालूम था कि परिस्थिति विशेष में उठाया गया एक छोटा कदम, उनके नन्हें कद को इतनी बड़ी बुलंदी दे जाएगा। टेंपू में बैठी लड़कियाँ बिलख-बिलख कर रो पड़ीं। रात का गुजरा मंजर आँखों में उतरने लगा जब मणि का कन्यादान हो रहा था और पिता के पीढ़ा पर बैठने वाला कोई नहीं था। तब अहमद भाई पंडितजी से कैसे उम्मीद भरी आँखों से बोले थे, "देवता! अगर एतराज न हो तो मणि का कन्यादान मैं कर दूँ! मगर मैं दीगर मजहब से आता हूँ।" फिर यों सहम गए थे जैसे कोई बड़ी गलती हो गई हो। तब हालात को हलका करने में माहिर मिसिरजी तेज आवाज में बोले थे, "मजहब को मारो गोली। मोहब्बत से बड़ा कोई मजहब नहीं होता। आ जाओ खुदा के नेक बंदे!" फिर क्या था···! अहमद भाई मणि के बाप बन बैठ गए और कन्यादान करने लगे। औरतों ने गीत गाना शुरू कर दिया, 'जंघिया बइठवले ये पापा, अपनी हो पुतरिया, मुरुछी-मुरुछी हो गिरे, मड़उवा सभे हो लोगवा, काढ़ेले अहमदऽ

ये पापा, अपनी हो पुतरिया…।' ओह, कैसे सारा आँगन आँसू बहा रहा था! आज अहमद के कहे वो शब्द भी बरबस याद आने लगे जब मणि पहली बार पारस के साथ पटना आई थी और लॉज वाली आंटी ने जगह देने से साफ इनकार कर दिया था। कैसे बोल रही थी, "अहमद! आ गए तो तुम्हीं बताओ बेटा! कैसे किसी कुँवारी लड़की को पारस के कमरे में रहने की इजाजत कैसे दे दूँ? कल कोई लफड़ा खड़ा हो गया तो मुफ्त में लेनी की देनी पड़ जाएगी। कौन कोर्ट-कचहरी का चक्कर लगाएगा? थाना-पुलिस की गारंटी कौन लेगा?" "मैं हूँ न। मैं हर बात की गारंटी लेता हूँ। कुछ भी हुआ तो उसकी सारी जवाबदेही मेरी होगी। आंटी! समझ लीजिए, लड़की मेरी बेटी जैसी है। बड़ी आस लिये पटना आई है। जरा इसकी जागती आँखों में उफनते ख्वाबों को देखिए! इतने बड़े शहर में क्या इस मासूम को एक छत भी मयस्सर न होगी? क्या गौतम के ज्ञान, अशोक की आन, मगध बखान और बाबा याह्या मनेरी की धरती शर्मसार न होगी? अगर आप नहीं रहने देंगी तो कोई बात नहीं। मैं इसे लिये जाता हूँ। भले मैं दीगर मजहब से हूँ लेकिन मेरा ईमान पुख्ता है।" और, इसी बात पर आंटी बर्फ की मानिंद पिघल गईं। मणि को रखने पर राजी हो गईं। आज सबको छोटे अहमद के बड़े कद का अंदाजा हो गया। बहरहाल, जब दुआ सलाम का सिलसिला समाप्त हुआ तो उम्र दराज औरत बोली, "बेटा! हम गरीब लोग हैं, लेकिन दिल में अमीरी का एहसास होता है। हमारी नस्लें यायावरी हैं। जिंदगी गाय-भैंस और भेड़-बकरियाँ के पीछे-पीछे मजे से गुजर जाती है। सुबह-सबेरे चूल्हा जल गया तो मान लेते हैं, मौला ने रिज्क अता कर दिया। फिर साँझ की चिंता कर खूबसूरत दिन को खराब नहीं करते। कुछ सौगात हैं, इन्हें साथ लिये जा बेटा! झोले में खाने की कुछ चीजें हैं। दोपहर में सभी मिल-जुलकर खा लेना। हम समझ लेंगे, परदेसी फरिश्ते ने हमारी मेहमाननवाजी कबूल कर ली।" लड़कियाँ एक-दूसरे का मुँह ताकती रहीं, लेकिन मनोहरा दौड़कर सारी सौगातें ले लिया और लेकर टेंपू में बैठ गया। अहमद उठे, सबको सलाम बजाए और ड्राइविंग सीट पकड़ लिए। हालाँकि होंठ खुल न सके, लेकिन बहती आँखों ने बहुत कुछ बयाँ कर दिया।

टेंपू फिर आगे बढ़ गया। चौक-चौराहे बदलने लगे। सड़कें वही थीं। खेत-खलिहान वही थे। साथ बैठे साथी भी वही थे, लेकिन समय वह नहीं

था। चंद दिनों बाद यह सिलसिला बिल्कुल बदल जाएगा। दोस्त हाकिम हो जाएँगे। अपनी मंजिल के मुसाफिर और अपने मुस्तकबिल के मुख्तार बन जाएँगे। अब इकसठ का एक और बासठ का दो दोहराना नहीं पड़ेगा। पारस को चौंतीस का चावल और पाँच के परवल के लिए घुड़की सुनने भरदुल की दुकान पर दौड़ नहीं लगानी पड़ेगी। पथरी घाट वही होगा, लेकिन झाड़ू लगाती मणि वहाँ न मिलेगी। अब आठ-बाई-आठ में लक्ष्मण-रेखा नहीं खींचनी पड़ेगी। लौंडे-लफाड़ियों के लिव इन रिलेशन वाले ताने भी बंद हो जाएँगे। टेंपू की रफ्तार के साथ अतीत भी आँखों में उतरता चला जा रहा था। खुद में खोई लड़कियाँ जिंदगी के हसीन ताजमहल बनाने में व्यस्त हो गईं। माया के होंठों पर मद्धिम मुसकान उभरी। बड़ी मुश्किल से बाबूजी चाँदमारी में रिश्ता तय किए थे। लड़का कारोबारी था, लेकिन देखने में हीरो जैसा लगता था। शहर में दो-मंजिला मकान और गाँव पर अफराद जमीं-जायदाद का अकेला वारिस। माया उसे भा गई थी। वह भी बात व्यवहार से बाबूजी के दिल में उतर गया था। परंतु पिता जल्दी घास नहीं डाल रहे थे। अब बाबूजी बराबर में बैठेंगे और आँखों-में-आँखें डालकर बात करेंगे। ममता नौकरी तो ज्वाईन कर लेगी, लेकिन छुट्टी लेकर दिल्ली का रुख करेगी। अभी उसके सपने पूरे नहीं हुए हैं। उसे तो आई. ए.एस. बनना है सो मुखर्जी नगर में डेरा जमाएगी और यू.पी.एस.सी की नए सिरे से तैयारी शुरू करेगी। मनोहरा गन्ना विभाग को गनीमत मान लिया है। उसे अब पूरब-पश्चिम देखने की जरूरत न रही। खबर मिलते ही जमालपुर के जनार्दन बाबू हाजिर-नाजिर हो जाएँगे। फिर बैंड-बाजा, बारात में तनिक देर न होगी। विनोद बाबू बीच में हैं तो मामला जल्दी निपट जाएगा। उसने भी सोच लिया है, अबकी सावन कांवर उठाएगा और देवघर जाकर बाबा भोलेनाथ को गंगाजल चढ़ाएगा। रास्ते में टेंपू रुका। सभी चाय-पानी किए और चल दिए। अहमद अपनी अम्मी को याद कर भावुक होने लगे। बड़ी मुश्किल से खाला ने रिश्ते भेजे थे। मेहमानों की खातिरदारी में कोई कोर कसर न रखी गई। बड़े अब्बू के घर से बड़ी-बड़ी कुर्सियाँ लाई गईं। शानदार दस्तरखान सजाया गया। लजीज भोजन कराया गया। लेकिन बात कहाँ बनी? मेहमानों ने काम-धाम पूछा तो बंदे ने सपाट उत्तर दे दिया।

हालाँकि खाला ने ऐसा करने से मना किया था। लेकिन वह साफ-साफ बता दिया, "पटना में प्रतियोगिता परीक्षा की तैयारी करता हूँ, और गुजारे के लिए पार्ट-टाइम टेंपू चलाता हूँ।" और, यहीं बात बिगड़ गई। ग्रेजुएट लड़की की शादी भला टेंपूवाले से क्यों कर हो? नतीजा, दूर का रिश्ता और दूर हो गया। उस पर तो असर न हुआ, लेकिन अम्मी खूब रोईं। दुलहन को मुँह दिखाई में देने के लिए कान की बाली ईमान की तरह हिफाजत में रखी हुई थीं। अब जब देखती हैं, उदास हो जाती हैं। लेकिन आगे ऐसा नहीं होगा। चवन्नी का टेंपूवाला अठन्नी का आदमी बन गया था। सफलता सुपरफास्ट की तरह गाँव तक पहुँच गई होगी। ओह, अम्मी के कान बज रहे होंगे। बार-बार गाँव के बाहर, बरगद वाले ब्रह्मबाबा के साए तले जा बैठती होंगी और बेटे की राह निहारती होंगी। बानमाज इसा, सजदे में सर देर तक पड़ा रहता होगा। रात-दिन की मेहनत से खुर्दार हुई हथेलियाँ दुआ में उठती होंगी तो आँसुओं से तर बतर हो जाती होंगी। अहमद ने सोच लिया, पहुँचकर टेंपू जमा करेंगे। मालिक का शुक्रिया अदा करेंगे और परसों पटना से अररिया के लिए निकल जाएँगे। उफ्फ! एक अदद जिंदगी को खड़ा करने में सुनहरे सैंतीस साल नींव में दफन हो गए थे। दो साँझ की चार रोटियों ने बहुत पापड़ बेलवाए। पता नहीं, जिस्म में पेट बनाने के पीछे ऊपर वाले की क्या मंशा रही होगी? कई जगह बड़े बुजुर्ग बोल जाते हैं कि सृष्टि का रचयिता जब इनसान को वजूद में लाया तो आदमी का पहला सवाल था, "ऐ मालिक! जरा बता, मेरे जिस्म में ये क्या-क्या बना रहे हो?" सारे जहान का मालिक बड़े प्यार से समझाया, "कमर के नीचे लंबे-लंबे जो अंग देख रहे हो, ये पैर हैं। इनसे तुम एक जगह से दूसरी जगह जाओगे। कंधे के बगल दो हाथ हैं। इनसे काम करोगे। ऊपर सिर है। यहाँ एक खूबसूरत जेहन है। इससे सोचोगे और अच्छे-बुरे की पहचान करोगे।" आखिर में आदमी ने पूछा था, "मेरे सृजनहार! एक बात और बता दे। सारे अंगों में तूने मांस और हड्डियाँ भर दी, लेकिन पेट को खाली क्यों छोड़ दिया?" रचयिता इस करारे सवाल पर मुसकराया और बोला, "बेटा, यही वह शय है, जिसे भरने के लिए तुझे पैरों से लंबी दौड़ लगानी होगी और हाथों से काम करने होंगे।" "फिर ये भरेगा कैसे?" आदमी का आखिरी सवाल था। "जहाँ जा रहे हो वह जमीन होगी।

धरती का सीना चाक कर देना और अपने हिस्से की रोटी निकाल लेना।" तब से आदमी उसी रोटी के लिए दौड़ लगा रहा है। तन से बहता पसीना तवे पर गोल घूमती रोटियों के लिए मुसलसल बह रहा है। सभी अपने हिस्से की रोटी के लिए भागे जा रहे हैं। टेंपू चलता रहा। अतीत गालिब होता रहा। पारस को याद कर आँखें भर आईं। याद आया। जब पहली बार मिला था। कैसे सहमा सिकुड़ा टेंपू में बैठा था। उसके कहे एक-एक शब्द जेहन में कौंधने लगे, "भैया! कहाँ उतरोगे?" पारस बोला, "वहाँ जहाँ लड़के रहते हैं। मेरा मतलब, ऐसी कोई जगह जहाँ लड़के प्रतियोगिता परीक्षा की तैयारी करते हैं।" बंदा समझ गया कि लड़का कोरा कागज है और पहली बार पटना आया है। फिर आसान शब्दों में समझाया, "देखो, गायघाट से लेकर गांधी मैदान तक चारों तरफ लड़के रहते हैं। महेंद्रू से मुसल्लहपुरहाट तक मय मोहल्ला इन पढ़ाकुओं से भरा पड़ा है। ज्यादातर ट्यूशन कोचिंग सेंटर इधर ही हैं। भिखना पहाड़ी में तो खैर पैर रखने की भी जगह नहीं है। पाँच पत्थर मारो तो चार इन पढ़ाकुओं पर ही पड़ते हैं। सारे होटल-ढाबे इन्हीं के बलबूते चलते हैं। सच मानो यार तो ये बेरोजगार ही यहाँ बड़ा रोजगार दे जाते हैं।" कभी बाबाधाम गए हो?" "नहीं भैया।" सपाट उत्तर पारस का था। "अमूमन वहाँ एक कंवरिया अजगैबीनाथ से गंगाजल लेकर, तकरीबन तैंतीस कोस चलकर बाबाधाम पहुँचता है। इस सफर पर तीन सौ रुपए खर्च करता है। प्रतिदिन लगभग एक लाख लोग इस तीर्थ पर जाते हैं। हिसाब लगाओ तो तीन करोड़ रुपए का कारोबार रोज होता है। इसीलिए कहते हैं, सावन कमाओ और पूरे साल खाओ। ठीक बाबाधाम की तरह यहाँ भी सब दिन सोना-चाँदी झरते रहता है। हर तीसरे घर में लॉज होता है। आम दस्तूर है, पाँच-दस पढ़ाकुओं को रख लो, गृहस्थी चल जाएगी। अब तुम्हारी मरजी, बोलो कहाँ उतार दूँ?" "भैया! अपनी जानकारी से कहीं उतार दो। मैं क्या कहूँ?" तब वह ब्रेक लगा दिए थे। सामने सुल्तानगंज था। फिर अपना परिचय दिए, "मैं अहमद, अररिया से हूँ। कमीशन की तैयारी कर रहा हूँ। लास्ट ईयर पी.टी. निकाली थी, लेकिन मेंस में अटक गया। चार घंटे टेंपू चलाता हूँ। काम लायक कमाई हो जाती है। मेरा नंबर लिख लो। कभी जरूरत पड़े तो बड़ा भाई समझ फोन कर लेना।" तब पारस ने पॉकेट से

पेन निकाल हथेली पर लिखा था। किराए की बात आई तो अपने शब्द भी याद आए "पहली बार पढ़ने पटना आए हो। इसे रख लो। मेरी तरफ से चाय पी लेना।" पारस अपलक निहारता रहा। फिर चेताए भी थे, "एक बात गिरह गाँठ बाँध लेना। पढ़ो तो पटना, नहीं तो लौटो घर अपना।" सबकुछ स्वप्न सरीखा लगने लगा। टेंपू बढ़ता रहा। पारस और मणि के साथ गुजरे हर लम्हे सिनेमा के सीन की तरह आँखों में उतरते गए। दोपहर हो गई थी। अब मुजफ्फरपुर का सीमाना शुरू हो गया था। टेंपू अपनी रफ्तार में चला जा रहा था। तभी मोतिहारी वाली माया को कहीं से कटर-पटर की आवाज सुनाई पड़ी। पहले तो समझ में नही आया कि यह आवाज आ कहाँ से रही है? कहीं टेंपू में कोई खराबी तो नहीं आ गई? अगल-बगल देखी। कुछ समझ में नहीं आया। अचानक पीछे मुड़ कर देखी तो सारा माजरा समझ में आ गया। फिर क्या था! जोर से चीखी, "अहमद भैया! टेंपू रोकिए।" अहमद टेंपू साइड कर दिए, "बोलो क्या हुआ?" धोखा हुआ। हम सबके साथ भारी धोखा हुआ। हम भूख से बेहाल पड़े हैं और ई कमीना मनोहरा को देखिए, निर्लज्ज कैसे मुँह चलाए जा रहा है। "अहमद गौर किए। मनोहरा गद्दीटोल से मिले सौगात पर हाथ साफ कर रहा था। देखा तो ही᠁ही᠁करने लगा। ममता बोली" "रे बुड़बक, अब तो कुछ लूर सउर सीख। गन्ना विभाग का हाकिम हो गया। कहीं मुलाहिजा करने जाएगा तो ऐसे ही छुप-छुप कर गन्ना चूसेगा!" दरअसल दो घंटे पहले जब टेंपू रुका तो बंदा यह कहते हुए पिछली सीट पर जा बैठा कि नींद आ रही है। फिर आराम से सौगात पर हाथ साफ करने लगा। ममता खीज कर बोली, "ई नहीं सुधरेगा भैया।" खैर टेंपू जब रुक ही गया था तो सब खाने बैठे। भूख भी लग गई थी। बहरहाल, बचे-खुचे सौगात से संतोष कर सब फिर रवाना हो गए। साँझ का पहर शुरू हुआ तो गरौल से हाजीपुर की सीमा शुरू हो गई। भगवानपुर आया तो मनोहरा टेंपू रोकवाया और भागकर किलो भर कोई मिठाई खरीद लाया। फिर किसी गुणी व्याख्याता की तरह समझाने लगा, "ममता तुम ध्यान दो। मैं जानता हूँ, माया मुझे कभी सीरियसली नहीं लेती है। लेकिन तुम्हारे भले के लिए कह रहा हूँ। तुम्हारा सामान्य ज्ञान बढ़ा रहा हूँ। वैसे चाहें तो सभी सुन सकते हैं। कोई रोक-टोक नहीं है।" ममता खीजकर बोली, "अब सीधे-सीधे

बोल ना, जलेबी की तरह गोल-गोल क्यों घुमा रहा है ?" "करेक्ट! जलेबी से याद आया। खुदा न खस्ता, तुम यू.पी.एस.सी. का मेंस क्वालीफाई कर गई और इंटरव्यू में बिहारी व्यंजनों के बारे में पूछ लिया गया तो क्या बतलाएगी ? सो ध्यान से सुन। बिहार सिर्फ अपने बाँकपन और गौरवशाली अतीत के लिए ही नहीं जाना जाता। यहाँ की मिठाइयाँ और फल-फ्रूट भी बड़े मजेदार होते हैं। महर्षि मेहीदास की धरती भागलपुर रसीले मालदा आम के लिए, जगतजननी माँ सीता की प्राकट्य स्थली सीतामढ़ी बालूशाही के लिए, समस्तीपुर रसकदम के लिए, दरभंगा मखाने के लिए, आरा खुरमा के लिए, छपरा लिट्टी-चोखा के लिए, मुजफ्फरपुर लीची के लिए, पटना चंद्रकला के लिए और बक्सर डॉट···डॉट के लिए···। बोल ममता, बक्सर किसके लिए··· ?" छूटते ही ममता बोली, "सोनपापड़ी के लिए!" "बिल्कुल सही। ठीक इसी तरह हाजीपुर केला के लिए, गोपालगंज का थावे पुडुकिया के लिए, गया तिलकुट के लिए और ज्ञानभूमि, नालंदा खाजा के लिए जाने जाते हैं। अब इस अध्याय में मुझे एक बात और जोड़वानी है। 'भगवानपुर गुलाब जामुन के लिए।' समझी कि कुछ और बताऊँ ? अपना खाकर कितना समझाऊँ ? "माया से बरदाशत नहीं हुआ। पीछे मुड़ी और मनोहरा के हाथ से मिठाई का डिब्बा छीन ली और जल्दी-जल्दी खाने लगी। एकाध उदिता और अहमद भाई को भी दी। सचमुच गुलाब जामुन बहुत मजेदार थे। मनोहरा टुकुर-टुकुर ताकता रहा। बंदे की बोलती बंद हो गई। गांधी सेतु आते-आते साँझ गहरा गई। टेंपू अगमकुआँ से मोड़ लिया गया। थोड़ी दूर पर सुल्तानगंज था। मउवार लेन में टेंपू घुसा तो भरदुल भाई दुकान समेट रहा था। सभी लॉज पर आए। सौगात के बंडल खोले गए। देखकर सबकी आँखें भर आईं। उसमें दोनों लड़कियों के लिए सलवार-समीज, अहमद भाई के लिए कुर्ता और मनोहरा के लिए पेंट-शर्ट के कपड़े रखे हुए थे। एक प्यारी नमाजी टोपी भी थी। चंद सौगात साथ भेज, गरीब गाँव गद्दीटोल ने अपनी बड़ी मोहब्बत का इजहार कर दिया था।

शांति और सगे-संबंधियों के चले जाने के बाद मणि की माँ भी श्यामपुर निकल गई। बेटी के चले जाने के बाद सूना हुआ आँगन बहू के आने से गुलजार हो गया। दिन भर मिलने-जुलने वालों का ताँता लगा रहा।

इनमें वो भी थे, जो पिछले कई साल से पारस पर फब्तियाँ कसते रहे थे। लेकिन आज उनका लहजा बदला हुआ था। लाजवंती की तरह लजाए हुए कोने में खड़े थे। पारस ने आदर-सत्कार में कोई कमी नहीं की। बड़े-बुजुर्गों के पाँव छुए और बच्चों को आशीर्वाद दिए। आज हर माँ-बाप की दिली तमन्ना थी कि काश, पारस एक बार उनके बच्चों के सिर पर हाथ रख देते! पिता अकसर 'परमेसरा' नाम से ही बुलाए जाते थे, लेकिन आज परमेसर बाबू कहे जा रहे थे। नारायणपुर के नंबरदार नरेन बाबू बुलेट से आए तो दौड़ कर गले लगाए। मौलाद्दीनपुर के खासे रसूख वाले मुशर्रफ मियाँ मोटरगाड़ी से तशरीफ लाए तो कीमती तोहफे भी लाए। दिन भर चाय चुक्कड़ का दौर चलता रहा। घर क्या, कुम्हारटोली का दूध भी खत्म हो गया। नतीजा, गद्दीटोल से मँगाना पड़ा। कुर्सियाँ कम पड़ीं तो खाटें बिछानी पडीं। ये वक्त है भाई! बदलता है तो बहुत कुछ बदल देता है। नजरें बदल जाती हैं, नजारे बदल जाते हैं। मजमा लगा रहा। दो जाते तो आठ आ बिराजते। आना-जाना चल ही रहा था कि एक बुढ़िया आई और धूप में ही धम्म से बैठ गई। फिर तनिक तेज आवाज में बोली, "शांति··· रे शांति··· ! कुछ खिला दे बेटी। आज सुबह से कुछ नहीं मिला है रे···!" पारस शांति का नाम सुने तो आवाज की दिशा में देखे। पूछे, "ई कौन है और उधर धूप में ही क्यों बैठी है?" तीन आदमी तपाक से बोले, "बबुआ, ई बीनटोली की पगलिया है। माँग कर खाती है। जवान बेटा था। चँवर में गाय चरा रहा था। तभी पता ना कहाँ से एक साँप आया और काट कर चला गया। खबर मिली तो खाट लेकर लोग दौड़े। जीनबाबा के स्थान पर लाया गया। दर्जनों विषहरिया लगे, लेकिन बेचारा बच न सका। बुढ़िया हाय मार कर गिर गई। गाँव चंदा कर क्रिया-कर्म किया। तब आप पटना में थे। बेचारी बेटा का सदमा झेल न सकी, सो पागल हो गई। आगे-पीछे कोई न था। ढेर दिन के बाद दिमाग पटरी पर आया। तब से माँग चुन के खाती है और पंचायत भवन के बरामदे पर पड़ी रहती है। तुम्हारे दुआरे ये अकसर आती रहती है। शांति बराबर कुछ-न-कुछ खिलाती रहती थी। बेचारी नहीं जानती है कि अब वह विदा हो गई है। इसीलिए नाम लेकर बुला रही है।" पारस उठे। बुलाकर साए में लाए। मुँह धोवाए। फिर, घर से खाना मँगाकर खिलाए। बुढ़िया आँचल फैलाकर देर

तक दुआ देती रही। फिर उठी और लाठी टेकते चली गई।

उधर आँगन औरतों से खचाखच भरा रहा। कॉलेज जाने वाली लड़कियाँ जहाँ मणि से सफलता के गुर सीखती रहीं, वहीं स्कूली बेटियाँ मणि को छू-छू कर अंदाज लगाती रहीं कि डी.एस.पी. होती कैसी है! भाभियाँ भाग-भाग कर आवभगत में लगी रहीं। बड़े घर की बड़ी मालकिनें आईं तो मुँह दिखाई में बड़ी नेमतें लाईं। पारस की माँ हाथ जोड़ मना करती रहीं। लेकिन आज कोई मानने वाली कहाँ थीं! दुलहन पर कुदरत मेहरबान क्या हुई, इलाके की निगाहें भी कद्रदान हो गईं। मणि का दामन दुआ और तोहफों से भरता रहा। आमतौर पर चोर दरवाजे से खिंचाई करने वाले भाई-भैवदी और पट्टी-पटीदार भी पीछे न रहे। मुँह दिखाई देती औरतें जोर-जोर से अपना नाम बताती रहीं, ताकि दुलहन को आगे याद रहे। आज नवेली के नयनों से निकले आँसू धरती पर जाया नहीं हो रहे थे। उन्हें थामने वाले दर्जनों हाथ तैयार खड़े थे। हाय रे वक्त! तुझे पकड़ने की कला जिसमें आ गई, उसकी जिंदगी सँवर गई। तू चाहे तो कबाड़ के तार को सितार बना सरगम निकाल दे। सिसकते साज से राग बिलावल बजा दे। बहरहाल, समय से साँझ हुई। चिरिया-चुरुंग खोते में लौट आए। सुबह का उठा शोर साँझ होते-होते शांत हो गया। अब देर शाम वही आते-जाते रहे, जिनका कुछ लेना देना रह गया था। हजरिया हजाम बीस निकला। अपना हिसाब-किताब कर रास्ता ले लिया। कुछ परमेसरजी से लिया, कुछ शांति की माँ से झटका और जय-सियाराम कह निकल गया। बंदा जानता था कि घटे घर और भागते भूत की लंगोटी भी मिल जाए तो बड़ी गनीमत। फुटकरिया पउनी पसारी भी निकल गए। मुन्ना मिसिर ने इस बीच तीन चक्कर लगा लिए थे। परमेसर से सीधे मुँह बात करने का समय ही न मिला। उधर शांति की माँ सगरे दिन घूम-घूमकर बेटी के घर से आए संदेस बाँटने में व्यस्त रही। मिसिरजी चौथी बार जब आए तो आसन जमा लिये। मने मन जोड़ घटाव लगाए, "सगरी पूजा-पाठ और विधि-विधान को जोड़ दें तो आँकड़ा सैंकड़े सात के ऊपर सरक जाता है। धोती-कुर्ता और पंडिताइन के लिए साड़ी सभाखन अलग से मिलेंगे ही।" जब परमेसर खाली हुए तो इत्मीनान से हिसाब-किताब किए। चौकस दान-दक्षिणा लिया। एक बार फिर दही-चूड़ा का भोग लगाए और

राम-राम कहते निकल गए। एक बात का मलाल रहा, शांति के पाहून जो हर नेग के पाँच सौ देने की बात कर गए थे, वह नहीं मिला। खैर जो मिला वह कम भी नहीं था। अब डी.एस.पी. पतोह के ससुर और डिप्टी क्लेक्टर बेटे के बाप से कौन अझुराने जाता है! देखते-देखते समय ऐसे सरक गया, जैसे कोई हवाई जहाज पल भर में आँखों से ओझल हो जाती है।

फलक पर सितारे उग आए हैं। गोया कि रात गहराने लगी है। पिछले तीन दिनों से कोई सोया नहीं है। अब जिसे जहाँ जगह मिली है, निढाल पड़ गया है। पारस अपने कमरे में चुपचाप बैठे हैं। आठ-बाई-आठ अभी पीछा नहीं छोड़ रहा है। कभी यह कमरा शांति की माँ का हुआ करता था। तब मिट्टी की दीवारों पर खरपतवार हुआ करते थे जिनकी मरम्मत बरसात के पहले जरूरी होती थी। इंदिरा आवास योजना ने बहुत कुछ बदल दिया है। ईंट की दीवारों पर पक्की छत आ गई है। सरकारी सहायता मिली तो शौचालय भी बन गया है, जो इज्जतघर के नाम से जाना जाता है। अब देर-रात और भोरे-भोर, बहू-बेटियों को खेतों में नहीं जाना पड़ता है। छोटे आँगन से लगे कुल दो कमरे हैं जिनमें एक पारस को दे दिया गया है। दूसरे में शांति रहती थी। अब वह खाली है। फिलहाल वहाँ ममेरी भाभियाँ ने आसन जमा लिया है। जब तक वे चली नहीं जातीं, माँ को बाहर बथान में ही सोना पड़ेगा। आज आठ बजते-बजते सबके नाक बजने शुरू हो गए हैं। इसी बीच तपेसर चाचा के घर अहमद का फोन आता है। मोबाइल लेकर छोटी पोती भागी आती है। अहमद देर तक मणि से बात करते हैं। सुनकर चेहरे के भाव ऐसे बदलते हैं जैसे किसी अंतरिक्ष विज्ञानी ने मंगल ग्रह पर पानी ढूँढ़ लिया हो। हालाँकि सभी सो गए हैं, लेकिन कुछ जोड़ी आँखों को आज भी नींद मयस्सर नहीं है। मणि बगल कमरे में बैठी है। भाभियाँ सजा-सँवार रही हैं। नवेली पर आज सभी खासे मेहरबान हैं। बालों में किसी ने अपनी चोटी तो किसी ने अपना गजरा लगा दिया है। शांति ससुराल से आई अपनी सुर्ख साड़ी भावज के लिए छोड़ गई है। रात को तो मंडप में जैसे-तैसे बैठा दी गई थी, लेकिन आज कोई कोर कसर नहीं रखी जा रही है। मेहँदी-महावर और ताजे सिंदूर की सुगंध हलकी हवा से पास पड़ी दुलहन का आभास करा रहे हैं। भौहों के बीच बैठी बिंदी मुसकरा रही है। होंठों पर लगी लाली लजा रही है।

नैनों में गदराया काजल झील बनी आँखों की गहराई बढ़ाने पर आमादा है। कमरबंद, बाजूबंद सब सज गए हैं। हाथों में कुमकुम की चूड़ियाँ दमकती हैं तो स्याह बादलों के बीच अनायास चमक उठी बिजली का भ्रम पैदा होता है। तब मचलते पैरों में पड़ी पायल की मोहक सदाएँ आँगन में अँगड़ाई लेने लगती हैं। मंझली भाभी ने जब कानों में कुंडल, नाक में नथ और माथे पर माँगटीका सजाया तो दुलहन का सौंदर्य निखर आया। मणि अब गेहूँ के खेतों में अनायास उग आई तीसी के फूलों जैसी नहीं, बल्कि काँटों में खिले गुलाब जैसी सुंदर लग रही है। पथरी घाट पर कल तक झाड़ू लगाने वाली अभागन आज सुहागन बन पिया से मिलने जा रही है। लेकिन रुकिए! कुछ काम अभी बाकी हैं। वैसे रात भी बाकी है। मंच पर अदाकारी से पहले जैसे किरदार और कलाकार को गढ़ा जाता है, वैसे ही मणि को रिहर्सल कराई जा रही है। छोटी भाभी खुद रोल प्ले करती है, "देख देवरानी! पहली रात इम्तहान की होती है। गरचे जीत गए तो जिंदगी जश्न बन जाएगी। गरचे हार हाथ लगी तो ताउम्र मातम मनाना पड़ेगा। फिर यह नासूर बन पूरी उम्र सालती रहेगी। कुछ समझी··· ?" मणि को कुछ समझ में नहीं आया सो 'ना' में सिर हिलाती है। परीक्षा अभी खत्म ही नहीं हो रही है। पी.टी., मेंस, वायवा तो मेहनत से निकल गए, पता नहीं यहाँ क्या-क्या करना होगा और कैसे पास होगी! मेरिट मिलेगा कि एवरेज से ही संतोष करना पड़ेगा! कम्बख्त यह परीक्षा भी अजीब शय (चीज) है। पूरी जिंदगी हाथ धोकर पीछे पड़ी रहती है। एक गई नहीं कि दूसरी आ धमकती है। बहरहाल, महफिल में किस्मत आजमाने का वक्त हो चला है। अब मंझली भाभी मोर्चा सँभालाती है, "अच्छा देवरानी! ये बताओ, पिछले कई साल से तुम पारस के साथ रह रही हो। कभी लीक से हटकर पति-पत्नी जैसी कुछ अनुभूति हुई?" मणि एक बार फिर 'ना' में सिर हिलाती है। "लेकिन आज ऐसी अनुभूति होगी। जाना तो हाथ में एक गिलास दूध लेती जाना। बाअदब बैठना। थोड़ी देर के लिए लाज हया की चादर ओढ़ लेना। तनिक रूठना, तनिक मुसकराना। होंठों से कम, आँखों से ज्यादा बातें करना। फिर···!" "फिर क्या··· ?" मणि जानने के लिए उत्सुक हो उठी। इस पर तीनों भाभियाँ ठहाका मार हँस पड़ीं। बहरहाल दूध की तलाश की गई। दूध नहीं मिला। अब क्या किया जाए? मणि ने राह सुझाई,

"एक गिलास नीबू-पानी ले जाऊँ तो कैसा रहेगा? वैसे यह उन्हें पसंद भी है।" "धत्, पहली ही रात नीबू-पानी लेकर जाओगी? सारी जिंदगी खटास भर जाएगी। ऐसा हरगिज न करना। कोई विकल्प न हो तो शरबत ही लेती जा। अब देर न कर। दूर सफर के मुसाफिर शुरुआत जल्दी करते हैं!"

पारस उदास बैठे हैं। मणि अंदर जाती है। कमरे की व्यवस्था देख ऐसे बिदकती है जैसे कोई मासूम बच्चा अपना लेमनचूस छीन लिए जाने पर उछल जाता है। तुरंत पलटती है और भाभियों को चिल्लाती है। भाभियाँ बाहर आती हैं। "क्या हुआ देवरानी? तुम इतनी जल्दी भाग क्यों आई?" "भागती नहीं तो और क्या करती? आप खुद चलकर देख लो। आज फिर उन्होंने···!" तीनों फौरन जाती हैं। अंदर जो देखती हैं तो हँसी के फव्वारे छूट पड़ते हैं। कमरे के बीचोबीच एक रस्सी बाँध दी गई है और उस पर कपड़े डाल दिए गए हैं। गोया, कमरे को दो भाग में बाँट दिया गया है। देखते ही छोटी भाभी पर सनक सवार होती है। तनिक तीखे स्वर में पूछती है, "देवरजी! क्या बताने की कृपा करेंगे कि पटना का बेताल अब तक कंधे से क्यों नहीं उतरा या दीगर कोई बात है? और, अब इस लक्ष्मण-रेखा की जरूरत ही क्या रह गई है?" पारस आज्ञाकारी छात्र की तरह उत्तर देते हैं।" "नहीं भाभी! दरअसल, कपड़े रखने की कोई जगह नहीं थी सो रस्सी बाँध टाँग दिया।" छोटी भाभी माथा पीट लेती है और हाथ चमका कर कहती है, "हाय रे माटी के माधो! तुम्हरे को समझाना और परसा बाजार से पाँच कोस पैदल पाड़ा हाँककर लाना, सब बराबर है। पता नहीं इतने बड़े हाकिम कैसे बन गए?" भाभियाँ उसकी मासूमियत पर खूब हँसती हैं। फिर झटके से रस्सी खोल फेंक देती हैं और बाहर निकल जाती हैं। अब दोनों बिल्कुल आमने-सामने हैं। ऐसे, जैसे दो देशों की सेनाएँ युद्ध की स्थिति में एक-दूसरे के खिलाफ मोर्चा खोल खड़ी हो जाती हैं। यहाँ मुस्तैदी दोनों तरफ है, लेकिन पहल कोई नहीं कर रहा है। दोनों इस ताक में हैं कि सामने से जरा भी हरकत हो तो ईंट का जवाब पत्थर से दिया जाए। बंदूक के बदले बोफोर्स दाग दिया जाए। चिट्ठी आए तो जवाब तार से जाए। लेकिन जैसे-जैसे समय बीतता जाता है, सेनाएँ शांत पड़ने लगती हैं और अंत में विरामावस्था में आ जाती हैं। लगता है, खुफिया तौर पर एहतियात बरतने

जैसी कोई बात हो गई है। बहरहाल, सांकेतिक शुरुआत होती है। मणि छोटी भाभी के बताए मार्ग का अनुसरण करती है और घूँघट में ही तिरसठ डिग्री पर तीन बार आँखें नचाती है। अब पारस पहले पहल तो करें। फिर ऐसा करारा जवाब देगी कि माटी के माधो पल भर में मूर्छित हो जाएँगे। लेकिन हजरत हैं कि जीरो डिग्री पर बर्फ बने मौनी बाबा की तरह दमी साध बैठ गए हैं। जिंदगी के हसीन लम्हे रेत की तरह मुट्ठी से फिसलते जा रहे हैं। "लगता है, इस तरीके से काम नहीं बनेगा। कोई और फॉर्मूला अप्लाई करना होगा।" मणि मन-ही-मन विचार करती है और तीनों गुरु माताओं का शुभ स्मरण कर शरबत का गिलास बढ़ा देती है। पारस कनखियों से देखते हैं और पहला वार खाली जाने देते हैं। मणि मन-ही-मन झल्लाती है और तरकश से दूसरा, लेकिन तीखा तीर निकाल लेती है। तभी भाभियों द्वारा बताई गई सावधानियाँ याद आती हैं, "देखो देवरानी, बाअदब बैठना। थोड़ी देर के लिए लाज हया का चादर ओढ़ लेना। तनिक रूठना, तनिक मुसकराना। होंठों से कम, आँखों से ज्यादा बातें करना।" अब क्या करे दुलहन! बेचारी बाअदब बैठी है। लाज हया की चादर भी ओढ़ी है। अब हुजूर घूँघट उठाएँ तब न तनिक रूठे, मुसकराए या होंठों से कम आँखों से ज्यादा बात करे! हाथ में गिलास जस का तस पड़ा है। चलिए, उधर से हरकत हुई। पारस गिलास लेते हुए पाँच डिग्रिया मुसकान मारते हैं, "अरे, हमने तो सुना था कि आज रात दूध मिलता है, ई सिर्फ सादा पानी!" दुलहन हुशियार परीक्षार्थी का परिचय देती है और भाभियों द्वारा दिए गए टिप्स से परे हटकर प्रश्नों के उत्तर अपने शब्दों में देने लगती है, "हम का करें हुजूर, दूध खत्म हो गया था सो शरबत लानी पड़ी।" अभावों की अभ्यस्त जिंदगी ज्यादा हील-हुज्जत नहीं करती, सो हजरत चुपचाप पी जाते हैं। चलिए, पहला पादान पार हुआ। अब स्कोर एक-एक की बराबरी पर है। फिलहाल बॉल पारस के पाले में है। दुलहन अपेक्षा करती है कि अब मिस्री की डली लगे कुछ मीठे बोल बोले जाएँगे। कुछ तारीफें होंगी। कुछ कसीदे पढ़े जाएँगे, जैसे, "तुम बहुत सुंदर हो। ये पतले प्यारे होंठ, कमान सी तनी भौंहे और ये अफसाना कहती आँखें...! सचमुच कोई अप्सरा लग रही हो...!" लेकिन हाय रे नसीबा! अव्वल तो हजरत के होंठ ही नहीं खुलते, तनिक खुलते भी हैं तो हाल में

माजी का मुलाहिजा फरमाते हैं···। "जानती हो मणि! वायवा के आखिरी सवाल पर लड़खड़ाया नहीं होता तो मुझे भी डी.एस.पी. का रैंक मिल गया होता। दो ही नंबर से ही न छूटा है! तुम्हारा क्या खयाल है?" मणि माथा पीट लेती है। झुंझलाकर दुलहन का लबादा उतार देती है। "जी, सही कहा आपने। खैर कोई बात नहीं। मैं, मतलब आपकी पत्नी डी.एस.पी. बन ही न गई! क्या इससे आप खुश नहीं हैं?" अब क्या जवाब दें पारस! पहले तो इनसान कुछ पाने के प्रयास में दिन-रात लगा रहता है। कुछ मिल जाता है तो बहुत की आस में परेशानी पाल लेता है। लीजिए! खामोशी फिर तारी हो गई। पारी पारस की थी, जिसे वे खेल गए थे। लेकिन, फाउल हो गया। बॉल को बिना देर किए मणि उछाल देती है, "भाभियाँ कह रही थीं कि सुर्ख साड़ी और इन गहनों में औरत बहुत सुंदर दिखती है। क्या खयाल है आपका?" "भाभियाँ तो मजाक में बहुत कुछ बोल जाती हैं। समझदारी इसी में है कि उनके फेर में न पड़ा जाए।" पारस ने बड़ी आसानी से बॉल गोलपोस्ट की ओर दुबारा उछाल दी। थक गई मणि। बेचारी बुझ सी गई। सोची, शायद उसका यह रंग रूप इन्हें पसंद नहीं आया। मन में हिलोर मारती तरंगें धीरे-धीरे मंद पड़ने लगीं। बेचैनी बढ़ी तो लगा, रुलाई छूट पड़ेगी। लेकिन, उसने खुद को सँभाला और तरकश से ऐसा तीर निकाला जो किसी ब्रह्मास्त्र से कम नहीं था। बड़े-बड़े योद्धा अकसर इससे मात खाते रहे थे। फिर क्या, एक जबरदस्त किक लगाई और बॉल गोलपोस्ट की ओर उछालते हुए मोहक अदा से बोली, "लेकिन आप बहुत हैंडसम लगते हैं। मुसकराते हैं तो मौसम बदलने लगता है। तनिक हेयर स्टाइल ठीक कर लें तो कहर बरपा हो जाए, कयामत आ जाए!" प्रहार इतना तगड़ा और सटीक था कि बॉल तमाम बाधा व वर्जनाओं को भेदते हुए सीधे गोलपोस्ट के अंदर जा गिरी। पारस पहली बार अंदर से मुसकराए और तनिक शरमाते हुए बोले, "तुम भी न! क्या मैं सचमुच हैंडसम लगता हूँ?" इस बार दुलहन आँखों को गोल-गोल घुमाती हुई बोली, "हाय राम, आपको विश्वास नहीं होता! अपनी अर्धांगनी की बात पर विश्वास नहीं होता! ओह! यही घोर कलयुग की निशानी है। भला सावित्री से सत्यवान का और सीता से राम का विश्वास उठ जाए तो धरती पर रह क्या जाएगा? यह बंजर हो जाएगी। यहाँ कुछ नहीं

बचेगा। लोग भूखों मरेंगे। वह सत्ययुग, त्रेता और द्वापर की बात थी जब राजे-महाराजे अपनी अर्धांगनी को दिए वचन की रक्षा के लिए अपने प्राणों की आहुति दे देते थे। परंतु पत्नी धर्म से कभी विमुख नहीं होते थे। खैर, जब युग ही बदल गया तो बीती बातों को याद कर पछताने से क्या फायदा? हर युग में सीता को अपने सत्य और विश्वास की रक्षा के लिए धरती में पनाह लेनी पड़ी है। मुझे भी सीता मइया की तरह किसी जंगल की राह धरनी होगी या किसी पहाड़ी गुफा में धूमी रमानी होगी या सदा के लिए धरती मइया में··· ! जब विश्वास ही नहीं तो फिर कोई कौन आस लेकर जिए!" बेचारी बेमौसम बरसात की तरह पलकों पर अनायास आ बैठे बूँदों को आराम से बह जाने दी। तभी चमत्कार-सा हुआ। पारस पल भर में पिघल गए। उठे, मणि की पेशानी चूमी और द्रवित हृदय से बोले, "खुद से ज्यादा तुम पर भरोसा है मेरा। भगवान करें, तेरा दामन विश्वास के हीरे-मोतियों से सब दिन भरा रहे। तुम मुसकराए तो हरसिंगार खिल जाए। तुम बोले तो कोयल लजा जाए। तुम चलो तो नागिन अपनी चाल भूल जाए। मैं हरदम अपनी पलकों पर तुझे बिठाए रखूँगा।" और, सचमुच आँसुओं की उष्णता ने पल भर में मोम को पिघला दिया। पारस लरजने लगे। लगा, शरीर साथ छोड़ रहा है। मणि उठकर सहारा नहीं देती तो वह धम्म से धरती पर गिर गए होते। अब पारस का सिर दुलहन की गोद में था। वह झुकी और साजन की आँखों में झाँकी। वहाँ सिर्फ उसी की छाया तैर रही थी। फिर क्या, फासले मिटने लगे। धड़कनें नजदीक आने लगीं। तभी अचानक बिजली चली गई। अंदर घुप्प अँधेरा छा गया। हालाँकि बाहर रोशनी फैली हुई थी। मणि उठी और खिड़की से झाँकी। बाहर जो देखी तो रोंगटे खड़े हो गए। लगा, कलेजा मुँह को आ जाएगा। लगभग चीख ही तो पड़ी। दौड़कर पति को बुलाई। अब दो जोड़ी नंगी आँखें जिस कड़वी सच्चाई को देख रही थीं, उसे देर तक देखा नहीं जा सकता था। बाहर बथान में बाबूजी जिंदगी की जंग लड़ रहे थे। पारस पलटे और कमरे से निकल गए। मणि जल्दी-जल्दी गहने उतारने लगी।

"यह क्या कर रहे हैं बाबूजी! दो दिन से देख रहा हूँ। आप तनिक सोए नहीं। सुबह से शाम तक भागते रहे। फिर ये क्या लेकर बैठ गए? और माँ! जरा अपनी देह-दशा तो देखो। ना समय से भोजन, ना थोड़ा आराम! सिर्फ

काम–काम और काम! कोई लाख समझाए, लेकिन तुम पर कुछ असर नहीं होता। अब यहाँ शांति थोड़े पड़ी है, जो बलजोरी बाँह पकड़ उठाएगी! फिर काम के पीछे इतनी बावली न बन जाओ कि तबीयत ही खराब हो जाए। इधर दो दिन में चार बार चक्कर आ चुका है। लेकिन तुम मानती नहीं और यह मुझसे देखा नहीं जाता। आप लोग मेहरबानी करके बंद कीजिए! अब बहुत हो गया। और हाँ, साफ–साफ सुन लीजिए, कल से कोई काम नहीं करेगा। मैं हूँ न! मैं सब कर लूँगा।" पारस भावुक हो बैठ गए और माँ को पकड़ लिये। खिड़की पर खड़ी मणि सब देख रही थी। बाबूजी चाक चला रहे थे। माँ मिट्टी सान रही थी और लोइयाँ बना–बना कर बाबूजी को थमाती जा रही थी। नतीजा, सारा शरीर मिट्टी में नहा गया था। दूर से बाबूजी भी भूत नजर आ रहे थे। मतलब, गुजरती रात दोनों काम करते रहे थे। बाहर कच्चे बरतनों का अंबार लगा हुआ था। दुलहन को खुद पर घिन आने लगी। ओह! बूढ़े माँ–बाप, मर–मर कर बाहर काम करें और जवान बेटा–बहू अंदर जिंदगी का जश्न मनाएँ! हाय राम! मेरी तो मति ही मारी गई थी कि इन निगोड़ी भौजाइयों के झांसे में आ गई। अच्छा हुआ, ऐन मौके पर बिजली चली गई, वरना खुद को नजरों में गिरने से बचा नहीं पाती। पारस के एतराज पर तेज गति से चलते चाक की रफ्तार, धीरे–धीरे धीमी होने लगी। बाबूजी लंबी साँस लिए और प्यार से पारस को समझाए, "परसों बिंदेश्वर बाबू के यहाँ विवाह है। तीन भाइयों में एक लछमिनिया बेटी है। सो बड़ी साध–सोहिला से बारात मँगा रहे हैं। हाथी, घोड़ा और ऊँटों की गिनती न रहेगी। मशालची कल से ही आ गए हैं। चौपाल के ठीक सामने बावन चोप वाला शामियाना लग रहा है। राजपुर का राजधानी बैंड और नूर मियाँ की नाच पार्टी का सट्टा सात महीना पहले ही हो गया है। बाराती–साराती को समिलात कर दें तो तादाद दो हजार के ऊपर जाएगी। बेटहा नामी कॉलेज में भारी परफेसर है। साफ–साफ बोल दिया है, उसका कोई आदमी प्लास्टिक के गिलास में पानी नहीं पीएगा। सो बिंदेश्वर बाबू बहुत परेशान हैं। अब इतने लोगों के लिए कुल्हड़ बनाना कोई बच्चों का खेल थोड़े है! बाबू खानदानी रईस ठहरे। हम उनके पउनी–पसारी हैं। सवाल इलाके की इज्जत और पंचायत की प्रतिष्ठा का है सो लगे हुए हैं। अब इस हाल में क्या

सोना और क्या जागना! तुम्हरी मइया बयाना भी ले चुकी है। फिर नेम-धरम तो निभाना पड़ेगा न बेटा!" मणि देख रही थी। पारस मासूम बच्चे की तरह परियों-सी कहानी सुन रहे थे और बाबूजी धीरे-धीरे चाक की चाल बढ़ा रहे थे। वह तनिक दम लिये तो मइया शुरू हो गई, "यह काहे भूल रहे हैं कि दर्जनों मटके, सिकोरे और सुराही भी बनाने होंगे। धूप में सुखाने होंगे, फिर लकड़ी-काठ का इंतजाम कर रात भर आवा में पकाने होंगे। बीच कहीं बारिश हो गई तो सब किए धरे पर पानी फिर जाएगा। बात गाँव की बेटी और बाबू के वचन की नहीं होती तो इतनी मेहनत कौन करता! ऐसे में नींद कहाँ से आएगी बेटा? सारे असबाब बढ़िया से उतर गए तो सौदा तीन हजार के ऊपर जाएगा। शांति की शादी में जो कर्ज उधार सिर चढ़ें हैं, उनकी कुछ भरपाई हो जाएगी। तुम्हारे बाबूजी मजिटर भाई टेंट वाले से और शौकत मियाँ शामियाना वाले से दस दिन का मोहलत लिए हैं। उसकी अदायगी सबसे जरूरी है। फिर रमेसर राशन वाले से मैंने उधार लिया है। वह तगादा करने आ धमकेगा।" माँ ने अपनी बात खत्म की तो बाबूजी रेकॉर्ड की तरह फिर चालू हो गए, "अरे! स्वामीनाथ सोनार को काहे भूल रही हो? ढाई हजार का गहना विश्वासन दे दिया है। महीने भर बाद लाठी लेकर सिर पर सवार हो जाएगा। तब गाँव-जवार में कौन मुँह दिखाएँगे! पहले की बात और थी। अब परिवार में दो-दो हाकिम हो गए हैं। अपना नहीं तो कम-से-कम तुम लोगों का खयाल तो रखना होगा बेटा!" बात खत्म कर बाबूजी जम्हाई लिये और बुझे मन से बोले, "बाबू! ज्यादा जरूरी समझो तो अपनी मइया को लेते जाओ। दो घंटे आराम कर लेगी तो मिजाज मनमाफिक हो जाएगा। देख रहा हूँ, माटी सानते-सानते झपकी भी मार लेती है। हमको तो डर लगता है कि कहीं चलते चाक पर गिर न जाए!" सुनना था कि मइया आगबबूला हो गई। फिर झमककर बोली, "अपनी काहे नहीं कहते। तीन बार तो तुझे झपकी आई है। ई देख रहे हो न बेटा? बारह बरतन जो टेढ़े-मेढ़े पड़े हैं, उसी झपकी की बलिहारी हैं। इनको समझाओ। छुटमुँह दूसरे को बदनाम करने की आदत से बाज आएँ। अब गाय जैसी शांति नहीं है कि सबकुछ सह लेगी। घर में पढ़ी-लिखी पतोह बैठी है। कह दो, ईमान-धरम का तनिक लिहाज रखें। चलें तो ऊँच-नीच का खयाल करें।" बाबूजी तैश में

आ गए, "देखो, तरवा का लहर मगज में न चढ़ाओ। सब छोड़-छाड़ दूँगा। फिर सबको आटे-दाल का भाव मालूम हो जाएगा।" फिर पारस को अपने पक्ष में करते हुए बोले, "देख रहे हो न बेटा! इसकी यही आदत खराब है। बात का बतंगड़ बनाने से बाज नहीं आती। कहेंगे पूरब तो जाएगी पश्चिम। कहेंगे ऊपर तो देखेगी नीचे। हमरे जैसा आदमी था कि गुजर-बसर हो गया, नहीं तो घरघुमनपुर में घास छीलती रहती।" पारस की हालत दयनीय होने लगी। कभी बाप का चेहरा देखते तो कभी माँ का मुँह निहारते। ऐसा तो बार-बार होता था। लेकिन तब शांति होती थी। माँ का हाथ पकड़ खींच ले जाती थी। बाबूजी भी धीरे-धीरे ठंडा पड़ जाते थे। लेकिन अब दूसरी बात है। कहीं मणि सुन ली तो क्या कहेगी? चौबीस घंटा आए हुआ नहीं कि घर में महाभारत शुरू हो गया। उधर खिड़की पर खड़ी दुलहन बड़े प्रेम से सास-ससुर की तकरार सुन रही थी और मुँह में आँचल दबाकर हँस रही थी। माँ अपने नैहर का नाम सुनी तो जल-भूनकर अंगार हो गई और काम छोड़ हट गई। फिर सिसक-सिसककर रोने लगी। तभी मौसम का मिजाज बदल गया। भंडार कोना लाल होने लगा। यह आने वाले तूफान का संकेत था। बाबूजी आसमान निहारे। तीन जोड़ियाँ कब की डूब चुकी थी। अब सतहवा का पहरा पड़ने वाला था। पूरा गाँव गहरी नींद में सोया हुआ था। सामने कच्चे बरतन फैले हुए थे। जब तक सुख नहीं जाते, उठाना आसान नहीं था। बाबूजी भहराकर बैठ गए और माथा पकड़ लिए। लगा, बच्चों-सा बिलख-बिलखकर रो पड़ेंगे। अगर तूफान नहीं थमा और बारिश आ गई तो सारी मेहनत अकारथ चली जाएगी। फिर बिंदेश्वर बाबू की इज्जत का क्या होगा? सत्तर सवाल मगजमारी करने लगे। मइया बाबूजी का हाल देखी तो अपना हाल भूल गई और भाग-भागकर कच्चे बरतन व कुल्हड़ उठाने लगी। पारस भी साथ हो लिए। लेकिन यह ऊँट के मुँह में जीरे के समान था। चार उठाते तो दो लरजकर टूट जाते। तभी जोरों का अंधड़ उठा। सभी काम छोड़कर भागे। ओसारे में पहुँचे ही थे कि बारिश शुरू हो गई। बाबूजी निढाल पड़ गए। माँ चीख-चीखकर रोने लगी। मुँह का आहार छिन गया। बारी-बारी से बिंदेश्वर बाबू, मजिटर भाई टेंटवाला, शौकत मियाँ शामियाना वाला, रमेसर राशनवाला और स्वामीनाथ सोनार के चेहरे भयानक रूप लिये

आँखों में उतरने लगे। बड़े-बुजुर्ग अकसर कहते हैं कि सेठ-साहूकार से उधार बाकी लो तो समय-समय पर सलामी बजाते रहो, कुछ देते-लेते रहो वरना बीच में अविश्वास का अँधेरा छा जाता है और यही बड़ी मुसीबत का कारण बनता है। वैसे गरीब के गिरेबान में गरूर देर तक टिकता भी कहाँ है? यहाँ भी यही हुआ। थोड़ा बहुत जो था, वह पल भर में बिखर गया। बारिश चलती रही। कोई आधे घंटे बाद जब रुकी तो सभी बाहर निकले और बथान की ओर भागे। देखा, मिट्टी के बरतन मिट्टी में मिल गए थे। साँझ के साथ जगी उम्मीदें रात गहराने के साथ धराशाई हो गई थीं। बाबूजी माथा पकड़ बैठ गए और बच्चों-सा बिलख पड़े। माँ बदहवास हो गई। रोते-रोते बोली, "अब क्या होगा? कैसे बाबू का सामना करूँगी? दसे दिन में देनदारियाँ आ खड़ी होंगी। पैसे कहाँ से आएँगे? कैसे भरपाई होगी? कैसे किसी को मुँह दिखाउँगी रे राम!" पारस ढाँढस बँधाते रहे, समझाते रहे, लेकिन कोई असर न हुआ। संस्कृति के मूर्धन्य कवि सोमदेव भट्ट बेकारे नहीं कहे हैं—

'टका करे कुलहुल, टका मृदंग बजावे, टका चढ़ावे मउर,
टका सिर छत्र धरावे
टका माय और बाप, टका भइयन के भइया
टका सास और ससुर, टका सिर लाड़ लड़इया
अब एक टके बिन टक-टका रहत लगावत रात-दिन
बेताल कहे विक्रम सुनो, धिक जीवन एक टके बिन।'

समाज में साख हो, इलाके में धाक हो मगर गाँठ में चार टका न हो जिंदगी वीरानी और दुनिया अंजानी बन जाती है। पीछे कोई खड़ा नहीं मिलता। मिट्टी के बरतन सिर्फ बरतन नहीं थे, परमेसर परिवार के भरोसे की चादर थे, जिसे कुदरत के क्रूर हाथों ने पल भर में चाक कर दिया था। खिड़की पर खड़ी मणि देर तक देखती रही। जब बरदाश्त नहीं हुआ तो ओसारे में आई और सास की बाँह पकड़ बोली, "दिल छोटा मत कीजिए अम्माजी! मन से मायूसी निकाल दीजिए। बाबूजी और आप हिम्मत हार जाएँगे तो हम लोग टूट जाएँगे।" नवेली का अचानक से आ जाना सबको अटपटा लगा। माँ-बाबूजी और खुद पारस भी नहीं चाहते थे कि गुरबत की गठरी इतनी जल्दी खुल जाए और औकात की हाँड़ी टूटकर बिखर जाए।

सो सास बोली, "बहू! हाथ की मेहँदी अभी सुर्ख न हुई और पैर के महावर ठीक से सूखे भी नहीं कि तू बाहर आ गई? जानती नहीं, तेरे ये छोटे कदम बड़ी बेइज्जती के कारण बन जाएँगे। तू अंदर चली जा। किसी की नजर पड़ गई और मुँहा-मुँही बात फैल गई तो लोग क्या कहेंगे?" मणि मुसकराई और सास के पैरों को लंबा कर दबाते हुए बोली, "कोई कुछ नहीं कहेगा अम्माजी। आप नाहक चिंता करती हैं। जहाँ तक मैं समझती हूँ, फिलहाल हमारे सामने दो समस्याएँ हैं। पहली ये कि हमें बाबू के घर दो हजार कुल्हड़ पहुँचाने हैं। और अभी हमारे सामने दो दिन हैं। जहाँ तक मौसम का सवाल है, यह आदमी के मिजाज की तरह बदलता रहता है। अब हम चार हैं। चार आदमी मतलब आठ हाथ। जो काम दो आदमी आठ घंटे में करते थे वही काम चार आदमी चार घंटे में कर लेंगे। बावजूद इसके अगर सबकुछ विपरीत रहा तो बाबू को बाजार से खरीदकर दे देंगे। फिर इज्जत कैसे चली जाएगी?" हालाँकि बाबूजी बीच में बोलना चाहते थे, लेकिन जगह न मिल रही थी सो दमी साध कर बैठे थे। अब जैसे ही जगह मिली तो आनन-फानन में कूद पड़े। बोले, "पारस! बहू से पूछो कि एक साथ दो हजार कुल्हड़ के पैसे आएँगे कहाँ से? घर की बात थी तो हाथों के हुनर पर भरोसा था। जब बाजार से लेने होंगे तो एक साथ जेब ढीली करनी पड़ेगी।" बात भले पति के माध्यम से कही गई थी, लेकिन जवाब तो दुलहन को ही देना था। सो पारस से मुखातिब होकर दुलहन बोली, "अजी! आप बाबूजी से कहिए कि पैसों की चिंता न करें। बहुत देर हो चुकी है, अब आराम से सो जाए। पैसों का प्रबंध हो जाएगा। बल्कि मैं तो कहती हूँ कि हो चुका है। सारे कर्ज भी दे दिए जाएँगे।" बहू की बात इस परिवार के लिए दुनिया के आठवें आश्चर्य से कम नहीं थी। सभी चौंक गए। इसके पहले कि माँ-बाबूजी कुछ कहते, पारस ही पूछ पड़े, "अभी सोई नहीं, फिर सपने कैसे देखने लगी? कम-से-कम माँ-बाबूजी के सामने तो मजाक नहीं करनी चाहिए। इतना तो एहतराम करो। सामने वाले की अहमियत समझो।" मणि मुसकराई और बिना लाग-लपेट के कहती चली गई, "आज सब लोग जब सोने जा रहे थे तो छोटे ससुरजी के घर फोन आया था। उधर अहमद भाई थे। वह जो बोले सो बता रही हूँ। महिला एवं बाल विकास निगम से सिविल सेवा प्रोत्साहन

योजना के तहत मुझे पचास हजार रुपए की राशि मिली है। आप न पतियाते हैं तो चाचा घर से मोबाइल मँगाकर देख लीजिए। भला अहमद भाई झूठ बोलेंगे! उन्होंने ही ऑनलाइन मेरा फारम भरा था। फिर मैंने अपनी आँखों से मैसेज भी पढ़ा है। मैं अम्माजी को लेकर कल बैंक जाऊँगी और सारा पैसा निकाल लाऊँगी। लाकर बाबूजी को दे दूँगी। जिसका-जिसका उधारी बाकी होगा, चुका देंगे।" "खबरदार जो सारा पैसा दिया तो! एढ़ा-डेढ़ा, इधर-उधर उठा दिए तो लेने के देने पड़ जाएँगे। पहले कॉपी-कलम से सबका हिसाब लिख लिया जाए। फिर देखते हैं, ऊँट किस करवट बैठता है।" माँ बीच में विराम लगाती बोली। फिर क्या था! फौरन कॉपी-कलम लाए गए। एक-एक कर सबके नाम और उनके सामने देनदारियाँ लिखी गईं। सब जोड़-जाड़ कर भूल-चूक, लेनी-देनी कर लिया गया। बावजूद इसके बारह हजार बच रहे थे। ऐसा लगा, जैसे खिजाँ खत्म हुई और बहारें आ गईं। जैसे तपते रेगिस्तान में सावन की फुहारें आ गईं। सास, बहू पर निछावर होने लगीं। बाबूजी लक्ष्मी बहुरिया के पउरा का प्रसाद मानने लगे। पैसा सरकारी सहकार बन गया। बुझी उम्मीदों का पैरोकार बन गया। पारस बाबूजी का पैर दबाने लगे। लम्हे न लगे, बाबूजी गाढ़ी नींद में सो गए। पलटकर देखे, माँ कब की सो चुकी थी। मणि फिर भी पैर दबाए जा रही थी। धीरे से उठे। मणि को इशारा किए। वह पीछे-पीछे चल दी। पत्नी का हाथ पकड़े पारस आठ-बाई-आठ की तरफ बढ़ने लगे। लेकिन वह रुक गई। फिर भौंहों को लहेरिया काट नचाकर बोली, "मेरे भोले साजन! सोने-बैठने के लिए पूरी जिंदगी बाकी है। इस वक्त मेरे कमजोर कदमों को ससुराल में मजबूती चाहिए। प्लीज, मेरी मदद कीजिए। पारस समझे नहीं। मणि हाथ पकड़ी और बाहर बथान की ओर चल पड़ी। पारस फरमाबरदार बच्चे की तरह पीछे-पीछे हो लिए।"

वही रात···वही चाक। वहीं से जिंदगी की शुरुआत। स्कूल बाद ककहरा यहीं सीखा गया था। पारस खड़े होकर देर तक देखते रहे। आधे घंटे की बारिश ने बहुत कुछ बदल दिया था। मिट्टी के बरतन मिट्टी में मिलकर पुरजोर मातम मना रहे थे। मणि मुसकराई और पारस से बोली, "दो साल पहले जब हम दोनों वायवा से आउट हुए थे तो याद है, कुछ ऐसी ही

फीलिंग हुई थी। कई दिन तक किताब छूने की हिम्मत न हो रही थी। वह तो अहमद भाई जैसा फरिश्ता था। जो आड़े वक्त में काम आया। गंगा घाट का इकसठ का एक और बासठ का दो वाला स्कूल था जिसने गिरने पर उठाया। और, हौसले को पस्त नहीं पड़ने दिया। मालिक की कृपा और माँ-पिता के पुण्य-प्रसाद ने आखिरकार बुलंदी पर बैठा ही दिया। सुन रहे हैं न!" मणि पति से अपनी बात का समर्थन चाही। लेकिन कोई आवाज न आई। पलट कर देखी तो पारस खड़े-खड़े ऊँघ रहे थे। फिर क्या था! पास पड़ी बाल्टी से पानी उठाई और हजरत के मुँह पर दे मारी। बंदे की उनींदी आँखें पल भर में एक सौ अस्सी डिग्री पर खुल गईं। मुँह से पानी साफ करते बोले, "तुम कुछ कह रही थी क्या?" "यही कि झपकी इस घर के मर्द मारते हैं और तोहमत औरतों पर लगाते हैं। बोलिए, चाक चलाइएगा कि मिट्टी का लोइया बनाइएगा? गौर से सुन लीजिए। मैं एक से दस तक गिनूँगी। इस बीच अगर ऑप्शन नहीं आया तो वाटर इज गोइंग ऑन थोबड़ा! बोलिए, वरना उलटी गिनती शुरू···टेन···नाइन···एट···पारस सहम गए। दौड़ कर चाक की तरफ गए। फिर पलट गए। सोचे, हाईस्कूल तक तो थोड़ा बहुत चलाए थे। तब दसे भाँवर में चक्कर आने लगता था। मिट्टी सान कर लोइया बनाना ही ठीक रहेगा। सो उसी तरफ सरक गए। मणि मुसकराई। साड़ी को धोती जैसा फेटा देकर पहनी, बजरंग बली का प्रेम से सुमिरन किया और चाक चलाने लगी। पारस ने गौर किया। शुरुआत में कुछ कुल्हड़ बिगड़े, लेकिन धीरे-धीरे उँगलियाँ सध गईं और धड़ाधड़ कुल्हड़, बरतन बनने लगे। कोई घंटे भर में सैकड़ों तैयार हो गए। तूफान रवाना हो चुका था। बारिश भी थम चुकी थी। चाँदनी फिर से उग आई थी। सितारे फिर से चमकने लगे थे। मणि अपने काम में मशगूल थी, लेकिन पारस पस्त पड़ गए थे। दुलहन को भोले साजन पर तरस आ गया। उसने काम रोक दिए। उठी और काम लायक मिट्टी सानकर रखते हुए बोली, "देखिए, कुछ बोल बतिया लीजिए वरना चौथी पर माँ संग शामपुर चली जाऊँगी। तब हाथ मलते रह जाइएगा। फिर मुझे दोष न दीजिएगा। साफ-साफ कहे देती हूँ।" मायके जाने की बात सुन हजरत ऐसे उछले जैसे इम्तहान में नकल करता परीक्षार्थी पकड़े जाने पर उछलता है। नींद काफूर हो गई। बातें दोनों तरफ से होने लगीं। चाक

चलता रहा, बरतन बनते रहे। लोइया देते समय जब उँगलियाँ एक-दूसरे से टकरातीं, तब अजीब सिहरन महसूस होती। कभी पारस पानी फेंक देते तो कभी मणि मिट्टी लगा देती। ओह! हमसफर साथ हो तो काम होने में देर नहीं लगती! भोर की लाली छाई तो काम रोक दोनों कुल्हड़ों की गिनती करने लगे। कुछ पहले के बने बरतन जो सहन में थे और भीगने से बच गए थे उनको मिला कर अनुमान लगाया गया, बाबू की इज्जत पूरी तरह बच रही थी। दोनों थक कर चकनाचूर थे। जगह छोड़ी नहीं जा सकती थी। सो मणि पारस के कंधे पर सिर टिका दी। प्यार से पति को देखी, फिर आँखें बंद कर ली। पारस भोर की लाली में मणि को देर तक निहारते रहे। आज मणि बला की खूबसूरत लग रही थी। हालाँकि शरीर पर न कोई गहने थे और न होंठों पर लाली थी। खिला गुलाब अब धूसरित मिट्टी से मिलकर फिर से अनायास उग आई तीसी के फूलों जैसा हो गया था। चेहरा घुमाए और मणि की पेशानी चूम ली। नींद से मतवाली आँखें भारी पलकों का बोझ सँभाल न सकीं। वे पल भर में बंद हो गईं।

सुबह की सुनहली किरणें निकलीं तो गाँव में चहल-पहल बढ़ गई। सानी पानी खाते बैलों के गले में बँधी घंटियाँ जीवन के संगीत सुनाने लगीं। पंछी खोतों से निकल आसमान में ऊँचा परवाज करने लगे। परंतु परमेसर का परिवार सोया रहा। सुबह के सात बजे तीनों भाभियाँ एक साथ उठीं। देखा, दुलहन का कमरा खाली पड़ा था। सुहाग के सुर्ख जोड़े बिस्तर पर पड़े हुए थे। गहने जहाँ-तहाँ बिखरे हुए थे। अनहोनी की आशंका घर करने लगी। ओसारे में बाबूजी और मइया निढाल पड़े थे। फिर दूल्हा-दुलहन गए कहाँ? बड़ी भाभी बोली, "हमें माँ-बाबूजी को बता देना चाहिए। कहीं कोई बात हो गई तो कौन जवाब देगा? मजबूरन माँ को उठाना पड़ा। वह हड़बड़ाकर उठीं और जब सुनी कि बेटा-बहू नहीं हैं तो झकझोरकर पति को जगाईं। बाबूजी भी बावले हो उठे। पूरा घर एक बार फिर छान मारा गया। कहीं कोई पता न चला। तभी बाहर बथान से बोलचारी सुनाई पड़ी। सभी उधर भागे। सामने जो देखे तो आँखों पर यकीन न हुआ। लेकिन सच तनकर सीधा खड़ा था। धुँध के बादल छँट चुके थे। दिन के उजाले में बाबू के बरतन चमक रहे थे। चाक के पास ही पारस और मणि निढाल पड़े थे। स्याह मिट्टी ने दो

बदन को एक साथ अपने कब्जे में ले लिया था। अंदाज लगाना मुश्किल था कि इनमें पारस कौन हैं और मणि कौन है? बाबूजी बोले, "बची रात मेरे बच्चों ने कुम्हारी कंधों को बड़ी बुलंदी दे दी। मुझे फख्र है, अपने जिगर के टुकड़ों पर। आज हाथों का हुनर जीत गया और कलयुगी कारखाने हार गए।" माँ जगाने बढ़ी, लेकिन बाबूजी ने रोक दिया। धीरे-धीरे पूरा मोहल्ला आ गया। बगल खड़े बुजुर्ग बब्बन बाबा बोले, "अगरचे जड़ें गहरी हों तो दरख्त आसमान की बुलंदी छू ही लेते हैं।" यहाँ यह साफ दिख रहा था। औरतें मुँह में आँचल दबाए मुसकरा रही थीं। सामने रात की नमी पाया प्यार का पौधा लहलहा रहा था। सबने देखा, पारस और मणि अब दो नाम नहीं रहे। दोनों मिलकर पारसमणि बन गए थे।

□

चुन्नी चाँद पर जाएगी

पता न किस मिट्टी का बना था माधो! सुख हो या दुःख, सब दिन समभाव बना रहता। उम्र चालीस ही थी, लेकिन लगता पचास पार का था। जिस दिन दिहाड़ी मिल गई तो पौ बारह, वरना रिक्शा ले निकल जाता नाके की ओर। गए शाम सियालदह आती तो ढेर सारी सवारियाँ उतरती। बीस दो और बैठ जाओ, वह घर तक छोड़ आएगा। कभी किसी से खटपट नहीं हुई। ईमान का सच्चा और लँगोट का पक्का। दो-चार कम भी हुए तो कोई बात नहीं, बंदा सदाबहार जुमला बोलता—अब क्या! आदमी की यही अदा दिल में उतर जाती। माधो मोहना मुंशी से लेकर सोहना सिपाही तक सबका दुलारा है। कभी किसी से रार तकरार नहीं हुई। एक दिन किसी सवारी का बैग रिक्शे पर रह गया। सवारी तो चली गई, लेकिन माधो की जान साँसत में डाल गई। अब बैग लिए कहाँ जाए? पता नहीं बैग में क्या है? कितना जरूरी है? बिना बैग सवारी का क्या होगा? उस दिन बंदा बिना खाए-पिए दिन भर स्टेशन पर खड़ा रहा। गए शाम सियालदह आई तो वह सवारी भी लौटी। सामने माधो को देख दौड़कर पास आया, 'भैया! सुबह तेरे ही रिक्शे से स्टेशन आया था। कहीं मेरा बैग··· !' माधो ने नीचे से ऊपर तक निहारा। फिर रिक्शे का सीट उठा बैग देते बोला, बाबू! अपना सामान मिला लो। तेरे इंतजार में सारा दिन कट गया। सवारी की आँखें छलछला आईं। कुछ कह न सका। माधो मुसकराया और बोला—अब क्या··· ! और, सामने सवारी देख रिक्शे का पैडल दबा दिया।

चुन्नी में जान बसती थी माधो की। सिर्फ उसी के लिए तो शहर आया था। सगुनी नहीं चाहती थी, कि वह शहर जाए, मगर कहाँ माना? बोला, 'तुम नहीं जानती, चुन्नी की माँ! बड़े-बुजुर्ग कह गए हैं—पढ़े तो पढ़ाव वरना शहर

में बसाव। अपना नून-तेल तो गाँव में निकल ही जाता है, लेकिन चुन्नी के लिए शहर की राह पकड़नी पड़ेगी। देखती नहीं, बीस तक पहाड़ा तोते की तरह कैसे बोल जाती है! सगरी राज राजधानी रट गई है। खड़ी हो बोलती है तो लगता है, कोई स्कूल-मास्टरनी मंच से भाषण दे रही है। अब कुछ करना होगा, वरना देर हो जाएगी।' फिर क्या था! पीछे पलटकर नहीं ताका माधो। शुरुआती दिन शहर ने बहुत डराया। लेकिन धीरे-धीरे सबकुछ सहज होता गया। भरदुल रिक्शा दिलवा दिया। जेनिया जोगाड़ भिड़ाया तो किराया पर खोली भी मिल गई। बड़े मुहल्ले में छोटे-छोटे काम मिलने लगे। सुगनी तीन घरों में झाड़ू-पोंछा लगाने लगी। चुन्नी सरकारी स्कूल में दाखिला पा गई तो सूखी आँखों को सुनहरे सपने गीले करने लगे। साल-दर-साल दस साल निकल गए।

आज माधो हवा में उड़े जा रहा था। पीछे बैठी चुन्नी बोली, बाबा! आराम से चलो न। पेट हलकान हो रहा है। माधो हँसा। "अब क्या··· ! गोलघर पहुँचे नहीं कि स्कूल आ जाएगा। इस बार कलम तोड़ के लिखना। कागज कम पड़े तो माँगकर लिखना। कोई कंजूसी न करना। बढ़िया से बोर्ड निकल गया तो जिंदगी सँवर जाएगी बेटा! फिर आगे की राह आसान हो जाएगी। बड़े-बुजुर्ग कह गए हैं, 'जिंदगी ऐसी दौड़ है, जो पैरों से कम जेहन से ज्यादा जीती जाती है।' देख, ये रहा गोलघर और ठीक सामने बाँकीपुर गर्ल्स हाईस्कूल। बाप रे! इतना बड़ा स्कूल और इत्ते सारे लड़के-लड़कियाँ! लगता है रामनवमी का मेला लगा है। मेरी बिटिया भीड़ में कहीं खो न जाए! ऐसा करना, परीक्षा बाद सीधे यहीं चली आना। मैं खड़ा मिलूँगा। अब जा!" चुन्नी चलने लगी। फिर पलटकर बाबा के पैर छुई और एकटक देखने लगी। माधो मुसकराया और बोला—अब क्या··· ! चुन्नी यही सुनना चाहती थी। पलटी और झटके से निकल गई।

'मैं कहती हूँ, दो दिन आराम क्यों नहीं कर लेते! अरे, कोल्हू का बैल भी तनिक सुस्ता लेता है। सगरी दुपहरिया रिक्शा खींचते रहते हो। भदइया आम और बैशाखी घाम के पल्ले न पड़े हो। अब भुगतो।' माथे पर पानी की पट्टी देते सगुनी बोली। 'तू नाहक परेशान होती है। ज्वर ही तो है। उतर जाएगा। चुन्नी कहाँ है?' 'दवा लेने गई है।' सगुनी जोर देकर बोली। 'ओह,

उसे परेशान करने की क्या जरूरत थी! यहाँ रहती तो कुछ पढ़ती।' माधो धीरे से बोला। छूटते ही सगुनी बोली—'पढ़ाई···पढ़ाई···सिर्फ पढ़ाई! इसके अलावे तुझे कुछ सूझता भी है क्या? लड़की सयानी हो आई। गाँव रहती तो वर-ब्याह की बात चलती। पता नहीं, इतना पढ़ा-लिखा कर उससे क्या कराओगे? कमरसार के कमेसर काका कहते हैं, "बेटी घर की पाहुन होती है। पाल-पोस के पार लगा दो और समय से शादी-ब्याह कर दो तो पाँच गंगा-स्नान का पुण्य एक साथ मिलता है। मालूम नहीं, ये बात तेरी खोपड़ी में क्यों नहीं घुसती?" माधो मुसकराकर रह गया। कुछ न बोला। तब तक चुन्नी चली आई सो पति-पत्नी चुप हो गए।

भूपेंद्र बाबू सुबह-सबेरे अखबार लेकर बैठते हैं तो नौ बजे तक लगातार पढ़ते ही रहते हैं। अब तीन-चार पेपर पढ़ना मामूली बात तो है नहीं। इस बीच चाय के चार दौर चल जाते हैं। पत्नी उनकी आदत से कुढ़ती रहती है। महीने भर में अखबारों का जखीरा खड़ा हो जाता है। गनीमत कहिए कि मुफ्त में ढोने के लिए सगुनी मिल गई है। वरना पहाड़ खड़ा हो जाता। सगुनी को भी कोई एतराज नहीं। थोड़े-थोड़े करके उठा ले जाती है। पहले चुन्नी उन तमाम अखबारों में से पढ़ने लायक सामग्री छाँटती है। फिर रद्दी वालों को बेंच दिया जाता है। कुछ पैसे आ जाते हैं, जो सीधे चुन्नी के बटुवे में जाते हैं। वह अपनी पूँजी का बराबर हिसाब रखती है। कोई साढ़े तीन सौ खड़े हो चुके हैं। ऐसे ही एक दिन अखबार छाँट रही थी तो कुछ ऐसा मिला, जिसे पढ़कर भूख-प्यास जाती रही। उसने सोच लिया, आज शाम बाबा से बात करेगी।

'बाबा, इन रेल-पटरियों के साथ चलो न। ओ सामने से दाहिने मुड़ो। हाँ, अब इसी गली में चलो। रिक्शा चलता रहा। सपने साथ चलते रहे। बस···बस, अब यहीं रुको। ये सामने वाले घर में चलना है।' रिक्शा साइड कर माधो बेटी के पीछे हो लिया। अंदर आँगन में अमरूद का पेड़ था। नीचे कुछ बेंच थे। बेटी तो बैठ गई लेकिन माधो की हिम्मत न हुई कि बेंच पर बैठे। सो जमीन पर ही बैठ गया। सामने सहन में चावल, दाल और सब्जी बन गई है। एक-एक कर बच्चे निकलते हैं, भोजन लेते हैं और वहीं बैठकर खाने लगते हैं। अजब सन्नाटा है। इतने सारे बच्चे, फिर भी कोई कोलाहल नहीं। अब अम्मा निकलती हैं। एक-एक कर सबसे पूछती हैं। अभी तक निशा नहीं आई है।

अम्मा उसके कमरे की तरफ बढ़ जाती हैं। तभी निशा बगल में किताब दबाए आती है। अम्मा मुसकराती हैं। कहीं कोई संवाद नहीं होता। अब सभी बच्चे खाना खा चुके हैं और अम्मा को घेरकर खड़े हो जाते हैं। 'लगता है, आज तुम्हारे टेस्ट होंगे। तैयारी है न?' अम्मा की बातें वज्रपात सी करती हैं। सभी बिजली की फुरती से कमरों की ओर भागते हैं। फिर नीरव सन्नाटा छा जाता है। अब अम्मा की नजर चुन्नी और उसके बापू पर पड़ती है। पास आती हैं। 'आप लोग कौन हैं? कहाँ से आए हैं?' अम्मा के सवाल के लिए बेटी तैयार बैठी थी। 'जी, मैं चुन्नी हूँ। ये मेरे बाबा हैं। हम लोग सर से मिलने आए हैं।' फिर तो देर तक बैठना होगा। अभी पढ़ाई होगी। फिर दो घंटे का टेस्ट होगा। दो तो बज ही जाएँगे। ऐसा करो बेटी कि हाथ-मुँह धो लो। फिर कुछ खा लो। आप भी खा लीजिए भाई साहब। सामने इम्तहान है सो सभी व्यस्त हैं। लेकिन बाबू से मुलाकात हो जाएगी।

तीन बजे रहे हैं। बाप-बेटी मुलाकाती कमरे में बैठे हैं। इस बीच एक औरत चाय-पानी करा गई है। चुन्नी अखबारी कतरन से सामने दीवार पर टँगी बड़ी तसवीर का दो बार मिलान कर चुकी है। उसे खुशी है कि सही जगह पहुँची है। हालाँकि माधो बीच-बीच में टोकते रहता है, 'ये कहाँ लेकर आई बेटी! स्कूल जैसा यहाँ कुछ तो दिखता नहीं।' चुन्नी चुप रहने का संकेत करती है। दोनों साँसें रोक बैठते हैं। तभी आहट होती है। कोई कमरे में प्रवेश करता है। औसत कद-काठी का ये शख्स कौन है? चेहरे पर बेतरतीब दाढ़ी। बिना कंघी के बाल। पैरों में साधारण सी चप्पल और वैसे ही कपड़े। तो फिर ये है कौन? नहीं···नहीं, चुन्नी की आँखें धोखा नहीं खा सकतीं। यही तो हैं जिनकी तसवीर सीने से सटाए वह यहाँ तक आई है। चुन्नी अब चरणों में है। आँखें जार-बेजार हो रही हैं। आवाज लरजने लगती है—'सर! मुझे आपका सान्निध्य चाहिए। मैं पढ़ना चाहती हूँ। हम लोग लहेरियासराय से हैं। यहीं गोलकपुर में रहते हैं। ये मेरे बाबा हैं। माँ बड़े मुहल्ले में छोटे-छोटे काम करती है। बाबा रिक्शा चलाते हैं। मेरी कुल जमा पूँजी यही साढ़े तीन सौ रुपए हैं। गुरु-दक्षिणा समझ रख लीजिए।' चुन्नी बटुवा खोल चरणों पर रख दी। 'नहीं···नहीं, मेरे पास भी कुछ पैसे हैं।' माधो जेब खाली कर दिया। सामने पड़े फटे-पुराने-मुड़े रुपए माधो की औकात बताने लगे। 'देखिए, आप बिल्कुल

चिंता न कीजिएगा। पैसों का प्रबंध हो जाएगा। सियालदह के साथ सगरी सुपर फास्ट को जोत दूँगा। दिन-रात रिक्शा चलाऊँगा। कोई कोताही नहीं करूँगा। बस, आप सरपरस्ती का हाथ बिटिया के सिर पर रख दीजिए।' सर आँखें बंद कर देर तक सोचते हैं। आँखें भींग आई हैं। फिर आवाज लगाते हैं—प्रणव! प्रणव तुरंत सामने आते हैं। 'जी, भैया…!' मेरी आलमारी में एक टेस्ट पेपर है। इसे दे दो। प्रणव फुरती से निकल गए।

कोई घंटे भर बाद प्रणव टेस्ट पेपर और चुन्नी के आंसर सीट सामने रखकर बोले, 'गजब की टैलेंटेड लड़की है भैया! कहें तो…!' 'तो शुभ काम में देरी क्या! निशा के कमरे में एक बेड और लगवा दो। चुन्नी आज से यहीं रहेगी।' ये आवाज किसी और की नहीं बल्कि गणित के महान् गुरु और सुपर थर्टी के संचालक श्री आनंद कुमार की थी। आनंद फिर बोले, "भाई साहब! ये पैसे रख लीजिए। आगे जब आइएगा, उस दिन इन्हीं पैसों से किसी बड़ी गाड़ी में आइएगा। और हाँ! उस दिन अकेले मत आइएगा। इसकी मम्मी को भी साथ लाइएगा। और हाँ…आपके भरोसे की चादर को चाक न होने दूँगा। एक दिन चुन्नी चाँद पर जाएगी…!" अजीब मंजर था। माधो कभी खुद को ताकता, कभी अपने रिक्शे को निहारता, कभी बेटी को देखता। लेकिन आनंद कुमार से नजर नहीं मिला पाता। बंदा बोझिल कदम वापस हो गया। रिक्शा खाली था। चहकती चिड़िया घोंसले बुनने उड़ चुकी थी…!

दस साल बाद। आनंद जैसे थे, जहाँ थे, वैसे ही हैं। आज बच्चों को पढ़ाकर जैसे ही बाहर निकले, एक कीमती कार अहाते में प्रवेश की। भव्य परिधान में एक सुंदर सी युवती कार से बाहर निकली और आनंद के कदमों पर लोट गई। पीछे सुंदर भेष भूषा में एक स्त्री-पुरुष हाथ बाँधे खड़े रहे। आनंद नीचे झुके और युवती को उठाया, "तुम कौन हो बेटी और मुझे कैसे जानती हो?" युवती कुछ न बोली। न हलक से आवाज आ रही थी और न आँसू ही रुक रहे थे। फिर भाई से मुखातिब हो बोले, "प्रणव! पहचाना तूने?" "जी, भैया! ये अपनी चुन्नी है, जिसने आई.आई.टी. कानपुर में कंप्यूटर इंजीनिरिंग में दाखिला लिया था। आगे कहाँ गई, नहीं जानता।" मैं बताता हूँ। बुजुर्ग बोले, "मैं वही माधो हूँ। आपने कहा था न कि आगे जब आइएगा तो किसी बड़ी गाड़ी में आइएगा। देखिए, आज आ गया। साथ में चुन्नी की माँ को भी लाया

हूँ। यह उस मसीहा को नजदीक से निहारना चाहती थी, जिसने उसकी बिटिया को फर्श से उठाकर अर्श का चमकता सितारा बना दिया। फिर माधो खड़ा न रह सका। आँगन के उसी अमरूद के नीचे बैठ गया, जहाँ पहली बार बैठा था। आज आनंद आँसू रोक न सके। रोते जा रहे थे और बार-बार दोहराए जा रहे थे…"चुन्नी सचमुच चाँद पर चली गई…!"

□

हीरा हो तुम

शंकर सरपंच की साइकिल का सुबह-सुबह गायब होना बड़ी बात थी। पत्नी सावित्री अगल-बगल कई घर पूछ आई। शायद कोई जरूरी काम से ले गया हो। लेकिन कहीं पता नहीं चला। रात रेवती बाजार से लौटे तो दालान में लगाकर चले गए थे। भोजन कर लौटे तो यहीं थी। सुबह उठकर देखे तो नदारद! तब से परेशान हैं और मन-ही-मन लाल-पीले हो रहे हैं। ज्यादा शोरगुल भी नहीं कर सकते। सवाल मुच्छ, मर्यादा और मय इलाके में इज्जत का था। जग हँसाई होगी सो अलग। लोग क्या कहेंगे? पंच-सरपंच की साइकिल सलामत न रही तो दूसरों का क्या होगा? सुबह का समय शंकर के लिए बड़ी व्यस्तता का होता है। जब तक पूरे पंचायत का एक चक्कर न लगा लें, खाना हजम नहीं होता। आखिर में साइकिल रेवती बाजार आकर रुकती है। फिर चाय चुक्कड़ चलता है। यहीं गाँव-समाज के ढेरों गपशप होते हैं। खैर, आज तो रोजनामचा ही बिगड़ गया। खींसे निपोर रहे थे कि सावित्री के इशारे पर रामदीन अपनी साइकिल लेकर दौड़ा। 'चाचा, लीजिए न, मेरी साइकिल से जाइए।' सरपंच के तेवर में कुछ नरमी आई। सावित्री से पैसे लिए और सवार होकर पैडल दबाए। लेकिन, हाय रे दुर्भाग्य! कड़कड़ाकर चेन उतर गई। आगे देखा तो टायर पंचर। झमककर फेंके और बगल बैठ लंबी-लंबी साँस लेने लगे। मारे डर के सावित्री सरक गई। तभी भरदुल भागते आया और जो बताया सो सुनकर सरपंच के माथे बल पड़ गए। उसकी भी साइकिल गायब थी। महतो टोली, बबुआन और मियाँ टोली से भी दो-तीन साइकिलें गायब होने की खबर आई। अब तो भारी बखेड़ा खड़ा हो गया। लोग जमा होने लगे और अपने-अपने तरीके से कयास लगाने

लगे। 'लगता है, किसी शातिर गैंग का हाथ है। एक ही रात में सात-सात साइकिल का गायब होना मामूली बात नहीं है। हमें हलका चौकीदार के मार्फत थाने में रपट लिखा देनी चाहिए।' शिवदेनी साव हाँफते हुए बोले। राय मशविरा देर तक चलता रहा।

"देखो, अगर इसी चाल से चलते रहे तो शहर पहुँचते-पहुँचते साँझ हो जाएगी। फिर खेल खत्म हो जाएगा। नारी-निकेतन वाले घास न डालेंगे। देर-सबेर हमें आज ही लौटना होगा। मैं ही जानती हूँ, यहाँ तक पहुँचने के लिए कितने पापड़ बेलने पड़े हैं।" पीछे बैठी पारो सुर-में-सुर मिलाई—"हाँ भाभी, हमें तेज चलना चाहिए।" तभी तेंतर तुनककर बोली—"आराम से बैठकर न चल रही हो। खुद खींचती तो आटे-दाल का भाव मालूम हो जाता।" ऐसे मौकों पर लाली भला कैसे चुप रहती! जोर से बोली—शाबाश, मेरी शेरनियो! सारी ताकत लगा दो। जंग जीत लो। भले घर लौटने पर देह पर लाठी-डंडे पड़ें। सुनना था कि सभी लड़कियाँ हँस पड़ीं। लाली भले लंगड़ थी। और एक पैर घसीटकर चलती थी, लेकिन बातें बढ़-चढ़कर करती थी। माहौल को कब गंभीर बना देना है या कब हलका कर देना है, उसे खूब आता था। फिर तो सनिया सर्र से घंटी बजाती निकली। उसके कैरियर पर कुसुम बैठी थी। शांत स्वभाव की कुसुम अकसर खामोश ही रहती। बचपन में एक आँख चेचक की नजर चढ़ गई थी। दूसरी से भी धुँधला दिखता था। भाभी पीछे मुड़कर देखी। शांति पर तरस आया। बड़े आँगन की बेटी आज साइकिल पर पसीने बहा रही थी। पीछे कांता थी। उसके माँ-बाप बहुत पहले गुजर गए थे। अब ननिहाल में रह रही थी। लड़कियों का झुंड जिधर से गुजरता, लोग देर तक निहारते रहते। भाभी के उत्साह बढ़ाते ही लड़कियों में जोश आ जाता। कोस भर पर कारवाँ रुकता। पानी पिया जाता, कुछ गुड़-शक्कर होता, फिर सभी चल पड़तीं। बारह बज रहे थे। अभी चार कोस चलना था। भाभी ने लड़कियों को एक बार फिर ललकारा और पैडल पर दबाव बढ़ाने लगी। अतीत के अक्स आँखों में उतरने लगे।

चार साल पहले हरिकांत जब ब्याह कर लौटा तो गाँव में जैसे भूचाल आ गया। सारा बेनीपुर बिदक उठा। सुबह सूर्योदय के साथ बात मटियातेल की तरह चारों तरफ फैल गई। गाँव के बाहर बटेसर बाबू की बड़ी बाड़ी

थी। यहाँ लोगों का बर बिटोर होता था। ऐसे नाजुक मसलों के निपटान के लिए यही मुफीद जगह थी। सो पंचायत बैठी। औरतों की अपनी जमात और मर्दों का अपना हुजूम जब जगह ले लिया तो पंचायत शुरू हुई। पर पलानी उठानी हो तो खोजने से गाँव में आदमी नहीं मिलते। यहाँ बिन बुलाए मेहमानों से बाड़ी मिनटों में भर गई। महतो टोली और बबुआन बहुत सारे मसलों पर एक-दूसरे के धुर विरोधी थे, लेकिन आज सबके सुर समान थे। सवाल बिरादरी से बाहर की गई शादी का था। सब एक मत थे। विजातीय बहू कत्तई स्वीकार न थी। हरिकांत की हिम्मत न हुई कि पंचों का सामना कर सके। सो घर से बाहर न निकला। समलबाई सी झुकी कमर लिये लाठी टेकता बूढ़ा स्वामीनाथ जरूर हाजिर हुआ। साथ में बुढ़िया भी थी। दोनों ऐसे काँप रहे थे जैसे कसाई के हाथ में बकरे ने खूनी खंजर देख लिया हो। खड़ा रहना दूभर हो गया तो धम्म से बैठ गया और नजरें नीची कर ली। शंकर तनिक तल्ख लहजे में बोले, "क्यों स्वामीनाथ! गट्टा-कड़ाका तौलते-तौलते गाँव की अस्मत भी तौल डाली! बुढ़िया मनिहारी का सामान बेचते-बेचते इलाके की इज्जत भी बेच दी! सुना है, शहरी पतोहू पाकर इसके पाँव आजकल धरती पर नहीं पड़ रहे हैं!" फिर, सरपंच के तेवर ऊँचे हो गए, "जाति-बिरादरी की मान-मर्यादा जैसी कोई चीज होती है कि नहीं? या, तुम्हारा बेटा चार पैसा कमाने लगा तो तीसमार खाँ बन बैठा और तुम खुद को गाँव से ऊपर समझने लगे?" घिग्घी बँध गई स्वामीनाथ की। हाथ जोड़कर बोला, "गलती माफ हो सरकार। हरिकांत नादान है। आने वाली आग की आहट से बेखबर है। बेटे की तरफ से मैं माफी माँगता हूँ।" फिर बुढ़िया धरती पर माथा टेक गिड़गिड़ाई, "दुहाई हो हजूर! आप जो कहेंगे, वही करूँगी। बची जिंदगी आपकी गुलामी बजाऊँगी। बड़ी मुश्किल से हमरे आँगन खुशी की एक किरन उतरी है। उसे सलामत रहने दीजिए सरकार।" फिर झटके से उठी और आगे बढ़ सरपंच के पैर पकड़ ली। औरतें आपस में कानाफुसी करने लगीं। कुछ सुर सहानुभूति में बदलने भी लगे। लेकिन, सरपंच टस से मस न हुए। घूमकर पंचों की ओर देखे। शिवदेनी साव खड़े हुए और झमककर कहे, "हम समाज में ऐसी परंपरा पनपने की अनुमति नहीं दे सकते, जो हमारे संस्कारों पर ग्रहण लगा दे।" ऐसे मौकों पर दिलावर

खाँ पीछे नहीं रहते थे। आज नसीहत भरे अंदाज में बोले, "अल्लाह ऐसी नाफरमान नस्लों से बचाए। मुझे तो बेनीपुर का मुस्तकबिल डूबता नजर आता है। अगर हरिकांत की तरह हमारी औलादें भी ऐसी आवारागर्दी पर उतर आईं तो हम कौन सा मुँह लेकर दीगर गाँव जाएँगे? हमारे दामन को दागदार होने से कौन बचाएगा?" जब सबने अपने मताधिकार का बखूबी इस्तेमाल कर लिया तो शंकर खड़े हुए। साँसें रुक गईं सबकी। आज पहली दफा एक विजातीय बहू के भाग्य का फैसला होने जा रहा था। सरपंच बोले, "हरिकांत ने बिरादरी से बाहर जाकर शादी की। तमाम हकीकत से वाकिफ होने के बावजूद इसने आँखें मूंद ली और बेटे को मनमानी करने की खुली छूट दे दी। बेटा पंचों की हुक्म को दर किनार कर पंचायत में भी नहीं पहुँचा। लिहाजा, तमाम वाक्यात पर गौर फिकर करते हुए पंचायत इस शादी को नामंजूर करती है और स्वामीनाथ को हुक्म देती है कि वह अपने बेटे को बोले कि इस नाजायज रिश्ते से खुद को आजाद कर ले। बेटी वाले को उसकी बेटी पहुँचा दी जाए। और···और अगर स्वामीनाथ व इसके बेटे ने ऐसा करने से इनकार किया··· तो···!" सरपंच तनिक रुके, माहौल का मुआयना किया और आखिरी फैसला भी सुना दिया, "तो गाँव अपने तमाम रिश्ते इस घर से तोड़ लेगा। पोखर, तालाब और कुँए पर पाबंदी लगा दी जाएगी। पानी उठ जाएगा इस परिवार का।" बूढ़े स्वामीनाथ को लगा, धरती भागी जा रही है और वह अपना वजूद बचाने के लिए पेड़-पौधों को पकड़ रहा है। लेकिन, कोई पकड़ में नहीं आ रहा। ऊपर आसमान भहराता नजर आया। साँसें तेज चलने लगीं। अंग-अंग पसीने से सराबोर हो गए। बुढ़िया आगे बढ़ पति को सँभाली। जब स्वामीनाथ थोड़ा सामान्य हुआ तो हिम्मत कर उठा और माथे की पगड़ी उतार सरपंच के पैर पर रख दी। हलक से आवाज न निकल रही थी। लेकिन बहती आँखें बहुत कुछ बयाँ कर रही थीं। चारों तरफ सन्नाटा छा गया। तभी एक ऐसी घटना घटी जिसने सबको घोर अचरज में डाल दिया। पेड़ों की ओट से अट्‌ठारह-बीस साल की एक लड़की निकली। चेहरे पर घूँघट था। सो कोई पहचान न पाया। हालाँकि लाल रेशमी चूड़ियाँ और मेहँदी महावर से सुर्ख हुए हाथ-पैर कुछ और दास्तां बयाँ कर रहे थे। आगे बढ़ उसने स्वामीनाथ को उठाया। सरपंच

गरजे, "कौन हो तुम और यहाँ क्यों आई हो? इससे तुम्हारा रिश्ता क्या है?" लड़की सपाट स्वर में बोली, "जी, मैं हरिकांत की ब्याहता और इनकी बहू हूँ।" "तुम्हारी हिम्मत कैसे हुई यहाँ आने की?" लहजा सख्त हो गया सरपंच का। 'अब क्या कहूँ हजूर! पति जब मारे लोक लज्जा चेहरा छुपा ले और ससुर सभा में सिर झुका ले तो इज्जत की दुहाई देने द्रोपदी को तो आना ही पड़ेगा। भले कोई कृष्ण-कान्हा आए या न आए!' बिंदास बाला बिना किसी लाग लपेट के बोलती गई। "इस तरह आने और पहेलियाँ बुझाने का अंजाम जानती हो तुम?" शंकर ने जला देने वाली नजरों से घूरा। 'आगाज देख ली हूँ। अंजाम भी सुन लिया। कुछ और बाकी रह गया हो तो बिला देर उसे भी बता दीजिए सरकार! वैसे मैंने तो सुना है गांधीजी का सुराज आ गया। फिर यह पोखर,पानी पर पाबंदी कैसी!' लड़की बिलाखौफ बोली। बेनीपुर के इतिहास में शायद पहली बार ऐसा कुछ हुआ जिसका अंदाजा किसी को नहीं था। शिवदेनी साव बगलें झाँकने लगे। दिलावर की दाढ़ी में खुजली होने लगी। औरतों की जमात में खुसर-फुसर बढ़ने लगी। पीछे बैठी औरतें खड़ी हो गईं। शंकर तिलमिलाकर रह गए। झटके से खड़े हुए और पैर तले पड़ी पगड़ी को फुटबॉल की तरह हवा में लहरा दिया। बेचारी पगड़ी ऊपर उछल आम की टहनी में टँग गई। फिर चीखकर बोले, "सुन लिया न सबने! आए हुए ठीक से बारह घंटे भी न बीते कि बित्ते भर की जुबान चलाने लगी और मुझको सुराज का मतलब समझाने लगी। जिसकी जाति-खानदान का कुछ नहीं पाता वह ऐसी बहकी-बहकी बातें करती है!" अपनी बात कह सरपंच ने सभा से समर्थन चाहा। लेकिन लोग खामोश रहे। लड़की शांत स्वर में बोली, "सही कहे सरकार! कूड़े पर फेंकी हुई चीज या लड़की का कहाँ कोई मोल होता है! कुत्ते सियार से बच गई और किसी रहमदिल के हाथ लग गई तो जिंदगी जमीन जरूर पा लेती है। मेरे साथ भी तो यही हुआ। होश सँभाली तो बिगू बाबा बूढ़े हो चले थे। बड़ी मुश्किल से रिक्शा खींच पाते थे। रैन-बसेरे में रातें कटतीं। दिन रिक्शे के पीछे-पीछे बीत जाते। बाबा सवारी लेकर चलते, मैं पीछे से धक्के लगाती। चक्के चलते तो रोटियाँ मयस्सर होतीं। जिस दिन पानी बरसता और कोई सवारी न मिलती, उस दिन चूल्हा न जलता। मुझे भूख लगती और रोती तो बाबा भागकर

किसी होटल से बचा-खुचा कुछ माँग लाते। मैं खा लेती और बाबा की गोद में सो जाती। ऐसे ही एक दिन सोकर उठी तो देखा, बाबा सदा के लिए सो गए थे। उस दिन दुनिया के लिए सूरज निकला, लेकिन मेरी आँखों के आगे तो रात का अँधेरा गहराता चला गया। गए शाम मुंसपिलटी वाले आए और बाबा को उठा ले गए। गुजरे दस साल में बाबा ने मुझे कभी न बताया कि मेरी जाति क्या है? तो फिर आज यहाँ क्या बताऊँ? माँ-बाप का पता ही नहीं तो खानदान कहाँ से खींच लाऊँ? बाद में नारी-निकेतन वालों ने मुझे लड़कियों के हॉस्टल में रखवा दिया। यहाँ आकर जानी कि जिंदगी क्या होती है? दिन भर कपड़े साफ करती, सुखाती और आयरन कर लड़कियों के कमरों में पहुँचा देती। वे बाजार से कुछ सामान मँगवाती तो दौड़कर ला देती। खेलने जातीं तो मुझे भी साथ ले जातीं। ग्राउंड से बाहर गए बॉल को उठाना मेरा काम था। कभी नजरें बचा एकाध किक भी लगा लेती। बाद में मुझे भी टीम में शामिल कर लिया गया। मैं सेंटर फॉरवर्ड की पोजिशन पर खूब खेली। चम्पारन वाली चंपा दीदी ने मुझे पढ़ना-लिखना भी सीखा दिया। अखबार के मोटे हर्फों को आसानी से पढ़ने लगी। फिर छोटी-छोटी कुछ किताबें भी पढ़ ली। यहाँ झाँककर देखी तो पता चला, ये महज कागज के पन्ने नहीं हैं। इनमें संसार समाया हुआ है। मैं खुश थी। समय सरकता रहा। आठ साल गुजर गए।

वह फागुन का महीना था जब हॉस्टल के तीसरे तल्ले का निर्माण शुरू हुआ। बड़ी मैम कुछ-न-कुछ काम से ऊपर भेज देती थीं। यहीं पहली बार हरिकांत से मुलाकात हुई। तब ये दिहाड़ी पर काम करने आते थे। न जानती थी, वह पहली मुलाकात आज इस रूप में बदल जाएगी। बड़ी मैम ने हरिकांत की रजामंदी चाही। ये तैयार थे। हॉस्टल में चंदे लगे। पंडित बुलाए गए। एक लड़की ने भाई बन शादी की विधि कराई। बड़ी मैम माँ बन कन्यादान कर दीं। अब तक मेरी कोई पहचान न थी। लेकिन हरिकांत की ब्याहता बन मुझे पहचान मिल गई। और, इसी पहचान ने मुझे बेनीपुर की बहू बना दिया। मगर अफसोस! यहाँ आकर जानी कि जाति खानदान का लबादा कितना जरूरी होता है!" अपनी बात कह दुलहन सास-ससुर के बीच बैठ गई और फूट-फूटकर रोने लगी। नीरव सन्नाटा छा गया। हिलोर

मार बहती पुरवाई थम सी गई। लोगों के होंठ खामोश हो गए। बाबू की बड़ी बाड़ी छोटी पड़ गई। मर्द खिसकने लगे। बर्फ का बड़ा पहाड़ पिघलने लगा। रस्सी भी जल गई, लेकिन ऐंठन जस की तस रह गई। पासा पलटते देख शंकर गुस्से में पैर पटकते निकल गए। पीछे दिलावर और शिवदेनी भी खिसक लिये। औरतों ने देखा, दुलहन ने सास-ससुर को उठाया और जाने लगी। आँखें सबकी भींग आई थीं। बहुत तो सुबुक-सुबुककर रो भी रही थीं। दिल कहता था, जाओ और जाकर अभागन को गले लगा लो। लेकिन, बड़ों के बनाए रस्म-रिवाज हाथों में हथकड़ी और पैरों में बेड़ी बन जकड़े हुए थे। तभी सरपंच की पत्नी सावित्री भीड़ से बाहर आई और जा रही दुलहन को जोर से पुकारी बेटी, अपना नाम तो बताती जा। दुलहन रुक गई। पीछे मुड़ी और तेज कदमों चलकर सावित्री के पैर छू ली। बोली, "अम्मा! बहू न सही, आपने मुझे बेटी तो कहा न! मैं जुड़ा गई। वैसे मेरा नाम हीरा है। बाबा मुझे इसी नाम से बुलाते थे। सावित्री नीचे झुकी और दुलहन को उठाई। फिर बिला देर किए घूँघट उठा दी। सबने देखा, दुलहन बला की खूबसूरत थी। सभी देर तक देखती रहीं। दुलहन लौटने लगी। एक नजर आम के दरख्त से लटक रही ससुर की पगड़ी पर डाली। फिर, तेज कदम बाहर निकल गई। हीरा...हीरा...हीरा! साँझ होते-होते यह नाम पूरे बेनीपुर में फैल गया।

अँधेरी रात थी। साँझ से ही बूँदा-बूँदी शुरू हो गई थी। हाथ-को-हाथ न सूझता था। बैल बथान से लाकर ओसारे में बाँध दिए गए थे। लोग घरों में चैन से सो रहे थे। तभी बीच गाँव में किसी औरत की चीख सुनाई पड़ी। लोग हकबकाकर उठे। जमा होकर आती आवाज की तरफ बढ़े। कुछ कयास लगाने लगे, कौन हो सकती है? आधी रात को किस पर क्या विपदा आई? तभी भरदुल भागते आया और बताया कि रोने वाली कोई और नहीं, बल्कि हीरा है। दरअसल जब वह पंचायत से लौटी तो हरिकांत नहीं था। माँ-बाप समझे कि कहीं बर-बाजार गया होगा और साँझ होते लौट आएगा। लेकिन वह नहीं लौटा। फिर तलाश शुरू हुई। घूम-घूमकर कई गाँव पूछा गया, लेकिन कहीं न मिला। आखिर में मुसेहरी के मिसिर बाबा बताए कि उन्होंने हरिकांत को टमटम से स्टेशन जाते देखा है। बात सच निकली। हरिकांत हिम्मत हार गया और लोक-लाज के मारे गाँव छोड़ दिया। तबसे हीरा रो

रही है। जिसके भरोसे भाग्य से लड़ रही थी, वही दगा दे गया। कुछ औरतें हिम्मत कर ढाढस बँधाने बढ़ीं, लेकिन मर्दों को हाथ में लालटेन लिये आते देख वापस हो गईं। उधर हीरा की चीख देर रात सुनाई देती रही।

बूढ़ा बरगद जब अंदर से खोखला हो जाता है तो हलकी हवा भी जड़ से उखाड़ देती है। स्वामीनाथ भी सामाजिक तिरस्कार और बेटा वियोग से आए तूफान को ज्यादा दिन झेल न सका। तीन माह ही गुजरे थे, कि परलोक सिधार गया। अंतिम संस्कार में महज मुट्ठी भर लोग थे। इनमें बेनीपुर का कोई न था। घर में अन्न के दाने न थे। संपत्ति के नाम पर एक पुरानी साइकिल जिस पर वह घूम-घूमकर गट्टा कड़ाका बेचता था, बच गई थी। बुढ़िया के पास कुछ मनिहारी की चीजें थीं, जिसे उसने ईमान की तरह बहू के लिए सँजोकर रखा था। हीरा ने लालटेन की मद्धिम रोशनी में देर तक निहारा और सुबह होते निकल गई। ओह! जिसने भी देखा, अंदर से हिल गया। आज एक अभागन सुहागन का सामान बेचने जा रही थी।

"घर में बैठी-बैठी हाथी होती जा रही हो। तनिक घर से बाहर जाओ। खेत-खलिहान हो आओ। बैलों को सानी-पानी दो वरना बेनीपुर में बैठी रह जाओगी। कोई लड़का घास न डालेगा। याद है, देवपुर वाले देखते ही कैसे खिसक गए थे!" सावित्री झल्लाकर बोली। शांति सुबुक-सुबुककर रोने लगी। शंकर सुने तो भागे आए और पत्नी को खूब खरी खोटी सुनाए। "खबरदार जो मेरी बेटी को कुछ कहा तो! तुम देखना, मेरी बेटी किसी बड़े जमींदार घर जाएगी।" शंकर शांति को दिलासा दे निकल गए। सावित्री जल-भूनकर अंगार हो गई और पैर पटकती चली गई। यह एक दिन की बात न थी। सावित्री बेटी को देखती तो व्याकुल हो जाती। सचमुच शांति का शरीर बेतहाशा मोटा होता जा रहा था।

तिजहरिया ढल रही थी। कांता, कुसुम, लाली व तेंतर पोखर से पियरी माटी लिए आ रही थीं। सुबह से ही सास की तबीयत खराब थी, सो हीरा जल्दी-जल्दी साइकिल चलाती लौट रही थी। आज अच्छी कमाई हुई थी। नाक की लवंग, कान की बाली और नीली-हरी चूड़ियाँ खूब बिकी थीं। बालेपुर की बहू-बेटियों की पहली पसंद यही थी।

बटेसर बाबू की बाड़ी से पहले ही सब मिल गईं। हीरा को देखा तो

लाली लपककर सामने आई। बोली, "भाभी, हमें भी कुछ दो न। देखो न, सुने कान कैसे लग रहे हैं!" हीरा दिल की भी हीरा थी। साइकिल साइड कर एक जोड़ी सुंदर सी बाली उसके कान में पहना दी। फिर पलटकर ताकी। कांता, कुसुम की नाक भी सुनी थी। उनमें एक-एक लवंग डाल दी। तेंतर की खाली कलाई देख कुछ हरी चूड़ियाँ पहना दी। लड़कियाँ खुश होकर बोलीं, "भाभी, तेरे पैसे कितने हुए? बता दो, कल पहुँचा देंगे।" 'धत्, ननदों से कोई पैसा लेता है क्या…?' फिर भी कुछ तो बोलो। लड़कियों ने जिद की। "समय आने दो। नंदोईयों से पाई-पाई वसूल कर लूँगी।" मुसकराती हीरा आगे बढ़ गई। लड़कियों के मन में सितार बजने लगे।

दो साल गुजर गए। हरिकांत की कोई चिट्ठी न आई। बेटे के लिए माँ की साँसे टँगी रहती थीं। हीरा सौदा बेच लौटती तो एक बार डाक बाबू से जरूर पूछ लेती। डाक बाबू ना में सिर हिला देते और वह आगे बढ़ जाती। बावजूद इसके उसने जीने का हौसला बनाए रखा। बिगू बाबा अकसर कहा करते थे, 'बेटी! जिंदगी सिर्फ गुलाब की सेज नहीं है। यहाँ काँटे भी हैं। परंतु यह भी सच है कि रात के पीछे दिन लगा ही रहता है। सो हिम्मत न हारना! चलना और चलती रहना।' और, हीरा चलती रही। पाई-पाई जोड़ थोड़ी पूँजी खड़ी हुई तो एक गाय आ गई। अब चूड़ी लहठी के साथ दूध भी बिकने लगा। सास की तबीयत सुधरने लगी। मिट्टी की दीवारों से खरपतवार हटे तो खपड़े की छत खड़ी हो गई। थोड़ा गेर चूना लगे तो निखार आ गया। हीरा जानती थी, "धरती पर फैलने की गुंजाइश न रहने के बाद भी ऊपर उठने का विकल्प हमेशा खुला रहता है।"

शामपुर, बेनीपुर के बीच बावन बिगहा परती कदीम (बंजर जमीन) है। माल-मवेशी चराने की मुफीद जगह है। लड़कियाँ घास के लिए इधर ही आती हैं। लड़कों को खेलने का बड़ा मैदान मिल जाता है। दोनों गाँव के बीच आज फुटबॉल मैच में बाजी लगी थी। खेल कम चिल्लाहट ज्यादा थी। हीरा गाय चराकर लौट रही थी। तभी डगरता बॉल सामने आ गया। बॉल देख मन ललचा गया। भूल गई कि अब वह बेनीपुर की बहू है। गाय की ओट लेकर बॉल पर एक बड़ी किक जमा दी। बॉल हवा में लहराया और साँय-साँय करता सीधे गोलपोस्ट के अंदर जा गिरा। लड़के चिल्लाने

लगे, "हम जीत गए, हम जीत गए।" इधर वह सीधे घर की राह ली, ताकि कोई देख न ले। लेकिन लाली ने देख लिया। उसका मुँह खुला-तो-खुला ही रह गया···!

गाय का दूध निकाल हीरा साँझा बाती देने जा रही थी। तभी दर्जन भर लड़कियाँ छुपते-छुपाते घर में दाखिल हुईं। इनमें शांति भी थी। सरपंच की बेटी का आना मामूली बात न थी। हीरा हैरत में पड़ गई। फिर मुसकराई और बोली, "गरीब की झोपड़ी में अचानक चाँद कैसे निकल आया!" दो राय नहीं, शांति सुंदर थी लेकिन इधर उदास रहने लगी थी। आगे बढ़ हीरा का हाथ थाम बोली, "भाभी! क्या मैं सचमुच सुंदर हूँ! अगर हूँ तो रिश्ते मुट्ठी से रेत की तरह क्यों फिसल जाते हैं? किसी को मैं पसंद क्यों नहीं आती? माँ मुझे हाथी क्यों कहती है? बोलती है, बेनीपुर में बैठी रह जाऊँगी। बताओ न भाभी, मैं क्या करूँ? सखियाँ कह रही थीं कि तेरे हाथों में कमाल का हुनर है।" हीरा की आँखें भर आईं। शांति का हाथ पकड़ बोली, "माँ मजाक करती हैं। उनकी बातों का बुरा न मानना। हाँ, एक काम जरूर करना।" "बोलो भाभी, जो कहोगी, दौड़कर करूँगी।" शांति व्याकुल हो बोली। फिर तो बंद मुट्ठी खुल गई। देर तक बातें होती रहीं। हीरा लाली के लरजते पैर और कुसुम की मद्धिम पड़ती पलकें दिखाकर बोली, "शांति! इन्हें देख रही हो? एक पैर घसीटकर चलती है। दूसरी ठीक से दुनिया नहीं देख पाती। कांता के कंधें बिन सहारे हैं। इन पर किसी का हाथ नहीं। फिर भी ये मुसकराती हैं, जीती हैं। तेरे पास तो भगवान का दिया बहुत कुछ है। सो उठो और दौड़ पड़ो। दूसरों की क्या कहूँ, मुझे ही देख लो।" हीरा को अपने हाल पर हँसी आ गई। इस पर सब हँस पड़ीं···। लड़कियाँ जब लौटीं तो कदम तेजी से चल रहे थे। अब न लाली को अपने लंगड़ पैर का मलाल था और न कुसुम को अपने सूने होते संसार का। कांता को लगा, सरपरस्ती का हाथ अब साथ रहेगा।

परती कदीम के पीछे कई गाँवों की बड़ी सघन बाँसवारी थी। इधर दिन में भी डर लगता था। सो रहगुजर ना बराबर थी। बीच में बीघे भर का खाली मैदान था। पिछले कई दिनों से इसकी सफाई चल रही थी। दोपहरिया

जब लोगों का आमद रफ्त रुक जाता, लड़कियाँ धीरे से निकलतीं और जमा होने लगतीं। फिर शुरू हुआ खुद को जीत लेने का जंग। हीरा ने सीखा हुआ सबकुछ साझा करना शुरू किया। पहले खेल के नियम बताए गए, फिर पैरों की लय गति समझाई गई। सपने सामने आने लगे तो पैरों की चाल बढ़ गई। मन हलका हुआ तो तन भी हलका होने लगा। हाथ-पैर अनुशासन सीख गए। पैरों के साथ बॉल का संतुलन सधने लगा। खेत-खेलिहान की बेटियाँ तो जन्मजात फुर्तीली होती हैं। हुनर हाथ आया तो महीने भर में लाली लंबी छलाँग लगाने लगी। कुसुम कान के साथ आँख का संतुलन बना ली। तेंतर-कांता की जोड़ी भी जमने लगी। बॉल लेकर भागतीं तो इनसे छीन पाना मुश्किल हो जाता। शांति फुटबॉल टीम की कैप्टन बना दी गई। हीरा बार-बार दोहराती, "आदमी तन से नहीं मन से अपाहिज होता है।" उसका हलका सा इशारा लड़कियों में भारी उत्तेजना भर देता। मुसलसल कई महीने पसीने बहाए जाते रहे।

शांति की साइकिल अचानक आगे निकली तो हीरा खयालों से लौटी। गुजरा अतीत सिहरन दे गया। हरिकांत की याद आई। कहाँ होगा, कैसे होगा? धत्! कैसा बेदर्द बालम···ना कोई चिट्ठी न चपाती! बाड़ी में टँगी बाबूजी की पगड़ी याद आई। फिर सरपंच की दुत्कार, फटकार और तिरस्कार सब सिनेमा के रील की तरह बारी-बारी से आते-जाते रहे। इधर शहर का सीमाना शुरू हो गया था। महज मील बाद स्टेडियम था जहाँ सपनों का संसार स्वागत कर रहा था। खोने के लिए कुछ न था। लेकिन जीत बहुत कुछ दे जाती। हीरा कई बार आकर यहाँ आरजू मिन्नतें कर चुकी थी। नारी-निकेतन वाले बड़ी मुश्किल से मैच में शामिल किए थे। जानती थी, जीत गए तो पारितोषिक के कुछ पैसे मिल जाएँगे। इनसे कुसुम की आँखों का ऑपरेशन हो जाएगा। फिर राहें खुलीं तो लाली के रास्ते भी खुल जाएँगे। पिछले छह माह में शांति कितनी बदल गई थी! ओह, आदमी ठान ले तो क्या नहीं कर सकता! सावित्री को अब बेटी से कोई शिकायत न थी। उसने शंकर से सबकुछ छुपाए रखा। भिखारी चौक से बढ़ते ही स्टेडियम दिखाई देने लगा। पास पहुँचकर साइकिलें रुक गईं। बेनीपुर की बाँसवारी से निकल सीधे यहाँ

आना ऐसे ही था जैसे झोपड़ी से निकल ताजमहल में बैठ जाना!

ऊँची दीवारों से घिरा बड़ा मैदान। कोने पर मंच बना था। तीन तरफ बैठने की गैलरी थी। दर्शक आने लगे थे। माइक पर हेलो-हेलो शुरू हो गया। नारी-निकेतन की अध्यक्षा नूतनजी और जिला कप्तान के मंच पर बैठते ही रेफरी हाथ में सुंदर सा बॉल लिये बीच मैदान पर पहुँचा और एक लंबी व्हिसल बजाया। उधर माइक पर आवाज आई, "आज महिला दिवस के अवसर पर आप सभी सज्जनों का हार्दिक स्वागत है। हर साल की तरह इस साल भी नारी-निकेतन और डिस्ट्रिक्ट फुटबॉल एसोसिएशन की तरफ से इस शो मैच का आयोजन किया गया है। इसका एक मात्र उद्‌देश्य महिला फुटबॉल को बढ़ावा देना और उभरते खिलाड़ियों का उत्साहवर्द्धन करना है। हम यकीनन कह सकते हैं कि आज का मैच आप तमाम दर्शकों का भरपूर मनोरंजन करेगा। जैसा कि आप देख रहे हैं, टाउन एलेवन के खिलाड़ी मैदान पर उतर चुके हैं। इस टीम की कैप्टन हैं शांता सरकार। बताते चलें कि शांता सरकार वही हैं जिन्होंने पिछले साल मोइनुलहक टूर्नामेंट में अपनी टीम को विजय दिलाई थीं।" शांता विजयी मुद्रा में दोनों हाथ उठाई। दर्शक जोर से ताली बजाए। टीम की लड़कियाँ उछल-उछलकर वार्मअप करने लगीं। उद्‌घोषक ने आगे कहना शुरू किया। "और लीजिए, अब एक ऐसी टीम से आपका परिचय कराने जा रहा हूँ, जिसका आज के पहले कोई परिचय नहीं था। ये टीम है बेनीपुर की बेटियों का। जी हाँ, शहर से सोलह किलोमीटर दूर एक छोटे से गाँव की बारह बेटियाँ आज साइकिल चलाकर यहाँ पहुँची हैं। इनमें एकाध को छोड़ बाकी पहली दफा शहर आईं हैं। इनके हौसले को मैं सलाम करता हूँ।" उधर हीरा के इशारे पर लड़कियाँ सकुचाती, शर्माती धीरे-धीरे निकलीं। न कोई जरसी, न कोई बूट। सभी नंगे पाँव। हवा का तेज झोंका जैसे नन्हा दरख्त झेल नहीं पाता और झुकता चला जाता है, ठीक उसी तरह लड़कियाँ छुई-मुई सी झुकी हुई थीं। दर्शकों की तरफ देखने की हिम्मत न थी। माइक पर आवाज फिर गूँजी, "जैसा कि मुझे बताया गया है, शांति इस टीम की कैप्टन हैं। इनके पीछे पारो, तेंतर, कांता और अन्य लड़कियाँ हैं।" फिर उद्‌घोषक चौंककर

बोला, "हे भगवान! ये मैं क्या देख रहा हूँ? पैर घसीटकर चलने वाली एक लड़की भी ग्राउंड की तरफ बढ़ रही है। क्या ये भी खेलेगी?" लोगों ने देखा, लंगड़ लाली धीरे-धीरे जा रही थी। कुसुम अब तक किनारे खड़ी थी। उसे सूझ नहीं रहा था कि करना क्या है? शांति भागी और हाथ पकड़ ले आई। उद्‍घोषक ही नहीं, दर्शकों की भी चीख निकल गई। 'क्या ये अंधी-सी लड़की भी खेलेगी?' मंच पर बैठे सभी मेहमाने—खुसूसी भारी कौतूहल से देखने लगे। समय हो चला था। लंबी सीटी बजी और टीमें आमने-सामने खड़ी हो गईं। जिला कप्तान और नूतनजी के साथ अन्य विशिष्ट जन आए, दोनों टीमों से मिले, बेस्ट ऑफ लक कहे और निकल गए। फिर कैप्टन बुलाए गए। टॉस हुआ। टाउन एलेवन ने टॉस जीता और मैदान का मनचाहा साइड ले लिया। अब सेंटर लाइन पर वही खेलाड़ी खड़े हुए जिन्हें रेफरी द्वारा किक इन की अनुमति मिली थी। शुरुआत शांता सरकार ने की। पहले इधर-उधर बॉल फेंका गया। एक-दूसरे का अंदाजा लगाया गया। ऐसा दस मिनट तक चलता रहा। शांता बहुत सीनियर खेलाड़ी थी। साथियों को खेलने का भरपूर मौका देती थी। बहरहाल, उसने बॉल बढ़ाया। साथी को दिया। साथी ने थोड़ा पीछे रोल किया। शांता लपकी और जोरदार किक लगाई। बॉल हवा में लहराया और सांय-सांय करता सीधे गोलपोस्ट के पास गिरा। इसके पहले की बेनीपुर कुछ समझ पाता, टाउन एलेवन की राइट आउट ने स्ट्राइक किया और बड़ी आसानी से बॉल गोलपोस्ट में डाल दिया। व्हिसील बज गई। टाउन एलेवन ने महज बीस मिनट में एक शून्य से बढ़त बना ली। मैच में मजा नहीं आया। दर्शक झुंझला उठे। गैलरी से आवाज आने लगी, "अमां यार, कहीं बाघ-बकरी का खेल होता है!" खैर, बॉल अब बेनीपुर के पास थी। शांति सँभल चुकी थी। उसने तेंतर को इशारा किया और किक लगा दी। लेकिन तेंतर से चूक हो गई। बॉल छीन गई। शांता के इशारे पर उसकी साथी बॉल लेकर भागी, परंतु पहले से तैयार पारो शानदार डिफेंस खेल गई। उसने बॉल बढ़ने नहीं दी। बॉल फिर बेनीपुर के कब्जे में आ गया। शांति चिल्लाई, 'पारो, जल्दी पास दो।' पारो समझ नहीं पाई और गलती से बॉल शांति को न बढ़ाकर दूर खड़ी कुसुम की ओर उछाल दी। शांति माथा

पीट ली। लेकिन यह क्या! आँखें धोखा दे सकती थीं। कान तो सलामत थे। कुसुम ने बॉल के वेग का अंदाजा लगाया और पोजिशन लेकर कड़ा प्रहार कर दी। निशाना सटीक बैठा और बॉल विपक्षी टीम के गोलपोस्ट के बगल जा गिरा। जिसने भी देखा, आँखों पर विश्वास न हुआ। लाली लेफ्ट आउट के पोजिशन से आगे बढ़ी। लंगड़े दाएँ पैर का हलका सहारा ली और बाँए से स्ट्राइक मार दी। निशाना अचूक था। इसके पहले की गोलकीपर सँभलती, बॉल अंदर जा चुकी थी। हीरा भीड़ में से चिल्लाई, "जिओ मेरी शेरनी!" दर्शक दीर्घा में लोग खड़े हो गए और देर तक ताली बजाते रहे। लाली के लरजते पैर और कुसुम की मंद पड़ती आँखों ने इतिहास रच दिया। मंच पर बैठे तमाम लोग रो पड़े। जिला कप्तान की आँखें भी भर आईं। खेल फिर शुरू हुआ। टीमें पसीना बहाती रहीं। फर्स्ट हॉफ समाप्त हुआ तो दोनों टीमें एक-एक की बराबरी पर थीं। दस मिनट का ब्रेक हुआ।

शांता अपनी टीम के साथ आगे की रणनीति बनाती बोली, "हमने बेनीपुर को अंडर एस्टीमेट कर भारी भूल की है। अब इसे शो मैच न मानते हुए हमें फाइनल की तरह खेलना होगा। सारी ताकत झोंक देनी होगी। जीतने के लिए कुछ भी करना होगा वरना शिखर पर पहुँची शान, धड़ाम से धरती पर गिर जाएगी।" उधर हीरा पानी लेकर दौड़ी और कुसुम व लाली की पेशानी चूम ली। बोली, "देखो, सामने सीनियर खिलाड़ी हों तो सँभलकर खेलना ही बहादुरी है। पैरों की चाल पर पैनी नजर रखनी होगी। अकसर खिलाड़ी बायाँ दिखाकर दाएँ से प्रहार करते हैं और सामने वाला गच्चा खा जाता है। हमें अब पैंतालीस मिनट का समय मिलेगा। यह निर्णायक होगा। अगर सामने की टीम आक्रामक खेल शुरू करती है तो तुम लोग डिफेंस साइड मजबूत करो। ऐसे बीस-बाईस मिनट खेलो। फिर बब्बर शेर की तरह झपट पड़ो।" फिर शांति की तरफ मुड़ी और उसकी पीठ थपथपाती बोली, "अगला हॉफ तुम्हारे हवाले होगा। याद रखना, खोने के लिए हमारे पास कुछ नहीं है, लेकिन अगर जीत गए तो बात दूर तलक जाएगी। फिर उसने शांति, तेंतर, पारो और अन्य लड़कियों को लाली व कुसुम से तनिक दूर ले गई और अपनी मंशा बता दी।" सुनकर शांति और सभी लड़कियों की

आँखें भर आईं। मध्यांतर खत्म हो गया। व्हिसल बजी। टीमें तैयार होकर फिर खड़ी हो गईं। खेल शुरू हुआ। जैसा हीरा ने बताया था, टाउन एलेवन की टीम ने आक्रामक खेल खेलना शुरू कर दिया। बेली इस टीम की बहुत पुरानी खिलाड़ी थी। गुस्सा उसके नथुने पर रहता था। तेंतर का शरीर तनिक सट क्या गया, अपना आपा खो बैठी और ऐसी दुलत्ती मारी कि बेचारी बल खाकर गिर पड़ी। होंठ कट गए। खून रिसने लगा। खेल रुक गया। प्राथमिक उपचार के बाद वह खेलने की स्थिति में आई। इस घटना ने शहरी दर्शकों को भी देहाती बेटियों का मुरीद बना दिया। सारी सहानुभूति बेनीपुर ने बटोर ली। हालाँकि रेफरी चाहता तो सीधे लाल कार्ड दिखाकर आउट कर सकता था, लेकिन उसने पीला कार्ड दिखाकर चेतावनी दी और आगे अनुशासन बनाकर खेलने को कहा। खेल चलता रहा। दर्शक साँसें रोक मैच देख रहे थे। एक पल लगता कि टाउन एलेवन बाजी मार ले जाएगा तो दूसरे पल बेनीपुर बहादुरी से मैच बचाता दिखता। शह और मात का खेल चलता रहा। अब महज पाँच मिनट रह गए थे। शांति की नजर लाली और कुसुम पर पड़ी। दोनों चिल्ला रही थीं, “दीदी सामने देखो।” शांति पलटी। शांता खा जाने वाली नजरों से घूरी और बॉल जोर से उछाली। लेकिन तब तक देर हो चुकी थी। बॉल अब शांति के पैरों में था। उसने साथियों को आगे बढ़ने का इशारा किया और सेफ पोजिशन लेकर जबरदस्त किक मारी। खेत-खलिहान की बेटी का प्रहार इतना करारा था कि बॉल सीधे गोलपोस्ट के अंदर जा घुसा। और···व्हिसल बज गई। इसी के साथ आज का मैच समाप्त हो गया। बेटियों को विश्वास न हो रहा था लेकिन बेनीपुर दो-एक से जीत चुका था। दर्शक खड़े होकर देर तक ताली बजाते रहे। खेल समाप्त कर दोनों टीमों के खिलाड़ी परंपरा के अनुसार एक-दूसरे से मिले। एक-दूसरे को शुभकामना दी और मंच की बढ़े। नारी-निकेतन के इतिहास में ये पहला अवसर था जब दूर-दराज देहात की बेटियों ने बेनीपुर का परचम लहरा दिया।

आज की रात ऐसे बीत गई जैसे राजधानी एक्सप्रेस हलके हॉल्ट को सर से पार कर जाती है। सुबह हुई। पंछी घोंसलों से निकले। शंकर सरपंच तैयार होकर जैसे ही बाहर निकले तो देखा, साइकिल दालान में जस की तस

पड़ी थी। घोर आश्चर्य हुआ। पत्नी को बुलाए। सावित्री मुसकराती हुई बोली, "मैं तो कल ही से कह रही हूँ कि कोई काम से ले गया होगा। भला, पंच-सरपंच की साइकिल भी चोरी होती है!" शंकर को अब भी विश्वास नहीं हो रहा था। बहरहाल, साइकिल उठाई और रेवती बाजार निकल गए। अभी पहुँचे भी न थे कि भरदुल आज का अखबार लिए आया और हाँफते-हाँफते बोला, "ये देखिए सरपंचजी!" शंकर ने गौर किया। जिला समाचार के बड़े पेज पर शांति का जिला कप्तान से ट्रॉफी लेते फोटो छपा था। नीचे लिखा था, 'बेटियों ने बढ़ाया बेनीपुर का मान। महारानी कप पर कब्जा कर रचा इतिहास। शंकर सरपंच की इकलौती बेटी के निर्णायक गोल से बेनीपुर दो-एक से जीता।' शंकर को लगा, दुनिया की सारी खुशी उनके दामन में सिमट आई है। लेकिन दूसरे ही पल गहरी सोच में पड़ गए कि आखिर ये चमत्कार हुआ कैसे? कहीं मैं सपना तो नहीं देख रहा हूँ! फिर बिल्कुल न रुक सके। अखबार लिए उलटे पाँव दौड़े। घर आकर देखा कि गाँव भर की औरतों का जमावड़ा हो रहा है। लगभग चीख ही तो पड़े, 'सावित्री! सावित्री!' अंदर औरतें हँसने लगीं। सावित्री बाहर आई और डाँटते हुए बोली, 'काहे आसमान-जमीन एक किए हुए हैं? बोलिए न क्या हुआ?' सरपंच अखबार दिखाते बोले, 'देखो न, बेटी का जिला कप्तान के साथ फोटो छपा है। मैं मारे खुशी पागल हो जाऊँगा। पहले ये बताओ, शांति वहाँ गई कैसे?' 'साइकिल से।' सावित्री का सपाट उतर था। 'आय! मतलब कल साइकिल गायब नहीं हुई थी। उसे शांति लेकर गई थी। लेकिन तुमने तो कुछ नहीं बताया!' शंकर आश्चर्य से पूछे। 'अब इतनी छोटी-छोटी बात थोड़े बताई जाती है।' सावित्री आराम से बोल गई। 'इसे तुम छोटी बात कहती हो?' शंकर जानना चाहे। सावित्री तनिक ऐंठकर बोली, 'अगर विस्तार से जानना है तो बुलाइए पूरे गाँव को। फिर हम सबकुछ बता देते हैं।'

बटेसर बाबू की वही बाड़ी, वही समय। बेनीपुर क्या अगल-बगल के कई गाँव जमा हो गए। फर्क सिर्फ इतना था कि आज औरतें आगे थीं और मर्द पीछे। मंच पर आसीन महारानी ट्राफी से निकलती सुनहली किरणें आँखों को चौंधिया देतीं थीं। ग्यारह लड़कियाँ लाइन में खड़ी थीं। आज उनके तन

पर तंगहाली के कपड़े नहीं बल्कि शानदार जरसी थीं। पैरों में कीमती बूट थे। पीछे उनकी माए खड़ी थीं। सावित्री ने अपना एक हाथ बेटी के और दूसरा हाथ कांता के सर पर रखा था। सामने शंकर, शिवदेनी और दिलावर बैठे थे। उनके पीछे मर्दों का बड़ा हुजूम था। जब सब जमा हो गए तो सावित्री के कहने पर शांति खड़ी हुई, और सबकुछ बताती चली गई। पूरे सफर की कहानी कह सुनाई, 'कैसे भाभी ने लड़कियों को जमा किया? कैसे परती कदीम के पीछे बाँसवारी साफ की गई? कैसे भाभी ने खेल के गुर सिखाए और कैसे उसे टीम का कैप्टन बनाया।' शांति बोलती गई। 'इन सब के पीछे भाभी का एक मात्र मकसद मेरी-और-मेरी जैसी तमाम बेटियों का उद्धार ही था।' देखिए, 'पहले मैं कैसी थी? मेरी शादी के रिश्ते क्यों कट जाते थे?' फिर वह बैग से निकाल करीने से लपेटे नोटों का बंडल दिखाती बोली, "ये जो देख रहे हैं, ये नारी-निकेतन वालों ने कुसुम की आँखों के ऑपरेशन के लिए दिए हैं। जिला कप्तान तो यह भी बोले कि वे लाली के लरजते पैरों का इलाज भी कराएँगे। बाबूजी, इन सब के पीछे सिर्फ भाभी की मेहनत मशक्कत है। उसने हम तमाम बेटियों को उजाले में सिर उठाकर जीना सीखा दिया, लेकिन खुद आज भी अँधेरे में है।" फिर शांति सारे रुपए बाबूजी को सौंपती हुई बोली, "ये लीजिए बाबूजी! कुसुम की मद्धिम पड़ती आँखों का ऑपरेशन करा दीजिए ताकि वह सिर उठाकर जी सके।" शंकर चीख पड़े, "कहाँ है तेरी भाभी?" सावित्री, दिलावर खाँ की बीवी और दीगर औरतें हीरा के घर की तरफ भागीं। देखा, अभागन सुहागन का सामान बेचने निकल रही थी। साइकिल रोक ली सावित्री ने। सीने से लगाए ले आई। शंकर हिम्मत न कर सके सामने देखने की। नजरें नीची कर ली और बच्चों-सा बिलख-बिलखकर रो पड़े। सावित्री भी रोने लगी। लड़कियाँ तो भाभी के गले लग बुक्का फाड़कर रो रही थीं। आज से ठीक चार साल पहले जिस लड़की को लेकर पूरा गाँव हँसा था, आज उसी लड़की को लेकर पूरा गाँव रो रहा था। आँसू थे कि थमने का नाम न लेते थे। सरपंच से रहा न गया। आगे बढ़े और पूछा, "क्या नाम है बेटी?" "जी···हीरा। बाबा मुझे इसी नाम से बुलाते थे।" घूँघट से आवाज आई। सावित्री आगे बढ़ एक बार फिर घूँघट हटा दी। सरपंच ने कहा, 'सचमुच हीरा हो तुम···! हम ही

जाहिल जौहरी थे। हीरे की कीमत न लगा सके।' तभी तेज हवा का झोंका आया। आम की टहनी काँपी और उस पर लटकी पुरानी पगड़ी ठीक हीरा पर गिरी। वक्त के थपेड़ों ने पगड़ी को तार-तार कर दिया था, लेकिन हीरा को पगड़ी में बाबूजी का अक्स उभरता नजर आया। उसने बाअदब माथे से लगा लिया। लोग ताली बजाने लगे। तभी डाक बाबू भागते हुए आए और हीरा···हीरा पुकारने लगे। हीरा आगे बढ़ बोली, "क्या बात है डाक बाबू, क्या उनकी चिट्ठी आई है?" "ना रे हीरा, चिट्ठी तो न आई, अलबत्ता चिट्ठी भेजने वाला ही चला आया है। तू न पतियाती है तो चलकर देख ले, मैंने हरिकांत को डाकखाने में बंद कर बाहर से ताला लगा दिया है। क्या पता, भगोड़ा फिर कहीं भाग जाए!" हीरा तड़प उठी। दौड़कर जाना चाही, लेकिन सावित्री ने रोक दिया। शंकर उठे और डाकखाने की तरफ भागे। पीछे सारा गाँव हो गया। कल जो गाँव का सामना नहीं कर सकता था, आज उसे लेने सारा गाँव जा रहा था। इधर लड़कियों ने अपनी प्यारी भाभी को छेड़ना शुरू किया। सावित्री के ठहाके गूँज उठे। सबने देखा—हीरा हँस भी रही थी···हीरा रो भी रही थी।

□

बनारसी साड़ी

श्यामा सचमुच सुंदर लग रही थी। कजरारी आँखें, कमान सी तनी भौहें, पतले, प्यारे होंठ और मेहँदी-महावर लगे हाथ-पैर। सुर्ख बनारसी साड़ी में सौंदर्य निखर आया था। ऐसी मुजस्समे सरीखी जिसे किसी मस्त मलंग संगतराश ने अभी-अभी पत्थरों से काट निकाला हो और कुछ काम कल पर छोड़ कहीं चला गया हो। ऐसी ही लगी थी जब प्रकाश ने पहली बार घूँघट उठाया था। ओह! कितनी देर निहारते रहे थे। क्या-क्या न कहा था—'तुम स्वर्ग से उतरी अप्सरा हो। भगवान ने रच-रचकर बनाया है। तेरे पाँव धरती पर पड़ने नहीं दूँगा। सब दिन सीने से लगाए रखूँगा।' तब कितना अच्छा लगा था! हर बेटी-बहन पति से कुछ ऐसा ही सुनना चाहती है। उसे भी खूब अच्छा लगा। खुशी के आँसू छलक आए। तब उसे अपने भाग्य से शायद ईर्ष्या होने लगी थी। खैर, प्रकाश सचमुच उसे पलकों पर बिठाए रखता। रिश्ते की भाभियाँ मजाक करतीं, 'देवरजी! जरा, खेत-खलिहान भी हो आया करो। जबसे नई दुलहनिया आई है, तेरी मति मारी गई है। एक हम थे कि महीनों तेरे भैया का मुँह नहीं निहार पाते। एक तुम हो कि रात भी छोटी पड़ जाती है। दुलहन के पल्लू में पड़े रहने से पेट नहीं भरेगा बबुआ! गरचे बाबूजी कुछ न बोलें तो इसका ये मतलब नहीं कि आँगन से निकला ही न जाए!' तब प्रकाश कैसे झेंप गए थे!

अब इसे कर्मयोग का फल कहें या नई बहुरिया का शुभागमन, प्रकाश का वह कागज आ गया, जिसका इंतजार पूरे घर को था। तब सरकारी सेवा में तैनाती मामूली बात न थी। बड़े भाई खेती में खूब मेहनत करते। गोंसाई गाँव के नंबरदार किसान थे। धान, गेहूँ व दलहन-तेलहन से कोठी बखार भरे रहते। ऊँची कद काठी के जोड़े बैल और लछमिनिया गाय द्वार की

शोभा थी। मझले शुगर मिल में असालतन मुलाजिम थे। छोटे प्रकाश जब बाबू बन गए तो बाबूजी ने सत्यनारायण भगवान की कथा के साथ भर गाँव का भोज करा दिया। जाने लगे तो बोले, 'बेटा! सेहत का खयाल रखना। बनारस कोई दूर नहीं। रात भर का सफर है सो छुट्टी मिलते आ जाना।' मझली भाभी थोड़ा अलग हटाई और कान में फुसफुसाई, 'बाबू! पैसों का प्रबंध हो जाए तो दुलहन के लिए एक बनारसी साड़ी लेते आना। मैं परसों पहनी थी तो देखकर उसका मन आ गया। कह रही थी—भाभी! ये तो बहुत महँगी होगी।' प्रकाश झटके से कमरे में गए। देखा, श्यामा जार-बेजार रो रही थी। जबसे सुनी थी कि प्रकाश चले जाएँगे, उसके आँसू थमने का नाम न लेते थे। बाबा बचपन में चल बसे थे। माँ भी कहाँ नेह नाता निभाई! तीन साल की हुई नहीं कि भगवान की प्यारी हो गई। धर्मपुर में आगे-पीछे कोई नहीं था। बड़े ताऊ के बेटे ने धर्म निभाया और ब्याह कर विदा कर दिया। बचपन से तरसी आँखें उल्फत की आँधी और प्यार की बारिश पाईं तो भीगती चली गईं। जैसे कोई बावली मैना नैनों में नेह की भाषा पढ़ पिंजड़े में जा बैठती है, श्यामा भी पति का प्यार पाई तो बिछती चली गई। बड़ी मुश्किल से प्रकाश चुप करा पाए। आज सामाजिक शील शिष्टता का बंधन नहीं होता तो पति के पीछे-पीछे चली गई होती। झरोखें से टमटम पर जाते प्रकाश को तब तक निहारती रही जब तक वह आँखों से ओझल न हो गए।

गाँव में एक कहावत है, 'बढ़े पूत पिता के धर्मे व खेती निपजे अपना कर्मे।' कहना न होगा, प्रकाश कमाऊ पुत्र साबित हुए। काम लायक पैसा रखकर बाकी मनीआर्डर से भेज देते। जब तक बाबूजी रहे, गाँव जाते रहे। बाबूजी के गुजर जाने के बाद यह सिलसिला थोड़ा थम गया। इस बीच तरक्की हुई और तबादला इलाहाबाद हो गया। अब आना-जाना लगभग थम सा गया। चिट्ठी आती तो समाचार आते। भाभियाँ कहतीं, 'बाबू अकेली दुलहन उदास रहती है। यहाँ काम ही क्या है? अबकी आना तो साथ लिये जाना। सुना है, ओहदा बढ़ गया है। पगार तो बढ़ गई होगी! बहुरिया को अब तक बनारसी साड़ी न दिए। आस लगाए बैठी है। अबकी फागुन राह निहारेंगे। फिर कुछ हँसी-ठिठोली की बातें होतीं। प्रकाश चिट्ठी पढ़ते, मुसकराते और मौन हो जाते। ऐसे तीन बसंत बीत गए।'

पूस की सर्द रातें समाप्त हुईं तो माघ–फागुन के दिन आ गए। दरख्तों ने पुराने पत्ते झाड़ दिए। समय के साथ उनमें नई कोंपलें भी आ गईं। लेकिन आँगन का एक पेड़ आस लगाए उदास खड़ा रहा। शायद उसे छूकर बसंत गुजर गया और उसे इसका आभास भी न हुआ। वह मनहूस साँझ थी जब ऐसी खबर आई जिसने जीना मुहाल कर दिया। बात मटियातेल की तरह पूरे गाँव में फैल गई। घर में मातम छा गया। बड़े बंशी भैया सदमे से खाट पकड़ लिए। मँझले मामले की तहकीकात के लिए दूसरे ही दिन गाड़ी पकड़ लिये। बड़ी बारीकी से यह बात श्यामा से छुपा ली गई। लेकिन खैर, खून, खाँसी, खुशी ज्यादा दिन छुपाए नहीं छुपती। श्यामा अनपढ़ जरूर थी, लेकिन आँखें तो आसमान देख लेती हैं। उसे इस बात का भान हो गया कि कोई ऐसी बात है, जो उससे छुपाई जा रही है। बहरहाल, मासूम ने न जिद की और न जानना चाहा। दिन–रात अपने काम में मशगूल रही। संयुक्त परिवार का सारा खाना खुद बनाती। बच्चों को तैयार करती। नहलाती–धुलवाती और मस्त रहती।

इलाहाबाद। गंगा, यमुना और सरस्वती का संगम स्थल। एक डुबकी लगाइए और तमाम तीर्थों का पुण्य कमा लीजिए। स्टेशन से निकलिए, लीडर रोड पकड़िए तो घंटे भर में पहुँच जाइएगा, जहाँ हजारों कर्मचारियों का भविष्य तय होता है। तीसरे तल्ले की प्रशाखा में प्रकाश अधिकारी हैं। ओहदे के एतबार से नाम भी बड़ा हो गया है—प्रकाश नारायण शर्मा। मातहत पी.एन. बाबू बुलाते हैं। कार्यालय में एक कानाफूसी चलती रहती है, कीर्ति मैम को पकड़िए और पी.एन. बाबू से कोई भी काम करा लीजिए। लिहाजा लोग सीधे कीर्ति मैम का दरवाजा खटखटाते हैं। गोरी बदन मैम, ऊँची डीलडौल की रसूख वाली महिला हैं। बालों में कोई विदेशी रंग रोगन लगाती हैं, सो बाल सुनहरे दिखते हैं। केबिन से निकलती हैं तो कमरा मोगरे–सा महक जाता है। लंच में प्रकाश के पसंद की चीजें लाती हैं। बड़े मनुहार से खिलाती भी हैं। कपड़े का खास खयाल रखती हैं। विंटर में हाकिम क्या पहनेंगे, समर में साहब के कैजुअल्स क्या होंगे, सब वही तय करती हैं। पिछली बार प्रकाश जब मसूरी गए तो वह भी साथ गईं। महीने भर के वैकेशन ने सारी दूरियाँ पाट दीं। मैम के पल्लू ने ऐसा जादुई प्रभाव डाला कि प्रकाश पिंजड़े के तोता बन बैठे। अब जैसा रटाती हैं, वैसा रटते हैं।

गोबर्धन स्टेशन पर कुली का काम करता है। शिव गंगा एक्सप्रेस आज बीस मिनट बिलंब से थी। सो प्लेटफॉर्म पर खड़ा साथियों से बात कर रहा था। तभी स्टेशन से एनाउंसमेंट होने लगा, 'नई दिल्ली को जाने वाली शिव गंगा एक्सप्रेस अब प्लेटफॉर्म तीन पर आएगी। आपको हुई असुविधा के लिए खेद है।' स्टेशन पर अफरातफरी मच गई। लोग सीढ़ियों की तरफ भागे। तभी किसी ने कुली-कुली पुकारा। गोबर्धन पैसेंजर की तरफ लपका। गोद में बच्चा और भारी बैग लिये एक साहब हलकान हो रहे थे। साथ में मेम साहब भी थी। गोबर्धन ने दौड़कर बच्चे को गोद में ले लिया और बैग माथे उठा सीढ़ियाँ चढ़ते प्लेटफॉर्म तीन पर आ गया। साहब पैसा पूछे। गोबर्धन को लगा, आवाज पहचानी सी है। सो याददाश्त पर जोर देता अचानक उछल पड़ा, 'आप बंशी भैया के छोटे भाई प्रकाश बाबू न हैं? मैं गोंसाई गाँव का गोबर्धन हूँ। हमरे बाबा आपके खानदानी हजाम थे। आपका पउनी पसारी हूँ मालिक। हमके न पहचाने? लेकिन ये मेम साहब कौन हैं और ये बच्चा किसका है? छोटी बहुरिया तो गाँव में हैं!' हथौड़े पड़े जेहन पर। प्रकाश को लगा, धरती हिल जाएगी। फिर चेहरे पर उभर आए भावों को छुपाते बेरुखी से बोले, 'तुम्हें गलतफहमी हुई है। ये पैसे लो और जल्दी निकल जाओ।' गोबर्धन तो चला गया लेकिन प्रकाश के जीवन में बवाल खड़ा कर गया। कीर्ति कॉलर पकड़ ली और आँखें चौड़ी कर बोली, 'हरामजादे! तुम्हारी हिम्मत कैसे हुई मेरे साथ मक्कारी करने की? शादी-शुदा था तो क्या जरूरत थी मेरी जिंदगी नरक बनाने की? इसके पहले कि कानून के हाथ तुम्हारे गिरेबान तक पहुँचे, दफा हो जा मेरी नजरों से। आइंदा ये मनहूस सूरत न दिखाना।' और, कीर्ति पैर पटकती बच्चा लिए चली गई। भूल गई कि वह खुद शादी-शुदा है और साथ चल रही संतान पहले पति से है। प्रकाश की हालत उस राहगीर जैसी थी, जो रोशनी भरी राहों से निकल उस मोड़ पर आ गया था, जहाँ से निकलती हर गली अँधेरे के आगोश में समा जाती थी। शिव गंगा जा चुकी थी परंतु पटरियों से आती खट-खट की आवाज अब तक सुनाई पड़ रही थी। सीढ़ियों पर खड़े गोबर्धन को लगा, उससे कोई भारी भूल हो गई है। क्या जरूरी था मखमल में पैबंद बनने की! बाबू बड़े लोग थे। बंदा कुली था। चार पैसे के लिए बोझ उठाना नियति थी। लेकिन आज जो बोझ उठाया, शायद जल्दी न उतार सके। उसने गाँव लौटना मुनासिब समझा।

गोंसाई गाँव। गोबर्धन सबकुछ बताता चला गया। बंशी भैया को लगा, पुरखों का बनाया महल भहराकर रेत में तब्दील हो गया है। और, वह रेत मुट्ठी से फिसलती जा रही है। जिसने भी सुना, दाँतों तले उँगली दबा ली। दसवें दिन मँझले भाई भी लौट आए। गोबर्धन की बात सोलह आने सच निकली। लोग थू-थू करने लगे। ओह! भगवान ऐसी औलाद किसी कसाई को भी न दे। फिर गोबर्धन को भेज धर्मपुर से ताऊ के बेटे को बुला लिया गया। जब सगे-संबंधी आ गए तो बातें शुरू हुईं। घूँघट में श्यामा जेठानियों के पीछे खड़ी थी। आपबीती बयाँ कर गोबर्धन ने माथे से बड़ा बोझ उतार दिया। अब बारी मँझले भैया की थी। कहने लगे—'स्टेशन पर गोबर्धन द्वारा पहचान लिये जाने पर प्रकाश का जीना दूभर हो गया। कीर्ति ने बड़ा उपद्रव मचाया। ऑफिस के मातहतियों के साथ मिलकर बड़ा खेल खेला। आराम से प्रकाश को उल्लू बनाया। उसका सारा पैसा अपने नाम कर समझौता कर लिया। अभागा अब अपने ही घर में नौकर सा रहता है। फिर भी खुश है। छोटे कर्मचारियों को बाबू भैया कह जो जान सका, बता रहा हूँ। मैंने किसी को यह नहीं बताया कि प्रकाश का बड़ा भाई हूँ। एक बार तो ऐसा मन किया कि अभागे को ऑफिस में ही घुसकर बीस जूते मारूँ। मगर ऐसा कर नहीं सका। सोचा, कभी अकेले मिलूँ, लेकिन वह चुड़ैल साये सी सवार रही।' जब सबने सबकुछ सुन लिया तो बड़े भैया बोले, 'अच्छा हुआ, यह दिन देखने के पहले बाबूजी गुजर गए। आज जिंदा होते तो किसी कुँए में कूदकर जान दे देते। मैं तो अभागे का मरा मुँह तक देखना गंवारा न करूँ।' फिर अचानक चुप हो गए। कुछ देर तक कोई कुछ न बोला। तभी ताऊ के बेटे बोले—'तो फिर मैं श्यामा को साथ लिए जाता हूँ। अब यहाँ क्या करेगी?' भैया गंभीर हो गए। बोले—'बाबू! मैंने आपको इसलिए नहीं बुलाया था। अगर आपकी और सबकी राय बने तो छोटी बहु की कहीं और शादी कर दूँ। कहिए, क्या कहते हैं?' सब ध्यान से सुन रहे थे, लेकिन कुछ कहने की हिम्मत किसी में नहीं थी। आमतौर पर ऐसे मामलों में कोई मुँह खोलना नहीं चाहता। तभी बड़ी भाभी बोलीं, 'इसमें श्यामा की सहमति भी तो चाहिए।' श्यामा को लगा, किसी ने गरम सलाखों से बदन दाग दिया हो। चक्कर आ गया। कुछ न कह सकी। सभी चुप थे। खामोशी भैया ने ही तोड़ी। पहली बार बहु का नाम लेकर पुकारे—'श्यामा! बाबूजी नहीं हैं तो

क्या हुआ ? मैं हूँ न! मुझे अपना बाप ही समझो। बेटी! तेरे भले की बात कह रहा हूँ। ये पहाड़ सी जिंदगी कैसे जी पाओगी ? तेरी तड़प क्या इस परिवार को सकून से जीने देगी ?' अपनी बात कह भैया उत्तर की प्रतीक्षा करने लगे। अचानक श्यामा उठी और भैया के पैरों पर गिर पड़ी। फिर रोते-रोते बोली, 'भैया! आपके बच्चों की जूठन खाकर गुजारा कर लूँगी। मुझे इस आँगन से मत निकालिए। मेरे चलते परिवार की पगड़ी कभी नीचे नहीं आएगी। बचपन में बाप की परछाईं नहीं देख पाई। माँ को ठीक से पहचान नहीं पाई। जो भी देखा, यहीं देखा। जो भी पाया, यहीं पाया। मेरे भाग्य जो भोग भगाव लिखा होगा, उसे मुझे ही भोगना होगा। सब दिन सोने के पालने में पलने वाली सीता मैया को सुख नसीब नहीं हुआ था तो चक्रवर्ती सम्राट के यहाँ ब्याहे जाने के बाद भी दर-दर की ठोकर खानी पड़ी। मैं हाथ जोड़कर कहती हूँ, जिंदा इस घर से बाहर न जाऊँगी।' फिर श्यामा बुक्का फाड़ देर तक रोती रही। भैया भी फूट-फूटकर रो पड़े। औरतों की तो हिचकियाँ बँध गईं। बाहर गोबर्धन देर तक खड़ा न रह सका। बैठ गया और बच्चों-सा बिलख पड़ा। बड़ेरी पर बैठी बिल्ली और कोने में कराहता कुत्ता, आज सब रो रहे थे। आदमी ही नहीं, घर की दीवारें भी रो रही थीं।। आज चूल्हा न जला। आँगन से धुआँ न उठा। इनसान क्या जानवरों ने भी कुछ नहीं खाया।

समय का पंछी कई डाल पर बैठा। तेज हवाओं ने जब आशियाने उजाड़ दिए तो दर-दर भटका। कड़ाके की धूप सही। मौसम की मार सही। मगर पीछे मुड़कर नहीं देखा। अपनी रफ्तार से चलता रहा। बत्तीस बसंत बीते तो बत्तीस बरसातें भी बीतीं। कहीं तेजी से निकला, कहीं पोखर के पानी सा ठहर गया। कोई लौटा नही, कोई इंतजार में खड़ा रहा। गोंसाई गाँव में एक चर्चा आज भी चलती है। श्यामा पति को भूल नहीं पाई है। आईने के सामने खड़ी होती है तो प्रकाश के शब्द कान में बजने लगते हैं—"तुम स्वर्ग से उतरी अप्सरा हो। भगवान ने रच-रचकर बनाया है। तेरे पाँव धरती पर पड़ने नहीं दूँगा। तुझे सब दिन सीने से लगाए रखूँगा।" घर की बहुएँ देखती हैं तो कलेजा मुँह को आ जाता है। समय के साथ दोनों भैया-भाभी जा चुके हैं। घर की बेटियाँ ब्याही जा चुकी हैं। नई तीन बहुओं के आने से घर गुलजार रहता है। बंशी भैया का बड़ा बेटा बाँके बुलेट पर चलता है। बात-बात पर बंदूक निकाल लेता है। छोटा

शांत स्वभाव का है। मँझले भैया का बेटा बड़ा ठीकेदार बन गया है। समाज में साख और इलाके में धाक बढ़ गई है। भैया अपने आखिरी दिनों में कह गए थे—'बाबू! सब लोग ध्यान से सुन लो। छोटी बहुरिया को कोई तकलीफ नहीं होनी चाहिए। मैंने बेटी की तरह रखा है उसे।' अब वह पूरे परिवार की अम्मा हैं। गाँव के लोग छोटी मालकिन बुलाते हैं। हाथ खोल खर्च करती हैं। मदद के हाथ हरदम उठे रहते हैं। जब कच्ची दीवारें हट रही थीं तो अपने कमरे को टूटने नहीं दिया। नैहर से मिली खाट पर ही सोती हैं। प्रकाश से जुड़ी यादों को सँजोकर रखी हैं। उन्हें आज भी लगता है, प्रकाश एक दिन लौटेंगे। शायद इसीलिए जी भी रही हैं। सफेद बालों में सिंदूर डाल देर तक निहारती रहती हैं। टमटम से जाते प्रकाश नयनों में नाच जाते हैं। मानो, कल ही गए हों।

गोबर्धन आज भी इलाहाबाद पकड़े हुए है। यदा-कदा गाँव जाता है। जब जाता है तो छोटी मालकिन से जरूर मिलता है। बैठाती हैं, जलपान कराती हैं। फिर घंटों बातें करती हैं। गोबर्धन देश-दुनिया की खबरें सुनाता है। बड़े इत्मीनान से सुनती हैं। फिर अगल-बगल देखती हैं। जब इत्मीनान हो जाता है कि कोई उनकी बातें नहीं सुन रहा है तो धीरे से पूछती हैं, "गोबर्धन! अपने छोटे मालिक से मिले क्या? आते-जाते कभी दूर से भी नहीं देखे?" उन्हें लगता है कि इलाहाबाद गोंसाई गाँव से थोड़ा ही बड़ा होगा। गोबर्धन ना में सिर हिला देता है। सुनते ही सूखी आँखें समंदर हो जाती हैं। गोबर्धन से देखा नहीं जाता। सो चेहरा छुपाकर रोता है। बहुएँ देखती हैं तो डाँटती हैं, 'गोबर्धन! तुम फिर आ गए छोटी अम्मा को रुलाने!' क्या करे गोबर्धन? न, आए तो रहा न जाए और आए तो डाँट खाए। ऐसे ही बीती दीवाली आया तो मिलने चला गया। मालकिन ने देखा तो खुश हो गईं। आदर से बैठाईं और प्रेम से भोजन कराईं। फिर अगल-बगल देखकर पूछीं, 'अपने मालिक से'…तभी बिचली बहु आ गई और ईशारे से बोली—'गोबर्धन! खबरदार… !' भंवर में हिचकोले खाती नाव सी हो गया गोबर्धन। क्या करे? कुछ न कहे तो इधर से जाए, कुछ कहे तो उधर से जाए। ऐसी स्थिति में इनसान देर तक टिक नहीं पाता। कुछ भी कह निकल जाना चाहता है। इसलिए साहस बटोरकर बोला, 'मिले थे, न मालकिन! छोटे मालिक मिले थे।' 'क्या'…!! क्या छोटे मालिक मिले थे?' लगभग चीख पड़ीं मालकिन। आवाज सुन आँगन से बाकी बहुएँ भी आ गईं

और गोबर्धन को घेर कर खड़ी हो गईं। गोबर्धन कहता गया, "आप तो देख ही रही हैं मालकिन! अब भारी बोझ लेकर स्टेशन की सीढियाँ चढ़ने की उमर न रही। सो पहले प्लेटफॉर्म पर ही पड़ा रहता हूँ। ज्यादातर रेलगाड़ियाँ इसी पर आती हैं। कुछ कमाई हो जाती है। दाल-रोटी चल जाती है। ऐसे ही एक दिन बैठा था कि किसी ने कंधे पर हाथ रखा। मैं चौंका। पलटकर देखा तो अपने प्रकाश बाबू थे। बगल में बैठ गए। कुछ देर बातें की। सबका हाल-समाचार पूछे। तभी ट्रेन आ गई और चले गए।" कहकर गोबर्धन ने जल्दी-जल्दी साँस ली और सामान्य होने की कोशिश की। उसने गौर किया—छोटी मालकिन के चहरे से जमाने की उदासी छँटने लगी थी। लगभग उछलकर बहुओं से बोलीं, 'मैंने कहा था न, एक दिन ओ जरूर आएँगे। सच मानो तो वह कभी बुरे थे ही नहीं। अब कोई जादूगरनी खिला-पिलाकर मति मार ले तो उनका क्या कसूर! और देखना न, इस बार खाली हाथ थोड़े आएँगे! मेरे लिए बढ़िया बनारसी साड़ी भी लाएँगे। ऐ गोबर्धन! तू जरा ठहर! कुछ संदेश देती हूँ। बच्चों के लिए लेते जाना।' छोटी मालकिन ने फिर देर नहीं की। सबने देखा, काँपती काया में गजब की फुरती आ गई थी। गोबर्धन अब झटके से निकल जाना चाहता था, लेकिन बड़ी बहू रास्ता छेंक ली और कड़क आवाज में बोली—'क्या जरूरी थी झूठी आस दिलाने की? तुम नहीं जानते! अब पूरी रात यही बनारसी साड़ी'''बनारसी साड़ी'''रटती रहेंगी। अगर इस बात की जानकारी घर के मर्दों को हुई तो जानते हो तुम्हारा क्या हाल होगा?' गोबर्धन को लगा, गहरे धँसता चला जा रहा है। सो हिम्मत कर तनिक तेज आवाज में बोला—'कसम खाकर कहता हूँ, छोटे मालिक मिले थे। आप चाहो तो गंगाजल हाथ में दे दो या लोहा ही छुआ लो।' बहुएँ अवाक् रह गईं। गोबर्धन तेजी से निकल गया।

'ये बत्तीस नंबर बिल्ला किसी और को दे दो। सीढ़ी चढ़ नहीं सकते, बोझ उठा नहीं सकते, फिर नाहक क्यों झुलाए जा रहे हो?' जौनपुर का जलेसर जब देखता है, कुछ अनाप-शनाप बक देता है। छुटते ही गोबर्धन ऐसा तौलकर जवाब देता है कि बंदे की बोलती बंद हो जाती है। मगर आज चुप ही रहा। 'लगता है बूढ़ा सठिया गया है' बोलकर जलेसर खिसक गया। अब क्या कहे गोबर्धन! जब उमर थी तो पहाड़ उठा लेता था। मगर आँगन में उठी दीवार और खेतों में खड़ी मेड़ों ने असमय बूढ़ा बना दिया। लाख समझाया,

लेकिन बेटे कहाँ माने! बाँट बखरा पर उतारू हो गए। मजबूरन बँटवारा करना पड़ा। बुढ़िया छोटे के हिस्से आई, बड़े ने बाप को रख लिया। जमाने की चलन है भाई, पेड़ लगाने वाला अकसर साए से बेदखल कर दिया जाता है। छठे माह में बुढ़िया चल बसी। वह भी कहाँ टिक पाया! बड़ी आस लिये आया था कि बुढ़ापा नाती-पोते के साथ खेलते-खाते काट लेगा। लेकिन, यहाँ उम्मीद के उलट हो गया। मजबूरन ललका कुरता पहना और गई रात पैसेंजर में बैठ गया। फिर वही इलाहाबाद। वही प्लेटफॉर्म नंबर एक। आज पटरियों पर कुछ काम चल रहा है। सो इधर से रेलगाड़ियों का रहगुजर ना बराबर है। पैसेंजर आते हैं और सीढ़ियाँ चढ़ आगे निकल जाते हैं। मोतियाबिंद की मारी आँखें दूर देख नहीं पातीं। सो चुपचाप बैठा रहता है। गाँव से आए अरसा गुजर गया है। अब गाँव को याद करना नहीं चाहता। कहता है, जिस गाँव जाना नहीं उसके कोस गिनने से क्या फायदा! जेहन में ऐसी कोई स्मृति उभरती है तो झटक देता है। लेकिन, लगता है सिर पर कोई भारी बोझ लिये जी रहा है। छोटी मालकिन की सूखी और समंदर होती आँखें बिसारे नहीं बिसरतीं। कभी खुद को लानत मलानत भेजता है। क्या जरूरी था, झूठी आस दे निकल भागना? छोटे मालिक तो कसूरवार थे ही, वह भी कम कसूरवार नहीं है। याद कर सिहर जाता है। 'मालकिन कैसे केले का कोफ्ता थाल में रखती जाती थीं! गोबर्धन! ई मुरब्बा न खाए तो क्या खाए?' ओह! भगवान उसे नरक में भी जगह न देंगे। लोग काशी प्रयाग मोक्ष के लिए आते हैं। मगर वह तिल-तिलकर यहीं मरेगा। छोटी मालकिन से झूठ बोलकर उसने जो पाप किया है उसका प्रायश्चित भोगना होगा। उसने अपने मेठ सरदार से मिलने का मन बनाया।

आज कई दिन से छोटी मालकिन ने कुछ नहीं खाया है। ज्वर उतरता ही नहीं। डॉक्टर-वैद्य देख गए हैं। कोई फायदा नहीं। आँखें बंद किए पड़ी रहती हैं। कभी होश में होती हैं तो कुछ बुदबुदाती हैं—ब…ना…र…सी…! घर की बहुएँ कान लगाकर सुनती हैं। शायद वह 'बनारसी साड़ी' बोल रही हैं। धर्मपुर से कुछ लोग आए थे। देख गए हैं। हित नात सभी आ चुके हैं। मुसेहरी के मुन्ना मिसिर गंगाजल देने की बात कह गए हैं।

बनारस स्टेशन से महज दस मिनट की दूरी पर महेशपुर का गोदौलिया मार्किट है। यह बनारसी साड़ियों के लिए मशहूर है। साड़ी देख आँखें चौंधिया

जाती हैं। हर सुहागन की इच्छा होती है, कभी वह बनारसी साड़ी पहने। आज गोबर्धन भी आया है और मेठ सरदार के पास रखी अपनी पूँजी से ऐसी एक साड़ी लेना चाहता है। कीमत और पैसे का हिसाब लगा रहा है। कुछ दुकानें इतनी बड़ी कि घुसने की हिम्मत नहीं होती। अलबत्ता उनके आगे बनारसी साड़ी में खड़ी मूरतें इंद्रासन की परी लगती हैं। गोबर्धन देर तक निहारता है। सोच रहा है, एक बढ़िया साड़ी लेकर किसी धर्मशाला में रात काट लेगा। कल गंगाजी में डुबकी लगाएगा और बाबा विश्वनाथ के दर्शन कर निकल जाएगा।

बड़े-बुजुर्ग कहते हैं, लखनऊ की रूमानी शाम और बनारस की सुहानी सुबह नहीं देखे तो क्या देखे! एक अपनी नजाकत, नफासत और तहजीब के लिए जाना जाता है तो दूसरा हिंदुस्तानी शास्त्रीय संगीत और विभिन्न संस्कृतियों के लिए मशहूर है। सौभाग्य से दोनों शहर उत्तर प्रदेश की सांस्कृतिक धरोहर हैं। रात बीत चुकी थी। भजन-कीर्तन साफ सुनाई दे रहे थे। गंगा किनारे चहल-पहल बढ़ गई थी। लोग भागीरथी में डुबकी लगा निहाल हुए जा रहे थे। इनमें गोबर्धन भी था। बाबा विश्वनाथ की गलियों में अभी भीड़ नहीं उतरी थी, सो आराम से जा रहा था। हाथ पसारे भिखारियों की जमात धीरे-धीरे बढ़ने लगी थी। देवाधिदेव के इस शहर में निर्धन भी कुछ देकर जाना चाहता है। एक सच तो यह भी है कि लेने वाले हाथ न हों तो देने वाले हाथ किसे दें, कहाँ दें! गोबर्धन ने भी अपना बटुआ खोल लिया और दो, चार चवन्नी दे मोक्ष कमाने लगा। ऐसे ही एक कटोरे में अठन्नी फेंकी तो बड़ी प्यारी आवाज आई—'बाबा भोले तेरा भला करें बेटा!' आगे बढ़ना चाहता था। लेकिन कुछ सोचकर रुक गया। मुड़कर देखा। आवाज एक नंग-धड़ंग बैठे कृशकाय भिखारी की थी। सिर और दाढ़ी के सफेद बाल मिलकर एक हो गए थे सो चेहरा नजर न आ रहा था। गोबर्धन सम्मोहित सा हो गया। आगे बढ़ना रुक गया। फिर एक अठन्नी दिया। भिखारी देर तक दुआ देता रहा। बंदा बैठ गया और पूछा—'बाबा! कुछ खाओगे? कहो तो ला दूँ!' 'नहीं, बेटा! पाँच-पाँच पैसे जुटते हैं तो दो साँझ की रोटी खड़ी हो जाती है।' गोबर्धन गौर किया, भिखारी उसे बड़े ध्यान से देख रहा था। फिर अचानक पूछ पड़ा—'कहीं तुम···तुम···गोंसाई गाँव के तो नहीं···!' 'हाँ, मैं गोंसाई गाँव का गोबर्धन हूँ, लेकिन आप कौन हो बाबा और मुझे कैसे जानते हो?' तभी अजीब घटना

घटी। भिखारी ने अपना बोरिया-बिस्तर उठाया और तेज कदमों से बगल वाली गली में घुस गया। गोबर्धन से रहा न गया। पीछे-पीछे चल दिया। 'आखिर ये भिखारी कौन है, जो उसे पहचानकर पीछा छुड़ा रहा है?' जेहन पर हथौड़े पड़ने लगे। अब आगे-आगे भिखारी और पीछे-पीछे गोबर्धन। शायद भिखारी भाग जाना चाहता था। तभी स्टेशन वाला वाक्या याद आया—'तुम्हें गलतफहमी हुई है। ये पैसो लो और जल्दी निकल जाओ।' अचानक धुंध के बादल छँट गए। गोबर्धन चिल्लाया, 'मैंने आपको पहचान लिया छोटे मालिक। उस दिन तो चला गया था, लेकिन आज नहीं जाऊँगा। रुक जाइए वरना बहुत देर हो जाएगी। आपको छोटी मालकिन की कसम!' तभी चमत्कार-सा हुआ। भागते कदम रुक गए। गोबर्धन दौड़कर गया और लिपट गया। ये अपने प्रकाश बाबू थे। दोनों देर तक रोते रहे। बगल से गुजरते राहगीर कह रहे थे—देखिए, बाबा विश्वनाथ की बलिहारी! बिछड़े यहाँ ऐसे ही मिलते हैं।

लिच्छवी एक्सप्रेस ने भटनी पार की तो भोर हो रही थी। गाड़ी अपनी रफ्तार से चली जा रही थी। इसी रफ्तार से आँसू भी चल रहे थे। प्रकाश कह रहे थे—'कीर्ति ने मेरा सबकुछ लूट लिया। मकान, दौलत और जवानी तो गए ही ईमान-धरम भी चला गया। पहले पति के साथ समझौता कर मुझे झूठे मुकदमे में जेल भिजवा दिया। जब जेल से निकला तो एक अधेला भी पास नहीं था। सरकार और समाज की नजरों से गिर चुका था। हिम्मत कर गाँव लौटा, लेकिन बनारस से आगे न बढ़ सका। रेलगाड़ी से उतर गया और बाबा विश्वनाथ की गलियों में जा बैठा। तबसे वहीं पड़ा रहता हूँ, और भीख माँगकर जिंदा रहता हूँ। तुम कह रहे हो तो चल रहा हूँ, लेकिन गाँव में कैसे किसी को मुँह दिखाऊँगा? श्यामा की नजरों का कैसे सामना करूँगा…!' प्रकाश बुक्का फाड़ रोते जाते थे। रेलगाड़ी चलती रही। पंछी लौट रहा था। परंतु पंखों में वो ताकत न थी कि आसमान में ऊँची परवाज कर सके। उसे जमीन पर रेंगना होगा। जो कीड़े-मकुड़े उससे खार खाते थे, वही अब काटने दौड़ेंगे। दिलासा देता गोबर्धन बार-बार खिड़कियों से झाँक लेता था। सिवान, छपरा पार कर गए थे, लेकिन अभी सोनपुर नहीं आया था।

बंशी भैया की बाँसवारी में आज मेला लगा हुआ था। बीसों गाँव के औरत मर्द जमा थे। सब उस छोटी मालकिन के अंतिम दर्शन कर लेना चाहते

थे, जो बड़ा मकाम लेकर दुनिया से जा रही थीं। अपनी पूरी जिंदगी जिसने अदद एक परिवार के लिए होम कर दी थीं। जो जरूरतमंदों की माँ थीं। हर बेकस, बेबस और लाचार की आखिरी उम्मीद थीं। सब रोए जा रहे थे। सबसे ज्यादा असर तो छोटे बच्चों पर हुआ था। नन्हीं चुनमुन बार-बार पूछ रही थी—'मेरी दादी-अम्मा को क्यों अकेला छोड़ दिया गया है? कोई उससे बात क्यों नहीं करता? मुझे दादी-अम्मा के पास बैठाओ, मैं बातें करूँगी।' बड़ी बहू ने खींचकर गोद में उठा लिया और जार-बेजार रोने लगी। पंडितजी ने अंत्येष्टि की रश्में पूरी कीं और बाँके बाबू को मुखाग्नि देने के लिए कहा। डोमराज ने जो माँगा, दे दिया गया। चिता की परिक्रमा होने लगी। बाँके मुखाग्नि देने जा ही रहे थे कि भीड़ से आवाज आई, 'बाबू! तनिक रुक जाए।' अप्रत्याशित इस आवाज ने सबको चौंका दिया। तभी भीड़ से एक बूढ़ा बाहर आया और बोला—'हमारे संस्कार कहते हैं, पति अगर जिंदा हो तो पत्नी को मुखाग्नि उसे ही देनी चाहिए।' बाँके ने गुस्से में ताका। बूढ़ा हिम्मत कर बोला—'बाबू! मैं गोबर्धन हूँ। आपका पउनी पसारी। आपका खानदानी हजाम। मैं तो इस उम्मीद से आया था कि छोटी मालकिन से मिलकर अपने झूठ के लिए माफी माँग लूँगा।' लेकिन, प्रायश्चित का मौका मेरे नसीब में नहीं था।' फिर तनिक तेज आवाज में बोला—'बड़ी बहू! फिर कसम खाता हूँ। आज कत्तई झूठ नहीं बोलूँगा।' फिर पीछे पलटा और छोटे मालिक को सामने कर दिया। हवा रुक गई। हर शय रुक गई। लोगों ने पहचान लिया। सामने सिर झुकाए प्रकाश बाबू खड़े थे। मुन्ना मिसिर बुजुर्ग पंडित थे। पास गए और बोले—'बाबू! समय के शतरंज में कुछ मोहरे ऐसे भी होते हैं, जिनकी चाल पकड़ पाना आदमी के वश में नहीं होता। खैर, कोई बात नहीं। अब आप ही मुखाग्नि देंगे।' बाँके आगे बढ़े और छोटी मालकिन के चेहरे से कपड़े हटा दिया। गोबर्धन को कुछ याद आया। झोले में हाथ डाला और एक और कपड़ा छोटी मालकिन के शरीर पर डाल दिया। प्रकाश मुड़े। गोबर्धन को देखा। उसने नजरें झुका लीं। यह बनारसी साड़ी थी। प्रकाश युगों बाद पत्नी को देख रहे थे। देर तक देखते रहे। "श्यामा सचमुच सुंदर लग रही थी। कजरारी आँखें, कमान सी तनी भौहें, पतले प्यारे होंठ और मेहँदी-महावर लगे हाथ-पैर। सुर्ख बनारसी साड़ी में सौंदर्य निखर आया था। ऐसी मुजस्समे सरीखी जिसे किसी

मस्त मलंग संगतराश ने अभी–अभी पत्थरों से काट निकाला हो और कुछ काम कल पर छोड़कर कहीं चला गया हो।" बाँके झुके, छोटे मालिक के पैर छुए और बोले, "पापा! अम्मा ने बहुत इंतजार किया आपका। कल रात अचानक होश आ गया। हम लोग दौड़े। पता नहीं कहाँ से इतनी ताकत आ गई। अम्मा साफ–साफ पूछीं—'ऐ बाँके! तनिक जा। बाहर तेरे छोटे पापा खड़े हैं। उन्हें मेरे पास बुला ला।' यही आखिरी शब्द थे, उनके। उसके बाद··· ! कहते हैं, आदमी जब अपनी नजरों में गिर जाए तो समाज के सामने खड़ा नहीं रह पाता। यहाँ तो जिंदगी जा चुकी थी। प्रकाश खड़े न रह सके। भहराकर गिर गए और फूट–फूटकर रो पड़े। चीख दूर–दूर तक देर तक सुनाई पड़ती रही। बड़ी मुश्किल से सँभाला गया। किसी तरह मुखाग्नि दी गई। चिता जल उठी। आग की लपटें ऊपर उठने लगीं। सबने देखा, आज एक सावित्री विदा ले रही थी। पास पड़ा सत्यवान उस बनारसी साड़ी को देख रहा था। जिसके बगल से लपटें गुजर तो जाती थीं, लेकिन जलाती नहीं थीं··· !!

□

तुस्सी ग्रेट हो संजना

आज गोष्ठी में कुछ ज्यादा ही गहमा-गहमी रही। मुद्दतों बाद ऐसा मुद्दा उछला कि ज्यादातर लोग बिदक गए। साहब सरकारी फरमान सुनाकर शांत थे और शिक्षक थे कि दलील-पर-दलील दिए जा रहे थे, "ये नहीं हो सकता। ऐसा आज तक नहीं हुआ। अब कैसे होगा? हमारा काम स्कूल आए बच्चों को पढ़ाना है। हम घर-घर घूमकर बच्चे जमा नहीं कर सकते। फिर कामकाजी लोग जो बच्चों से घर का काम कराते हैं वे क्यों भेजने लगे! और जब हम ऐसा कर ही नहीं सकते तो लिखकर कैसे दे दें कि हमारे पोषक क्षेत्र में कोई बच्चा विद्यालय से बाहर नहीं है? होटल-ढाबे, ईंट-भट्ठे पर काम करने वाले, गाय-बकरी चराने और कोयला-लकड़ी बीनने वाले बच्चे भला क्यों कर स्कूल आने लगे?" जब तर्कों का तूफान आसमान चढ़ बोलने लगा तो पैंतालीस पार के साहब ने बड़े कातर भाव से रामायण बाबू की ओर देखा। बगल बैठे रामायण बाबू खड़े हुए। 'हम कोशिश तो कर ही सकते हैं। मैं मानता हूँ, कि ऐसा अचानक नहीं हो सकता। सबकी अपनी-अपनी समस्याएँ हैं। बच्चे माँ-बाप के काम में हाथ बँटाते हैं। गाँव में बड़ी आबादी ऐसे लोगों की है, जो दो जून की रोटी की खातिर सुबह से शाम तक कड़ी मेहनत करते हैं। इनके लिए शिक्षा का कोई मायने नहीं है। लेकिन जरा ये भी तो सोचिए कि ऐसा न करके हम अनपढ़ों की एक बड़ी जमात खड़ी नहीं कर रहे हैं? और, क्या आने वाली पीढ़ियाँ हमें यों ही माफ कर देंगी?' रामायण बाबू की बातें तपते रेगिस्तान में सावन की पहली फुहार सी पड़ीं और शिक्षक वृंद बैठ गए। रामायण बाबू ने कहना जारी रखा। 'देखिए, मैं अति आदर्शवादी नहीं हूँ। मैं मानता हूँ कि रोम एक दिन में नहीं बन सकता। लेकिन मैं ये भी

जानता हूँ, कि बूँद-बूँद से तालाब भर जाता है। आदमी अगर चलना शुरू कर दे और लगातार चलता रहे तो आखिर मंजिले मकसूद पर पहुँच ही जाता है। और, रही बात साहब की तो वे वही कह रहे हैं, जो विभाग का निर्देश है। इसमें इनकी अपनी कोई बात नहीं। मैं तो कहता हूँ कि देर-सबेर ऐसा कुछ जरूर होगा। तब उन्हें याद रखा जाएगा, जो पहल की दिशा में पहला कदम बढ़ाए थे। अब इससे ज्यादा क्या कहूँ ? मैं एक सेवानिवृत्त शिक्षक हूँ, जिसे आपने अपना मंत्री बनाया और आज तक बनाए रखा। आपका स्नेह ही शिक्षक समाज तक खींच लाता है। अपनी सेवा काल में मैंने भी ढेरों नवाचार किए। प्रतिफल भी मिले। आज मेरे पोता-पोती जब कहते हैं कि मेरे दादाजी महामहिम राष्ट्रपति महोदय से सम्मानित हैं तो गर्व से सीना चौड़ा हो जाता है। हम सही दिशा में शुरुआत तो कर ही सकते हैं। चौथ चंदा बंद कर हमने कुछ खास नहीं पाया, बल्कि बहुत कुछ खोया। अभिभावकों से मिलने और अपने विद्यार्थियों के परिवेश पहचानने का वह बहुत सुंदर माध्यम था। हम फिर घर-घर जाएँगे। लोगों से मिलेंगे। शिक्षा का महत्त्व समझाएँगे। मैं विश्वास के साथ कह सकता हूँ, लोग हमारी बात जरूर मानेंगे और अपने बच्चों को स्कूल भेजेंगे। मैं साहब से भी अनुरोध करूँगा। आप हमारे भाईयों को कम-से-कम तीन महीने का समय दें। अभी रब्बी दलहन की फसलें तैयार खड़ी हैं। ये किसान मजदूर के लिए महत्त्वपूर्ण मौसम है। माह भर बाद घरों में जब अनाज आ जाएँगे तो लोग इत्मिनान हो जाएँगे। फिर हमारा काम आसान हो जाएगा। रामायण बाबू की बातें असर कर गईं और इसी के साथ गोष्ठी भी समाप्त हो गई। तय हुआ कि अगले माह से सभी विद्यालय प्रधान इस दिशा में हुई प्रगति से अवगत कराएँगे।

रतनपुर रेलवे हॉल्ट। बहुत कम रेलगाड़ियों का ठहराव यहाँ होता है। स्टेशन से निकल सामने जानिब दक्खिन चलते जाइए तो बलवीरपुर के बगल से एक सड़क गुजरती है। इसे सड़क नहीं पगडंडी ही कहना ज्यादा मुनासिब होगा। आगे ढाई कोस की दूरी पैदल पार करनी पड़ती है। तब जाकर बेनीपुर आता है। बड़े-बुजुर्ग बताते हैं कि कभी गंडक इधर से ही गुजरती थी। कालांतर में नदी ने अपना रुख मोड़ लिया और पीछे छोड़ गई, रेत-बालू के बड़े-बड़े टीले। बेर-बबूल के कँटीले दरख्तों से बचकर चलना आसान नहीं

होता। दियारा क्षेत्र के विस्थापित लोग जब यहाँ आ बसे तो यह इलाका भी आबाद हो गया। सस्ते श्रमिक व कामगारों के लिए यह मुफीद जगह है। यहाँ से निकलती पगडंडी रेलगाड़ी के पहियों पर चलकर पंजाब, लुधियाना का लंबा सफर तय करती है। फसल के नाम पर कुछ खास नहीं होता। अलबत्ता रतनपुर स्टेशन पर तरबूज, खीरा व ककड़ी बेचते जो लोग नजर आते हैं, सब यहीं के हैं। बुधन बाबू सात बजे वाली लोकल से रोज उतरते हैं। यह सिलसिला पिछले तीन साल से मुसलसल चल रहा है। बेनीपुर पहुँचते-पहुँचते नौ बज जाते हैं। हजरत यहाँ की पाठशाला में प्रधान शिक्षक हैं। आज राह चलते गुरुगोष्ठी की बातें साथ चल रही थीं। बार-बार हाकिम के हुक्म जेहन में कौंध रहे थे। रामायण बाबू की अपील याद आ रही थी। साथ ही, याद आ रहा था साहब से हुआ मुकर्रर वक्त—महज तीन महीना। अगली गोष्ठी में प्रगति से वाकिफ कराना होगा। गरचे रिपोर्ट बढ़िया न हुआ तो नए साहब की नजरों में टिक नहीं पाएँगे। फिर क्या होगा ? क्या तीस साल की सेवा अकारथ चली जाएगी··· ?

'देख बिंदा, चिट्ठी में ऊपर लिखी बातें किसी और से पढ़ा लेना। खास बात ये है कि तुम्हारा पति पहले से अब ठीक है और बढ़िया कमा-धमा रहा है। जब से पगार बढ़ी है, बचत भी बढ़ी है। मईया के लिए गाँव में गाय आ गई है। बाबूजी के लिए कंबल का पैसा भेज दिया है। अब वे मजे से हैं। तुम्हें नाहक फिक्र कर परेशान होने की जरूरत नहीं है। अबकी दीवाली आएगा तो तुझे बिदा कराकर ले जाएगा। और, ये नीचे की तहरीर भी मैं नहीं पढूँगी।' पति-पत्नी की बातें दूसरों से नहीं पढ़वानी चाहिए। पति से इतना प्यार करती हो तो खुद पढ़ना-लिखना क्यों नहीं सीख लेती ? घर-दुआर का काम खत्म कर ढेर सारी लड़कियाँ तो पढ़ने आती हैं ! चिट्ठी की आखिरी पंक्तियों में छुपे आशय का अंदाजा लगा बिंदा मारे शर्म लाल हो गई। फिर दीदी के हाथ से चिट्ठी छीन भाग खड़ी हुई। जाते-जाते बोल गई—'दीदी, कल से मैं भी पढ़ने आऊँगी।' दीदी ने देखा, आज बिंदा के पैर धरती पर नहीं पड़ रहे थे। फिर पलटीं और आँगन से निकल स्कूल की तरफ बढ़ गईं। बच्चे आने लगे थे। जो आ गए थे वे सफाई में मशगूल थे।

दीदी विद्यालय की सहायक शिक्षिका हैं। बड़े-बुजुर्ग बहनजी बुलाते

हैं। उम्र पैंतालीस की रही होगी, लेकिन वक्त के थपेड़ों ने प्रौढ़ावस्था से आगे धकेल दिया है। अलबत्ता आँखों में गजब का तेज है। आवाज में ठसक बदस्तूर कायम है। औसत कद काठी की बहनजी ने अपने कार्य कौशल से लोगों का दिल जीत लिया है। बहाल होकर आईं तो वापस न गईं। बच्चों के साथ बकरियाँ भी आती हैं। बच्चे स्कूल में पढ़ते हैं और बकरियाँ बाहर मैदान में चरती हैं। छुट्टी की लंबी घंटी बजती है तो बकरियाँ स्कूल के पीछे जमा हो जाती हैं। फिर सभी साथ लौटते हैं। यहाँ स्कूल में कभी ताले नहीं लगते। टाट फूस की दीवारों को इसकी जरूरत भी नहीं होती।

प्रार्थना का समय हो चला है। दर्जा चार का बलराम लगातार घंटी बजा रहा है। बच्चे सारा काम छोड़ कतार में लगने लगे हैं। पहली पंक्ति में कक्षा एक के बच्चे हैं। इनके पीछे दो, तीन, चार और आखिर में पाँच के बच्चे खड़े हो जाते हैं। आज चेतना सत्र संचालन की जिम्मेदारी राधा और लक्ष्मी की है। दोनों आगे बढ़ प्रार्थना शुरू करती हैं। बाकी बच्चे पीछे से दोहराते हैं—'इतनी शक्ति हमें देना दाता, मन का विश्वास कमजोर हो ना··· !' फिर राष्ट्रगान होता है। सामने पीपल पेड़ के नीचे बैठे औरत-मर्द भी खड़े हो जाते हैं। राष्ट्रगान समाप्त कर बच्चों को बैठा दिया जाता है। बुधन बाबू झोली से आज का अखबार निकालते हैं। समाचार पढ़ने की जवाबदेही आज बब्बन व बाँके की है। दोनों बारी-बारी से हेडलाइंस पढ़ते हैं। कहीं अटकते हैं तो दीदी आगे बढ़ मदद करती हैं। लीजिए, समाचार समाप्त हुआ। अब बुधन बाबू बोर्ड पर आज का सुविचार लिखते हैं। बलराम भागकर घंटी बजाता है। गोया कि कक्षाएँ प्रारंभ हुईं। कक्षा चार, पाँच को बुधन बाबू सँभालते हैं। दीदी दीगर तीन दर्जों के साथ पीपल पेड़ के नीचे आ जाती हैं। चार घंटी लगातार चलती है। इसमें भाषा, गणित, समाज और थोड़ा-बहुत विज्ञान पढ़ाए जाते हैं।

टन···टन···टन··· ! टिफिन हो गई। बच्चे घर भागते हैं। अब आधे घंटे बाद लौटेंगे। बुधन बाबू गुरुगोष्ठी में हुई तमाम बातें बहनजी से साझा करते हैं। तमाम बच्चों को विद्यालय लाने और इसका पुख्ता प्रमाण लिखकर देने की बात दोहराते हैं। 'श्रीमान, इसमें परेशान होने जैसी कोई बात नहीं दिखती। हम लोग ऐसा आराम से लिखकर दे सकते हैं। आप जरा खड़े होइए। सामने देखिए। तकरीबन सौ घरों की बस्ती में अपना एक स्कूल। कोई अंतर ही नहीं

कर सकता कि बस्ती कौन सी और स्कूल कौन सी है? फिर, टाट-फूस के घरों में अंतर ही कितना होता है! सब एक जैसे हैं। कहना मुश्किल है कि गाँव में स्कूल है या स्कूल में गाँव!'

माह भर बाद फिर गोष्ठी हुई। साहब समय से आ गए थे। साथ में रामायण बाबू भी थे। हॉल खचाखच भरा हुआ था। बहुतेरे विभागीय बिंदुओं पर चर्चा चलती रही। जब विद्यालय से बाहर के बच्चों के दाखिले की बात आई तो एक बार फिर सन्नाटा छा गया। होमवर्क नहीं करने वाला विद्यार्थी जैसे अपने गुरु की निगाहों से बचता है, ठीक वैसे ही शिक्षक भी इस मुद्दे से बचना चाहते थे। कोई कुछ बोलने को तैयार नहीं था। साहब की सहमति से रामायण बाबू ने विद्यालय वार प्रगति की समीक्षा शुरू की। लेकिन, सबका एक ही जवाब था, "सर, हमने कई बार कोशिश की। घर-घर घूमे। परंतु पोषक क्षेत्र के तमाम बच्चों को दाखिला दिला न सके। एकाध आए भी तो दस-बारह दिन बाद गायब हो गए। क्या करें? बावजूद, इसके हम कोशिश करते रहेंगे। गेहूँ की कटनी के बाद फिर जाएँगे।" उत्तर इतना ठोस था कि सबके सुर समान हो गए। "कोई बात नहीं, अभी दो महीने हमारे पास हैं। हम लोग प्रयत्न करते रहें। देर-सबेर सफलता जरूर मिलेगी।" निरीक्षी पदाधिकारी और शिक्षकों के बीच सेतु बन रामायण बाबू बैठ ही रहे थे, कि पिछली पंक्ति से कोई हाथ उठा। साहब की नजर पड़ी। बोले, "कौन है भाई, कुछ कहना हो तो खड़े होकर कहिए।" हाथ उठाने वाले सज्जन खड़े हुए। ये बुधन बाबू थे। सभा समाज में बहुत कम बोलते थे। नाटे कद काठी के बुधन बाबू सफेद धोती-कुरता पहनते थे। अपनी लंबाई से बड़ी अंगौछी कंधे पर होती। तीन फेरा गले में लपेटने के बाद भी दोनों छोर दो-दो हाथ लटकते रहते। हमेशा हँसते रहते। आज भी हँसते हुए बोले, "श्रीमान, हमारे पोषक क्षेत्र में ऐसा कोई भी बच्चा नहीं है, जो विद्यालय से बाहर हो।" भारी उत्तेजना से सभी चौंके। 'सर, मैं तो लिखकर भी लाया हूँ।' कहते हुए बुधन बाबू ने आगे बढ़ अपनी रिपोर्ट थमा दी। साहब ने गौर से देखा। रिपोर्ट पक्की थी। बकायदे मुहर भी लगी थी। बाईं तरफ शिक्षिका और दाईं तरफ बुधन बाबू के हस्ताक्षर साफ झलक रहे थे। फिर तो गोष्ठी का रुख ही पलट गया। सबकी निगाहें बुधन बाबू पर जम गईं।' "अरे, ये कैसे हो सकता है? आज तक यह हुआ है, जो अब

होगा? बस्ती के तमाम बच्चे स्कूल आ जाएँ···घोर आश्चर्य···! कहीं बुधन बाबू बावले तो नहीं हो गए!" कोई खुलकर तो कोई दबी जुबान में दलीलें देने लगा। तभी पीछे से एक सज्जन फुसफुसाए, "सेवानिवृत्ति के कगार पर खड़े हैं। फर्जी रिपोर्ट भारी फेर में डाल देगी। रिटायरमेंट के बाद अधेला पेंशन न मिलेगी।" दूसरे सुर मिलाए, "सीधे-साधे आदमी हैं। लगता है, डरकर रिपोर्ट दे दिए हैं!" तीसरे तनिक जोर देकर बोले, "अरे, कुछ भी लिखकर दे देना होता तो क्या हमारे पास कागज का एक टुकड़ा नहीं था? या, कलम की स्याही सुख गई थी?" चौथे अपनी अंदाज-ए-गुफ्तगू का अहसास कराते बोले, "कुछ भी हो, बुधन भाई हैं होशियार! रिपोर्ट पर अपनी असिस्टेंट के भी सिग्नेचर ले लिये हैं।" ऐसे नाजुक मौकों पर हुसैन साहब का हुनर होंठों पर आ जाता था। हजरत शायराना अंदाज में बोले, "हम तो डूबेंगे ही सनम, तुझे भी ले डूबेंगे···! ऐ बुधन भाई, कम-से-कम अपनी सहायक शिक्षिका का तो खयाल करते! बेचारी नाहक में नौकरी निछावर कर रही है।" जब तंज के तीरों की रफ्तार थोड़ी धीमी पड़ी तो रामायण बाबू फिर खड़े हुए। शोरगुल शांत होने लगा। सबने देखा, बुधन बाबू का चेहरा सफेद पड़ गया था। सीधा-साधा इनसान आमतौर पर इतना झेल नहीं पाता। बंदा सच्चा होने पर भी सिहर जाता है और आखिर में टूट जाता है। रामायण बाबू कंधे पर हाथ रखते बोले, "बुधन भाई, इतनी जल्दबाजी क्या थी? सरकारी काम सोच समझकर करना चाहिए। रिपोर्ट वापस ले लीजिए। बस्ती के सारे बच्चे जब सचमुच विद्यालय आ जाएँ तो फिर बनाकर दे दीजिएगा।" बुधन बाबू बड़ी विनम्रता से बोले, "मंत्रीजी, ईमानदारी से कहता हूँ। आपको विश्वास नहीं है तो खुद चलकर देख लीजिए।" एक बार फिर सभा में खामोशी पसर गई। रामायण बाबू ने फिर टोका, "आखिर यह कैसे हो सकता है?" अब बारी बुधन बाबू की थी। संयमित स्वर में बोले, "श्रीमान, मेरे यहाँ कहना मुश्किल है कि गाँव में स्कूल है कि स्कूल में गाँव है।" यह सुनना था कि सभी ने जोर से ठहाका लगाया और बुधन बाबू की मासूमियत पर तरस खाते बाहर निकल गए। इसके साथ ही आज की गोष्ठी भी समाप्त हो गई। लेकिन साहब और रामायण बाबू देर तक बातें करते रहे।

माह बाद जब कटनी, दंवरी हो गए और घरों में अनाज आ गया तो मुख

पर मुसकान भी आ गई। किसानों के कोठी बखार भरे तो मेहनतकशों को मजदूरी भी मिली। बस्ती में चूल्हे एक साथ जलने लगे। तवे पर पकती नए गेहूँ की रोटियों की सुगंध छन-छनकर आने लगी। इधर, मुद्दतों बाद ऐसी खबर आई है कि बेनीपुर में चहल-पहल बढ़ गई है। लगता है, किसी बड़े घर में बेटी की बारात आ रही है। पूरा गाँव अपने हिस्से का काम निपटाने में लगा है। स्कूल थामे खड़े बाँस के खंभों में लाल-पीले रंग लगाए जा रहे हैं। जमीन पर पीली मिट्टी का लेप लग चुका है। कामगार आज काम पर नहीं गए हैं। सब अपने हुनर के हिसाब से कारीगरी में लगे हैं। तोरण द्वार बनाए जा रहे हैं। पाँच बिगहिया मैदान की सफाई पहले ही की जा चुकी है। गाय, भैंस और विशेषकर बकरियों का प्रवेश आज पूर्णतः निषिद्ध है। बिंदा का उत्साह तो देखते बनता है। जब से दीदी के पास पढ़ने लगी है, पैरों में पंख लग गए हैं। छोटे-छोटे हर्फों को लिखने लगी है। घर का काम खत्म कर सखियों संग रोज पढ़ने आती है। तेंतर, रेशमी और पानकली रंगोली बनाने में लगी हैं। राधा और लक्ष्मी स्वागत गान की तैयारी कर रही हैं। बुधन बाबू बाहर बच्चों संग 'स्वागतम' का बोर्ड लगवा रहे हैं। दीदी भाग-भागकर लोगों को काम समझा रही हैं। जब से साहब के आमद की खबर आई है, रात-दिन एक की हुई हैं। साथ में रामायण बाबू भी आ रहे हैं। दियारा क्षेत्र के विस्थापित विद्यालय की तारीख में पहली दफा कोई हाकिम मुआयना करने आ रहे हैं। सो उत्सवी माहौल है। बच्चे साफ-सुथरे कपड़ों में हैं। पीपल पेड़ के नीचे श्रवण कुमार नाटक का अभ्यास चल रहा है। राजा दशरथ का किरदार करता दिनेश बीच-बीच में संवाद भूल जाता है। दीदी दौड़कर याद कराती हैं। श्रवण कुमार की भूमिका निभाता भुवनेश्वर तो रिहर्सल में ही कमाल ढहा रहा है। राजा दशरथ के बाण से बिलखते श्रवण कुमार का दृश्य देख लोग सिहर उठते हैं। बंदा गजब का कलाकार है! पाँच चौकी जोड़कर मंच बना है। ऊपर तिरपाल टाँगा जा रहा है। रात में नाटक होगा। गैसबत्ती लाने की जिम्मेदारी मनोहर, महंगू और स्वामीनाथ ने ले रखी है। ये रतनपुर रेलवे हॉल्ट पर खीरा, ककड़ी बेचते हैं। बंदे आज सुबह जब धंधे पर निकले तो गाँव वालों ने ताकीद की, "भईया, बेनीपुर की लाज रखना। टाइम से आ जाना।" वैसे बयाना पहले ही दिया जा चुका है। मिट्टी का तेल तो कल का ही आ चुका है जिसे ईमान की तरह

हिफाजत में बहनजी के पास रखवा दिया गया है। साँझ होते जब गैसबत्ती जलेगी तो देखते ही बनेगा! सारी बस्ती अंजोर हो जाएगी। तब शुरू होगा नाटक। झगरू साव बढ़िया झलवहिया हैं। खूब झाल बजाते हैं। मातबर मियाँ डफाली जैसा ढोलकिया पाँच कोस में नहीं है। बंदा आखर धर लेता है तो आ खिर तक बेताल नहीं होता। लेकिन एक बड़ा पेंच फँस गया है। अभी तक हारमोनियम मास्टर का इंतजाम नहीं हो पाया है। भरदुल दोस्तों के साथ ढूँढ़ने निकला है। देखिए, क्या होता है? बूढ़े-बुजुर्ग शंका जाहिर करते हैं, 'भाई, हारमोनियम मास्टर नहीं रहेगा तो सुर-ताल कौन मिलाएगा? सुमिरन, पँवारा कौन गाएगा?' अब ब्रह्मबाबा ही बेड़ा पार लगाएँ।

दोपहर हो चुकी है। बहनजी बार-बार घड़ी देखती हैं और जाकर बुधन बाबू से पूछती हैं। विद्यालय सज-धजकर तैयार है। बच्चे हाथ में फूलों की माला लिये राह निहार रहे हैं। इसी बीच बिंदा भागती हुई आती है और दीदी से पूछती है, 'दाल, सब्जी तैयार है। दही भी आ गया है। कहतीं तो अदहन में चावल छोड़ देती?' अभी रुको बिंदा, साहब को आ जाने दो। वैसे चावल बनने में समय ही कितना लगता है? फिर अपने वर्ग की तरफ बढ़ काम में मशगूल हो जाती हैं। इसी बीच दो मोटर साइकिल पर चार लोग आते हैं। धूल भरे चेहरे पहचान में नहीं आ रहे हैं। बुधन बाबू दौड़कर पहचानने की कोशिश करते हैं। अरे, यह तो रामायण बाबू हैं! साथ में साहब भी हैं। दो बच्चे पानी लेकर दौड़ते हैं। सभी हाथ-मुँह धोते हैं और आगे बढ़ते हैं। बुधन बाबू विद्यालय परिसर में साहब का स्वागत करते हैं। बच्चे माला पहनाते हैं और भागकर अपनी-अपनी कक्षाओं में चले जाते हैं। साहब रामायण बाबू के साथ सीधे कक्षा पाँच में जाते हैं। यहाँ बत्तीस बच्चे नामांकित हैं और सभी उपस्थित हैं। साहब को देखते ही साथ खड़े होते हैं और समवेत स्वर में 'प्रणाम' बोलते हैं। साहब आशीर्वाद देते हैं और बैठ जाने का संकेत करते हैं। फिर कुछ सवाल करते हैं—इस घंटी में क्या पढ़ाया जाता है? समवेत स्वर—विज्ञान सर। कल क्या पढ़े थे? उत्तर—सजीव और निर्जीव। प्रश्न—सजीवों में ऐसे कौन से लक्षण पाए जाते हैं, जो निर्जीवों में नहीं मिलते? आधे से अधिक बच्चों ने माकूल जवाब दिए। पीछे बैठे एक छात्र से साहब ने पूछा—क्यों जी, तुम्हें इस प्रश्न का उत्तर मालूम नहीं है क्या? यह बाबूराम था। धीरे से खड़ा हुआ

और बोला—मालूम है सर। साहब—फिर उत्तर क्यों न दिया? 'हमारे मास्टर साहब ने समझाया है कि अगर कोई लड़का पहले खड़ा होकर जवाब देने लगे तो बाकी बच्चों को सावधानी से सुनना चाहिए और अपनी बारी का इंतजार करना चाहिए।' तो आप पहले क्यों न खड़े हुए? छात्र को कहते कुछ न बना सो मास्टर साहब को देखने लगा। बुधन बाबू बोले, 'श्रीमान, इस बच्चे के पैर पोलियो ग्रसित हैं। सो झटके से खड़ा नहीं हो पाता।' फिर इशारा कर बोले, 'बाबूराम, साहब के सवाल का जवाब दो।' बाबूराम ने कहना शुरू किया, 'सर, सजीवों में वृद्धि होती है। ये श्वसन क्रिया करते हैं। ये अपने जैसे दूसरे सजीव को जन्म देते हैं। धूप, गरमी बरसात का इन पर प्रभाव पड़ता है।' फिर उसने अगल-बगल उगे पेड़-पौधों की तरफ उँगली से इशारा कर ढेर सारे उदाहरण भी दिए। साहब के चेहरे पर संतुष्टि के भाव उभरने लगे। तभी उन्होंने गौर किया, बाबूराम तिलमिलाने लगा है। बुधन बाबू दौड़कर गए और बच्चे को पकड़कर नीचे बिठाते हुए बोले, 'श्रीमान, अभी इसके पैरों में उतनी ताकत नहीं है। ज्यादा देर तक खड़े रहने पर गिर जाता है। कई बार तो चोट भी लग चुकी है।' साहब से रहा नहीं गया। दौड़े और बाबूराम का माथा चूम लिया। बोले, 'शाबाश बेटे, बहुत बढ़िया जवाब दिया तूने।' फिर पॉकेट से अपना फाउंटेन पेन निकाल बाबूराम को देते हुए पूछा, 'बेटा, आप लोगों को विज्ञान कौन पढ़ाता है?' बच्चों ने एक साथ जोर से उत्तर दिया—ब··ह··न··जी··! साहब पीछे मुड़े और जानना चाहा, ये बहनजी कौन हैं··? बुधन बाबू ने आगे बढ़ अनुरोध किया, "सर, काफी गरमी है। पछियारी हवा हलक सुखा रही है। कुछ गुड़-शक्कर के साथ पानी पी लिया जाए फिर अगली कक्षाओं में चला जाए।" खाली जगह देख सभी बैठ गए और पानी पीने लगे। कुएँ के मीठे जल ने सचमुच तरोताजा कर दिया। चौथा गिलास खाली करते हुए साहब ने फिर दुहराया, 'ये बहनजी कौन हैं?' "बताता हूँ, सर, ये मेरे विद्यालय की सहायक शिक्षिका हैं। बहाल होकर आईं तो यहीं की होकर रह गईं। विद्यालय के बगल गाँववालों ने टाट-फूस का एक घर खड़ा कर दिया है। थोड़ी जमीन घेर एक छोटा सा आँगन बना दिया है। ये उसी में रहती हैं।' साहब की उत्सुकता बढ़ी। फिर पूछा—'और घर-परिवार?' 'कोई नहीं है सर। पति की जब अकाल मृत्यु हुई तब दो साल की बेटी गोद में थी। सदमे और सिसकती साँस लिये

सीधे यहीं आ गईं। गाँववालों ने इनकी तमाम जरूरतों का ध्यान रखा। अब ये उनका ध्यान रखती हैं। कहती हैं—अब कहीं नहीं जाऊँगी। बीते वर्ष बेटी भी ब्याह दीं। फिर बेनीपुर के बच्चों के साथ आराम से जीना शुरू कर दिया।' 'कभी घर नहीं जातीं?' 'नहीं सर, बहुत पहले एक बार गईं थीं। बता रही थीं कि भाई भैवदी ताने मारने लगे। कहने लगे कि हिस्सा बखरा के लिए आई है। तब से पलटकर नहीं गईं। इससे ज्यादा नहीं जानता श्रीमान। वैसे इतना जरूर कहूँगा कि इस उजाड़ बियाबान रेगिस्तान में बेनीपुर के बच्चों के चेहरे पर जो मुसकान देख रहे हैं, वह बहनजी की पूजा का ही प्रसाद है। ये बाबूराम जिससे आप अभी मिले हैं, उसे खड़ा करने में इनका बड़ा योगदान है। सुबह-शाम कवायद कराती हैं। अपने हाथ से तेल मालिश करती हैं। इसका बाप नहीं है। माँ मजदूरी करती है। सो अपने साथ रखती हैं। दो साँझ की रोटी और दो कपड़े की कभी कमी नहीं होती।" "कहाँ हैं बहनजी?" भारी उत्सुकता से साहब ने सवाल किया। "जी, सामने पीपल पेड़ के नीचे बच्चों को पढ़ा रही हैं।" अब साहब रुके नहीं। तेजी से आगे बढ़े। रामायण बाबू और मास्टर साहब को लगभग दौड़ना पड़ गया।

एक साथ तीन कक्षाओं का संचालन। बच्चे अर्धवृत्ताकार बैठे हैं। सभी एक-दूसरे को देख सकते हैं। ठीक बीच में काठ का ब्लैक बोर्ड रखा है। कक्षा दो और तीन के बच्चे गणित बना रहे हैं। जो पहले बना लेता है और उत्तरमाला से अपने उत्तर का मिलान कर लेता है वह दौड़कर बोर्ड पर सवाल को हल करता है। बाकी बच्चे अपने उत्तर का सत्यापन इससे करते हैं। कक्षा एक के बच्चे अपनी स्लेट पर पेंसिल से आड़ी-तिरछी रेखाएँ खींचते हैं और जोर देकर कहते हैं, देखो, मैंने घोड़ा बना दिया। दूसरा ऐसा ही करता है और कहता है, मैंने हाथी बनाया है। दोनों अपने-अपने हिसाब से सही हैं पर दूसरे के हिसाब से गलत। बात बिगड़ जाती है। अब फैसला बहनजी को करना है। सो दोनों स्लेट उठाए खड़े हैं। बहनजी का दो टूक जवाब है, "तुम दोनों सही हो। बस, रामू के घोड़े का मुँह ज्यादा लंबा हो गया है। उसे वहाँ से हटाकर सामू के हाथी में जोड़ दो। फिर देखो, हाथी-घोड़ा दोनों तैयार।" बच्चे खुश हो जाते हैं और हाथी, घोड़ा, पालकी, जय कन्हैया लाल की गाते हुए बैठ जाते हैं। रानी कबूतर बनाकर लाई है और बहनजी को दिखाना

चाहती है। बहनजी की नजर स्लेट से पहले उसके फ्रॉक के टूटे बटन पर पड़ती है। झोली से सुई-धागा निकालकर मरम्मत कर रही हैं। साहब देर से खड़े सबकुछ देख रहे हैं। नजरें रामायण बाबू से टकराती हैं। उनकी आँखों के कोर भीग गए हैं। साहब खुद को रोक नहीं पाते हैं। हाथ जोड़कर कहते हैं, 'बहनजी को मेरा प्रणाम।' बच्चों में खोई बहनजी चौंकती हैं। बुधन बाबू परिचय कराते हैं, 'ये अपने स्कूल इंस्पेक्टर साहब और ये अपने संगठन मंत्री रामायण बाबू हैं जिनकी चर्चा आपसे अकसर किया करता था।' 'जी···जी··· प्रणाम सर। मुझसे भूल हो गई। मैं देख नहीं पाई।' बहनजी खेद प्रकट करते हुए बोलीं। "कोई बात नहीं। लेकिन मैंने तो देख लिया। सीमित संसाधनों से असीमित ऊर्जा के प्रवाह को देख लिया। आज बीस वर्षों से स्कूलों को ही देख रहा हूँ। पाँच-सात जिलों का भ्रमण भी कर चुका है। लेकिन, जो जज्बा, जो समर्पण यहाँ पाया, वह कहीं नहीं देखा। लोग अकसर संसाधनों का रोना रोते हैं। यहाँ तो कुछ भी नहीं है। फिर भी इतना उत्साह ? काबिले तारीफ! रामायण बाबू, एक बढ़िया निरीक्षण रिपोर्ट तैयार कीजिए और विभाग को भेज दीजिए। साल भर के अंदर विद्यालय का भवन बन जाना चाहिए। साथ में शिक्षिका आवास भी।" "लेकिन सर, मेरे बच्चों का तो निरीक्षण तो हुआ ही नहीं!" सकुचाती हुई बहनजी बोलीं। मुझे अब कुछ भी नहीं करना है। बुधन बाबू ने मुझे सबकुछ बता दिया है। वैसे आपका नाम क्या है ? साहब बड़ी विनम्रता से बोले। "जी···जी···संजना। मेरा नाम संजना है।" 'पढ़ाई-लिखाई कहाँ से हुई ? मेरा मतलब, मैट्रिकुलेशन कहाँ से की ?' 'जी, कृष्णानंद हाईस्कूल, कैल से ?' 'कब किया ?' 'जी, साल अस्सी था।' साहब चौंके। 'क्या···कैल से किया ? अस्सी में किया··· ?' जेहन पर हथोड़े दनादन पड़ने लगे। और, अतीत के अक्स आँखों में उतरने लगे···!

"भुवन, मेहनत पर ध्यान दो। तिवारी सर कह रहे थे कि उच्च गणित में तेरे अंक बहुत कम आए हैं। अगर यही हाल रहा तो शंकर और मोहम्मद जान बाजी मार ले जाएँगे। बेटा, शिखर पर पहुँचकर शिखर पर बने रहना आसान नहीं होता। इसके लिए एड़ी-चोटी एक करनी पड़ती है। एक कविता क्या छप गई, खुद को कवि मान बैठे! अरे, वह तो मैंने तेरा मन रखने के लिए छपवा दिया था। मैं क्या जानता था कि विज्ञान का विद्यार्थी विषय छोड़ दिन-रात

कविताई करता फिरेगा! चित भी मेरी और पट भी मेरी, सब दिन नहीं चलते बेटा! अब तुम जा सकते हो। याद रहे, बोर्ड परीक्षा में अभी छह महीने बाकी हैं। ज्यादा कुछ नहीं बिगड़ा है।" पांडेय सर एक साँस में सबकुछ बोल गए। और, सच में पांडेय सर की कही बातें सच साबित हुईं। प्री-टेस्ट में शंकर चार अंक से आगे निकल गया। भुवन को कक्षा में दूसरा स्थान मिला। इस हलके से झटके ने बड़ा काम किया। सारी कविताई काफूर हो गई। आँखों की नींद हराम हो गई। जमीन तैयार थी। मेहनत के खाद-पानी पड़े तो फसल लहलहा उठी। तीन महीने बाद बोर्ड की परीक्षा हुई। फिर रिजल्ट भी आए। तब प्रथम श्रेणी पास करने वाले छात्र उँगलियों पर गिने जाते थे। संयोगवश इस बार चार छात्रों को यह सौभाग्य मिला। भुवन का पोजिशन वापस मिल गई। लेकिन, सबसे बड़ी बात ये हुई कि बाजी एक लड़की मार ले गई। विद्यालय में सर्वश्रेष्ठ स्थान पाने वाली वह एक दुबली-पतली लड़की थी। यह अप्रत्याशित था। फिर क्या, चार कोस में डंका पिट गया। भुवन नजर न मिला सके। जिस दिन रिजल्ट कार्ड मिल रहा था, वह फिर मिल गई। भुवन को देखा तो मुसकराई। लेकिन बंदा उसका सामना न कर सका। भुवन पर भारी पड़ गई थी वह। यह कोई और नहीं, बल्कि संजना ही थी। और… यही उससे आखिरी मुलाकात भी थी। भुवन पढ़ने के लिए मामू के पास पंजाब चला गया। संजना कहाँ गई, उसे नहीं मालूम। आज जब धुँध के बादल छँटे तो सबकुछ साफ-साफ दिखाई देने लगा। संजना अतीत से निकल वर्तमान में सामने खड़ी थी। आँखें बरसने लगीं। हजरत खुद को खड़ा न रख सके। बच्चों-सा बिलखते हुए बोले, "मुझे पहचाना संजना? मैं नेमीपुर वाला भुवन हूँ। वही भुवन जिसकी पोजिशन तूने तोड़ी थी। अस्सी में…कृष्णानंद हाईस्कूल में। याद करो संजना…!" मस्तिष्क पर जोर पड़े संजना के। एकबारगी सबकुछ याद आता चला गया। लगभग चीखते हुए बोली, "भुवन भाई…!" फिर क्या था? भावनाओं का ऐसा ज्वार आया जो तमाम वर्जनाओं को तोड़ता चला गया। शिक्षक—निरीक्षक के बीच खड़ी दीवार भहराकर गिर पड़ी। संजना ने हाथ पकड़ लिया। खूब रोई। भुवन भी खूब रोए। रोते-रोते भुवन ने यह भी बता दिया कि उसकी हिंदी की नोटबुक जो चोरी हुई थी, उसे किसी और ने नहीं बल्कि खुद उन्होंने ही चुराया था। लगा, साल अस्सी आँखों में उतर आया। दोनों फिर से कक्षा दस के विद्यार्थी

बन गए और देर तक बिंदास हँसते रहे। मंजर मामूली न था। यह एक काल खंड का मिलन था। बच्चे तो कुछ समझ न पाए। लेकिन रामायण बाबू और मास्टर साहब अपने आँसू छुपा न सके।

कहना न होगा, साहब ने सिर्फ विद्यालय ही नहीं देखा बल्कि घूम-घूमकर पूरी बस्ती देख ली। संजना बस्ती के बड़े-बुजुर्गों का ऐसे परिचय कराती जैसे सभी उसके परिवार के सदस्य हों। 'सर, इनसे मिलिए। ये बेनीपुर के नारायण काका हैं। इनके दो लड़के लुधियाना रहते हैं। वह जो स्कूल में पीतल की घंटी बजती है न, इन्हीं की दी हुई है। ये भगरासन बाबा हैं। इनका बेटा भरदुल बड़ी बढ़िया कारीगर है। कपड़े सुंदर सीता है। आज रात में नाटक होगा सो हारमोनियम मास्टर की खोज में गया है।' संजना तेज कदमों से भागी जाती थी। साहब के साथ सभी थकने लगे थे। सो रामायण बाबू बोले, 'बहनजी, साहब ने बहुत कुछ देख लिया। तमाम कक्षा के बच्चों से मिल भी लिए।' 'नहीं सर, अभी तो आपने अपना सरकारी विद्यालय ही देखा है। चलिए, मेरा विद्यालय देख लीजिए।' संजना जोर देकर बोली। सभी आगे बढ़े। 'देखिए सर, मैं इसी में रहती हूँ।' अंदर आइए। सभी अंदर गए। आँगन में बेनीपुर की दर्जनों ब्याही बेटियाँ और बहुएँ बैठी थीं। कुछ पढ़ रही थीं। कुछ कसीदाकारी सीख रही थीं। कुछ भोजन बना रही थीं। संजना तनिक जोर देकर बोली, 'बिंदा, यही मेरे हाकिम हैं। अब जल्दी चावल बना लो।'

तिजहरिया ढलने लगी तो सभी भोजन करने बैठे। हालाँकि खाना कुछ खास नहीं था, लेकिन उसमें गजब की मिठास थी। चावल, दाल और आलू-परवल की सब्जी। साथ में बकेन गाय का अमृत-सा दही। धनिया की चटनी। सबने छककर भोजन किया। थोड़ी देर आराम कर साहब चलने को हुए तो संजना ने अनुरोध किया, "हुजूर, आप हाकिम हैं। आपका समय कीमती हैं। एक मामूली शिक्षिका की क्या औकात कि आपको रोके! लेकिन, बतौर संजना मैं भुवन से कहूँगी कि आज की रात इस गरीब बस्ती में गुजारी जाए। मेरे नौनिहालों का नाटक देखा जाए और उनका मनोबल बढ़ाया जाए। थोड़ी देर में यहाँ बस्ती का समारोह होगा। आप लोगों में दो शब्द बोल देंगे तो बस्ती में बसंती बयार बह जाएगी। जरा सोचिए, मुझे कितनी खुशी होगी! मैं तो निहाल हो जाऊँगी।" इसरार इतना प्यारा था कि भुवन इनकार न कर सके। साहब से

अनुमति लेकर बच्चों को छुट्टी दे दी गई। प्रतिभागी बच्चे नाटक की तैयारी में लग गए।

साँझ हुई। पंछी पीपल पेड़ पर बने घोंसलों में लौट आए और धीरे-धीरे शांत हो गए। नीचे शोरगुल बढ़ने लगा। मजे की बात रही कि हरिपुर का हीरामन हारमोनियम मास्टर मिल गया। बंदा बिहुला विषहरी और सोरठी बृजभार का नामी गवैया था। आलाप उठाता तो शरीर में सिहरन समा जाती। नाम सुनकर ही भीड़ बढ़ने लगी। मनोहर, महंगू और स्वामीनाथ भी गैसबत्ती लेकर आ गए। समय से नाटक शुरू हुआ। देखिए, हीरामन ने लहरा बजाना शुरू किया। मातबर मियाँ ढोलकिया ने सुर पकड़ ताल ठोक दिया। झगरू साव झाल बजाने लगे। सुर ताल का संगम होने लगा। हिरामन ने देखा कि ढोलकिया मजा हुआ खिलाड़ी है सो लहरा खत्म कर संगीत की गहराई में उतरने लगा। हारमोनियम की पटरी पर उँगलियाँ अठखेलियाँ करने लगीं। ये देखिए, दादरा की उठान में तिरकिट। ये रहा रूपक ताल में चक्करधार तिहाई। फिर दुगुन, चौगुन और लगी। बाप रे, कहरवा में तो कहरे बरपा दिया। जिओ रे ढोलकिया! आज बेनीपुर की लाज रख ली। आधे घंटे की युगलबंदी के बाद हिरामन ने सरस्वती का सुमिरन किया और पँवारा उठा लिया।

पुरुबऽ में सुमरीं ये रामा उगलऽ सुरुजवा हो
जिनका चढ़े दुधवा के धार नू ये की।
पछिमऽ में सुमरीं ये रामा पीर सुबहानवा के
जिनका चढ़े मुरुगा मलीदा नू ये की।

जब दशों दिशाओं की वंदना पूरी हो गई तो नाटक शुरू हुआ। ये देखिए, श्रवण कुमार माता-पिता की सेवा कर रहे हैं। आगे देखिए, कांवर में उन्हें ढो रहे हैं। जंगल आ गया। माता-पिता प्यासे हैं। पानी लाने नदी जा रहे हैं। राजा दशरथ प्रकट होते हैं। श्रवण कुमार को मृग समझ शब्द भेदी बाण छोड़ देते हैं। बाण सीधे श्रवण कुमार के सीने में लगता है। कुमार बिलखते हुए अपनी बात कह प्राण छोड़ देते हैं। राजा घोर पश्चाताप में पड़ जाते हैं। पानी लेकर माता-पिता के पास जाते हैं। अंधे माँ-बाप ताड़ जाते हैं कि आगंतुक उनका बेटा नहीं है। सो पानी पीने से इनकार करते हैं और हाय बेटा कहते हुए प्राण निछावर कर देते हैं। मरते-मरते राजा को शाप देते हैं। परदा गिरता है। लोग

देर तक रोते रहते हैं। संजना मंच पर आती हैं और अपने बाल कलाकारों का परिचय कराती हैं। फिर साहब सहित, रामायण और बुधन बाबू को मंच पर बुलाती हैं। साहब बच्चों को पुरस्कृत कर जनता-जनार्दन को संबोधित करते हैं। संजनाजी की भूरि-भूरि प्रशंसा करते हैं।

आज छुट्टी का दिन है, सो विद्यालय बंद है। लेकिन बच्चे आए हुए हैं। साहब निकल रहे हैं। बस्ती की बहू-बेटियाँ विदा कर रही हैं। संजना की आँखें भर आई हैं। साहब खामोश निगाहों बेनीपुर को निहार रहे हैं। फिर विद्यालय पर दृष्टि डालते हैं। जिन छोटे-छोटे कार्यों के चलते बच्चे बाहर रह जाते हैं वैसा यहाँ नहीं है। बच्चे और बकरियाँ यहाँ साथ आते हैं। वाह, क्या अनूठा प्रयोग है! फिर हेड सर की पीठ थपथपाते कहते हैं, "बुधन बाबू, आपकी रिपोर्ट चौबीस कैरेट सोने की तरह शुद्ध है।" अब मोटरसाइकिल पर सवार होते हैं। धीरे-धीरे आगे बढ़ते हैं। फिर अचानक रुक जाते हैं। संजना को बुलाते हैं और लगभग चीखते हुए कहते हैं···"तुस्सी ग्रेट हो संजना··· !" गाड़ी रफ्तार पकड़ लेती है। उड़ती हुई धूल धुँध बनाती जाती है। अब कुछ दिखाई नहीं देता, लेकिन बहनजी के कान अब भी बज रहे हैं। बार-बार भुवन के कहे शब्द गूँज रहे हैं—"तुस्सी ग्रेट हो संजना··· !"

□

लैला

लोग उसे लैला ही बुलाते थे। नाम कुछ और रहा होगा। कहर बरपाती कमान सी तनी भौहें और भोर की लाली को मात देते पतले प्यारे होंठ जब खुलते तो हीरे-मोती शरमा जाते। झील सी गहरी आँखों की हलकी सी हरकत हाय-हाय कराने लगती। पाजेब पहने पाँव मचलते तो नागिन अपनी अदा भूल जाती। लबों के तबस्सुम और शोख निगाहें जिंदा क्या मुर्दों में भी रूह फूँक देते। खुदा कसम, लैला निहायत ही खूबसूरत थी। कहते हैं, गुजरे जमाने कभी इसी नाम पर कोई मजनूँ मर मिटा था। आज हजारों मजनूँ सामने तड़प रहे थे। लम्हें बाद लैला को जलवागर होना था। बेकरारी बढ़ती जा रही थी। साजिंदे साज आवाज से सामईन को थाम पाने में साँसे फुला रहे थे। जर्रा-जर्रा, लैला···लैला चिल्ला रहा था। किनारे की तमाम कुर्सियाँ भर गई थीं। नीचे बैठ तमाशा देखने वालों की तादाद का अंदाजा लगाना मुश्किल था। जब जनाब दिलावर हुसैन साहब तशरीफ लाए और सामने सोफे पर बैठ गए तो माइक खनखनाया। पहले चंद अल्फाज हुसैन साहब की शान में पेश किए गए फिर सुर और ताल की जुगलबंदी होने लगी। गुजरे जमाने में जमींदारों की महफिलें कुछ ऐसी ही सजती थीं। अपने हुसैन साहब तो दिल के राजा थे। जमींदारी तो न रही, लेकिन रईसी आज भी रग-रग में भरी हुई थी। सालों से सिलसिला मुसलसल चल रहा था। साहबजादे की यौम-ए-पैदाईश (जन्मदिन) को बड़े शानो-ओ-शौकत से मनाया जाता। बड़ी मन्नत से बेटे को पाया था। लिहाजा बाबा पीर के मजार पर पहले चादरपोशी होती फिर तमाम जलसों का आगाज होता। कानपुर, कलकत्ता के नामी-गिरामी कव्वाल आते। सूफिया कलाम गाते। भारी बख्शिश पाते और खुश हो लौट जाते। दूर से आए लोग लंगर खाते

और मौसिकी का मजा लेते। इस बार का मजमा कुछ लीक से हटकर था। बाराबंकी की बड़ी नाटक कंपनी आई थी। दो दिन से नाटक चल रहा था। हुसैन साहब हर दिन होते, लेकिन इस साल साहबजादे की तबीयत नासाज होने की वजह से शिरकत नहीं कर पाए। आज फिजा बदली। साहबजादे शौकत अली कुछ ठीक लग रहे थे। सो आना लाजिमी था। बगल में बैठी बेगम बेटे पर नजर रखी हुई थीं। चेहरे पर मुसकान देखी तो इत्मीनान हो गया। नजरें मंच के रुपहले परदे पर जम गईं।

झिलमिलाता परदा जैसे-जैसे सरकने लगा, शोर थमने लगा। कंपनी का एक बुजुर्ग कलाकार मंच पर आया और बयाँ करने लगा, "हाँ तो साहिबान, मेहरबान व कद्रदान! पेश है नाटक लैला-मजनूँ। मोहब्बत की एक ऐसी पाक दास्तान जिसकी गवाही सूरज, चाँद और सितारे देते रहेंगे। जब तक जमीं रहेगी, दरिआए गंगा-यमुना में रवानी रहेगी, मोहब्बत करने वाले दिलों में दस्तक देती ये कहानी रहेगी। पहले दिन नाटक में आपने देखा कि कैसे कैस की पैदाईश अरब की सरजमीं पर शाह अमारी के घर हुई। आपने यह भी देखा कि कैसे हाथ की लकीरें देख नजूमियों ने पेशनगोई की कि लड़का जवाँ होकर प्रेम दीवाना बनेगा और दर-दर भटकेगा। कल आपने देखा कि दमिश्क के मदरसे में नाज्द के शाह की बेटी लैला को देखते ही कैस कैसे पहली नजर में अपना दिल दे बैठा! उस्ताद के लाख समझाने के बावजूद नहीं माना। उसकी चाहत का ऐसा असर लैला पर हुआ कि अपनी होशो-हवास खो बैठी। फिर तो दोनों मोहब्बत के आगोश में समाते चले गए। नतीजा यह हुआ कि लैला को घर में कैद कर लिया गया। आज देखिए! घर में कैद हुई लैला का क्या हुआ···? क्या हुआ उस दीवाने का जो लैला की मोहब्बत में आहें भर रहा था···?"

बुजुर्ग कलाकार चला गया। नगाड़े तेज हो गए। हारमोनियम मास्टर ने तारसप्तक में कोई ऊँचा सुर लगाया। लीजिए, नाटक शुरू हो गया। अब आखिरी परदा उठ रहा है। मंच पर रोशनी का घेरा बढ़ रहा है। शायद कोई लड़की बैठी है। पार्श्व संगीत सघन होने लगता है। झरोखे से आती एक तिरछी किरन चेहरे से टकराती है। अरे! यह तो लैला है। शरीर पस्त पड़ा है। आँखें सूजी हुई हैं। शायद देर तक रोती रही है। कनीजें घेरकर खड़ी हैं। अब पूरा

प्रकाश फैल जाता है। तभी लैला की माँ अंदर आती है। एक नजर बेटी पर डालती है और तल्ख लहजे में बोलती है, "इस बदहवास को बोल दो कि अपने आँसू पोंछ ले। भूल जाए उस बदजात को। खानदान की इज्जत का खयाल करे। कल इसका निकाह साहबजादे 'बख्त' से होने जा रहा है।" 'लैला सहम जाती है, "अम्मी! रहम कीजिए। मुझे किसी जालिम के हाथों मत सौंपिए। कैस मेरी जिंदगी है। शिकम से निकाल धरती पर वजूद देने वाली अम्मी! मुझसे मेरी साँसें न छीनिए।" माँ के तेवर थोड़े ढीले पड़ते हैं। "तेरे अब्बू ऐसा हरगिज न होने देंगे। अब बख्त ही तेरी जिंदगी है।" फिर वह तेज कदम निकल जाती है। मंच पर अँधेरा गहराने लगता है, लेकिन लैला की चीख देर तक सुनाई देती है। परदा धीरे-धीरे गिरता है। लोग साँसें रोक देख रहे हैं। बेगम गौर करती हैं, शौकत रूमाल से आँसू पोंछ रहे हैं।

दूसरा दृश्य उभरता है। लैला का निकाह बख्त से हो रहा है। फिर तीसरे दृश्य में लैला अपने ससुराल में है। बख्त आते हैं। लैला खड़ी हो जाती है और शौहर से साफ-साफ कह देती है कि वह सिर्फ कैस की है। मजबूरन बख्त उसे अपनी जिंदगी से आजाद कर देता है। लैला अब कैस की तलाश में चल पड़ती है। उधर लैला की जुदाई में कैस दीवानों-सा, मारा-मारा फिर रहा है। बाल बेतरतीब बढ़ गए हैं। कपड़े तार-तार हो गए हैं। उसकी दीवानगी देख लोग उसे 'मजनूँ' कहना शुरू कर देते हैं।

आशिक के प्यार में पागल लैला खजूर के घने दरख्तों और तपते रेगिस्तान में हाय मजनूँ, हाय मजनूँ कहती जा रही है। जब दोनों मिलते हैं तो एक बार फिर मोहब्बत के आगोश में समा जाते हैं। लेकिन, दुश्मन जमाना बरदाश्त नहीं करता। लोग मजनूँ को पत्थर मार रहे हैं। बंदा घायल होकर गिर पड़ता है। होंठ से खून रिस रहा है। मगर मज्जूब दीवाने को जरा भी परवाह नहीं। तभी लैला आती है और मजनूँ पर बिछ जाती है। फिर उठती है और पास पड़े पत्थरों को अपने दामन में रखती जाती है। फिर हाथ उठाकर दुआ माँगती है। पत्थर मारते हाथ रुक जाते हैं। तभी एक करिश्मा होता है। लैला के दामन में पड़े तमाम पत्थर फूल बन जाते हैं। लोग हैरत से देखते हैं और लैला अपने मजनूँ को लिये भीड़ से निकल जाती है। मंच पर मद्धिम प्रकाश होता है। परदा गिरता है। लोग देर तक ताली बजाते हैं। बुजुर्ग कलाकार मंच पर आकर कहता

है, "लैला-मजनूँ की कहानी में आगे क्या हुआ, हम कल देखेंगे। आज बस इतना ही।" जनाब हुसैन साहब और उनकी बेगम की आँखें भर आई हैं। सब जाने लगते हैं। शौकत रुक-रुककर देखते हैं। शायद लैला फिर नजर आए…! लोग समय का अंदाजा लगाते हैं। ओह! रात बीत चुकी है।

शौकत अली। उम्र यही कोई इक्कीस साल। खानदान के इकलौते चश्म-ओ-चिराग। दुनिया की तमाम नेमतों से बड़ी नेमत। चेहरे की अदद एक मुसकान के लिए वालिदैन बड़ी-से-बड़ी कुर्बानी देने को तैयार रहते हैं। आज अरसा बाद बेटे को मुसकराते देखे तो फूले नहीं समा रहे हैं। शौकत जब से नाटक देखकर लौटे हैं, शरीर हलका और मिजाज मस्त है। दर्जनों मुलाजिमों में हम उम्र खसिब वाहिद खादिम है जिससे दिलजोई होती है। आज हाजिर हुआ तो शौकत पूछ बैठे, "खसिब! तुझे लैला कैसी लगी?" बंदा छुटते ही बोला, "हुजूर! यह भी कोई पूछने की बात है! हुस्न और अदाकारी में उसका कोई सानी नहीं है। आज इलाके में लोगों की जुबान पर अगर कोई एक नाम है तो वह लैला है। सोते-जागते सभी लैला-लैला रट रहे हैं।" बंदा बोलकर बाअदब सलाम किया और चला गया। शौकत देर तक सोचते रहे। आज पूरे दिन लैला खयालों में रही। बहरहाल, वक्त मुकर्रर पर साँझ हुई।

नाटक का आज आखिरी दिन था। जनसैलाब उमड़ आया था। दूर रहने वाले दिन रहते ही आ गए थे। भीड़ अभी बढ़ती जा रही थी। अनुमान लगाना मुश्किल था कि औरत और मर्दों में तादाद किनकी ज्यादा है। हुसैन साहब, बेगम और शाहजादे शौकत जब अपनी जगह बैठ गए तो नाटक शुरू हुआ। बुजुर्ग कलाकार फिर आया। महफिले खास की खिदमत में चंद कसीदे सुनाए। बीती कहानी को दोहराया और चला गया। नगाड़े तेज हुए और परदा उठ गया।

लोग देख रहे हैं। लैला मजनूँ के आगोश में है। एकटक निहारी जा रही है। फिर आहिस्ता से कहती है, "मेरे जन्नत! अल्लाह से दुआ करूँगी कि इन पनाहों से परे मेरी जिंदगी बेमानी हो जाए। दम निकले तो इन बाहों का सहारा हो।" "नहीं लैला! ऐसा न कहो। नाउम्मीदी कुफ्र है। अब तुम मुझसे कभी दूर न जाओगी।" मजनूँ लैला के ललाट पर ढल आए बालों को हटाते हुए कहता है। तभी मंच पर अँधेरा छा गया। फिर रोशनी हुई तो लैला को खींचकर ले जाते

कुछ लोग दिखे। मजनूँ चीखता रहा। लैला-लैला चिल्लाता रहा। रेगिस्तानी जमीं पर लैला का नाम लिखकर चूमता रहा। आँखें अश्क बहाती रहीं। लेकिन लैला कहीं दूर चली गई। अब परदा उठा तो लोगों ने देखा कि लैला घर में कैद कर ली गई है। बिन पानी मीन की मानिंद तड़प रही है। उसकी चीख दीवारों से टकरा-टकराकर वापस आ रही है। दूसरे दिन दरवाजा खुलता है तो उसकी रूह परवाज कर चुकी होती है। बात मजनूँ तक पहुँचती है। वह तो वैसे ही अधमरा हो चुका है। लैला की खबर सुन वह भी दम तोड़ देता है। अब नाटक का आखिरी दृश्य उभरता है। कुछ लोग कब्र खोद रहे हैं। फिर लैला-मजनूँ को एक साथ दफनाया जा रहा है। कुछ हाथ दुआएँ मगफिरत के लिए उठते हैं। रोशनी धीमी पड़ने लगती है। परदा धीरे-धीरे गिरता है।

बुजुर्ग कलाकार वापस आता है और कहता है, "दोनों की मौत के बाद दुनिया को उनकी पाक मोहब्बत का अंदाजा लगा। अदद एक छोटी जिंदगी ने फलक पे बड़ा नाम लिख दिया और उन्हें हमेशा के लिए मोहब्बत का दूसरा नाम दे दिया। लैला-मजनूँ की कब्र दुनिया भर के दीवानों के लिए इबादतगाह बन गई। वक्त के थपेड़ों ने कब्र को तो नेस्तनाबूद कर दिया, लेकिन उनकी मोहब्बत आज भी फिजाओं में जिंदा है।" फिर बुजुर्ग कलाकार ने झुककर सलाम किया और बाअदब हुसैन साहब को मंच पर बुलाया। सारे परदे उठ गए। मंच पर पूरा प्रकाश फैल गया। हुसैन साहब आए और बारी-बारी से सभी कलाकारों को इज्जत बख्शी। ओह! जब लैला आई तो लोग खड़े हो गए और देर तक ताली बजाते रहे। हजरत ने पूरी कंपनी को दौलतखाने पर सुबह चाय के लिए बुलाया और मंच से उतरकर मोटर से निकल गए। पीछे बैठी बेगम के साथ चल रहे शौकत ने पूछा, "अम्मी! ये लैला कौन है? क्या वह भी हमारे यहाँ कल चाय पर आएगी?" अम्मी देर तक बेटे के चेहरे पर बनते बिगड़ते भावों को देखती रहीं।

बसिरा आज आँगन से निकलीं तो शौकत को खसिब के कमरे की तरफ जाते देखीं। ताज्जुब हुआ। आखिर ऐसी कौन सी जरूरत आन पड़ी कि साहबजादे को अदने खादिम के पास जाना पड़ रहा है? बसिरा हुसैन साहब की बड़ी बहन थीं और शौहर के गुजर जाने के बाद मायके में रह रही थीं। मुफ्त में राय देना और मुलाजिमों को डाँटना उनकी आदत में शुमार था। मजे

की बात, कभी किसी ने उन्हें रोका-टोका नहीं। खुद हुसैन साहब बड़ी इज्जत करते थे। बेगम भी उनकी हर बात मानती थीं। अंदर की बात कहें तो बेवा बहन की हुकूमत पूरे परिवार पर चलती थी। खर-खजाने की चाभी उन्हीं के कमरबंद से लटकी रहती। आज बगल खड़ी देर तक शौकत और खसिब की बातें सुनती रहीं। फिर पलटीं और तेज कदम निकल गईं।

चाय तो एक बहाना था। असल मकसद कलाकारों को अपने दस्तरखान पर साथ बैठाकर खिलाना था। फिर मुँहमाँगी रकम दे रुख्सत करना था। खानसामे लजीज व्यंजन बना चुके थे। कीमा, कुलचा, गजक और मुरगन से मन्न-ओ-सल्वा लबरेज थे। हुसैन साहब, बेगम के साथ घूम-घूमकर तैयारी का मुआयना कर रहे थे। तभी बसिरा दाखिल हुईं। फिर भाई को अलग ले जाकर जल्दी-जल्दी वह सबकुछ बता दिया जो शौकत और खसिब के बीच सुना था। हथौड़े पड़े जेहन पर। लगा धरती हिल रही है और आसमान भहराकर नीचे आ रहा है। दीवारें दरख्तों सहित गोल-गोल घूम रही हैं। बेगम न सँभालतीं तो हुसैन साहब लड़खड़ाकर गिर गए होते। फौरन खसिब को बुलाया गया। पहले तो बंदा बहकी-बहकी बातें करता रहा, लेकिन जब हुसैन साहब की आँखों में उबलते शोलों को देखा तो सबकुछ सच-सच बताता चला गया। दरअसल, शौकत लैला से शादी करना चाहते थे। वह भी आज ही। हुसैन साहब बैठ गए। कुछ साल पहले काबिल डॉ. भारद्वाज की कही बातें जल्दी-जल्दी जेहन में उतरती चली गईं। "हुसैन साहब! आपको बताते हुए मैं असहज महसूस कर रहा हूँ। लेकिन न कहूँ तो चिकित्सीय पेशे के साथ नाइंसाफी होगी। शौकत की बीमारी का फिलहाल कोई इलाज नहीं है। भगवान न करें ऐसा कुछ हो, लेकिन शौकत के शरीर की जाँच—रिपोर्ट कह रही है, वह बहुत कम दिन के मेहमान हैं। कुछ दवाएँ लिख देता हूँ। खिलाइएगा और बेटे को खुश रखिएगा। इतना कह डॉ. भारद्वाज तेजी से निकल गए। शायद हुसैन साहब का देर तक सामना करने की हिम्मत उनमें न थी।"

वक्त गुजरता गया। शौकत दवाएँ खाते और कमरे में पड़े रहते। डॉ. भारद्वाज की बातें बड़ी बारीकी से छुपा ली गईं। कोई न जान सका। खुद शौकत भी अनजान रहे। बड़े घरों की बातें शायद ही कोई जान पाता है। मियाँ-बीवी भरसक सामान्य बने रहे। रस्म-रिवाज होते रहे। बेटे को खुश रखने की

कवायद चलती रही। और··· और आज पहली बार बेटे के चेहरे पर मुसकान लौटी तो बड़ी कुर्बानी माँग बैठी। अपनी बात कह बसिरा चली गईं। हुसैन साहब ने बेगम की तरफ देखा। वह नजरें नीची कीं तो दो बूँद आँसू गिर पड़े।

दस्तरखान लग गया। मजनूँ का किरदार कर रहे कलाकार को कोई जरूरी काम निकल आया था सो वह सुबह वाली गाड़ी से बाराबंकी निकल गया। बाकी सब मौजूद थे। हुसैन साहब बेगम सहित बैठे। शौकत को लैला के बगल में बैठाया। खाना शुरू हुआ। सभी मजे लेकर खा रहे थे और हजरत की दरियादिली का बखान कर रहे थे। हुसैन साहब ने गौर किया। बेटे के चेहरे पर कुदरती मुसकान साफ झलक रही थी। फिर बगल में बैठी लैला को देखा। वह छुई-मुई सी ऐसी बैठी थी जैसे कोई नई दुलहन पहली बार सास-ससुर के साथ खाना खा रही हो और बीच-बीच में कनखियों से शौहर को ताक लेती हो। हजरत ने इशारे से बेगम को दिखाया। वह मुसकराईं और दूसरी तरफ देखने लगीं।

कहना न होगा, हुसैन साहब ने किसी की न सुनी। लैला की माँ ने लाख कोशिश की कि हजरत उसकी सिर्फ एक बात सुन लें, लेकिन जिद पर अड़े हुसैन साहब सबको टालते रहे। आखिर में कंपनी के मालिक ने लैला की माँ से कहा—'अब तुम्हें कोई उज्र नहीं होनी चाहिए। दिलावर साहब दिलदार आदमी हैं। लैला बड़े घर की बहू बन रही है। उसे कोई तकलीफ नहीं होगी।' और, उसी शाम शौकत और लैला का निकाह हो गया। इस दरम्यान जब काजी ने निकाह के लिए लैला की रजामंदी चाही तो उसने हाँ में सिर हिला दिया। जुबान से कुछ न बोली। इलाके में चटखारे लेकर चर्चा चल पड़ी—'खानदानी रईश दिलावर हुसैन ने नाचने वाली के साथ बेटा ब्याह दिया।' लोग भूल गए कि दो ही दिन पहले उसी नाचने वाली की अदाकारी सबके सिर चढ़कर बोल रही थी। आज नाचने वाली बड़े खानदान की जीनत बन गई तो बड़ा मलाल हुआ। धत्, कहीं टाट में मखमल का पेबंद लगता है!

घर में सबने गौर किया। लैला किसी से कुछ नहीं बोलती थी। कुछ पूछने पर सिर्फ हाँ या ना में सिर हिला देती थी। शौकत को कोई ऐतराज नहीं था। सभी यह मानकर चल रहे थे कि तिलस्मी दुनिया से लौटी लैला धीरे-धीरे सामान्य हो जाएगी। लेकिन ऐसा नहीं हुआ। आठवें दिन वह हुआ

जिसकी कल्पना इलाके में किसी को नहीं थी। वह मनहूस रात थी। साँझ से ही बूँदा-बूँदी हो रही थी। लोग घरों में दुबके हुए थे। रह-रहकर बिजली चमक जाती। बाहर से आती तेज हवा बार-बार चिरागों को बुझा देती थी। लेकिन यह उम्मीद नहीं थी कि ये हवा आज हुसैन खानदान के इकलौते चश्म-ओ-चिराग को भी बुझा देगी। सुबह होते ही बात मिट्टी के तेल की तरह पूरे इलाके में फैल गई। साहबजादे शौकत खुदा के प्यारे हो चुके थे। वज्रपात हुआ हुसैन खानदान पर। अब जितने मुँह उतनी बातें। बसिरा लैला को देखती तो खूब जली-कटी सुनातीं—'देखो! इस डायन ने दस ही दिन में घर की तमाम खुशियाँ छीन ली। और, बदजात ऐसे देख रही है जैसे कुछ हुआ ही नहीं। मैं तो हुसैन को उसी वक्त कह दी थी कि किसी कीमत पर इस नाचने वाली को देवड़ी की बहु न बनाओ। लेकिन मेरी एक न सुनी गई।' लैला अपनी सास को ताकती। वह भी नजर फेर लेतीं। अलबत्ता हुसैन साहब खामोश ही रहते। हद तो तब हो गई जब लैला को घर से बाहर निकाल नौकरों के कमरे में डाल दिया गया।

शब-ए-बरात। दुनिया से कूच किए लोगों की मगफिरत वाली रात। आज माँगी हुई हर दुआ कबूल होती है। कब्रिस्तान की सफाई और मसजिदों में सजावट होती है। लोग अपने मरहूम की कब्रों पर जाते हैं, फातिहा पढ़ते हैं और उनकी बक्साइश के लिए आँसू बहाते हैं। कहते हैं, इस रात एक पहर ऐसा आता है जब जमीं का जर्रा-जर्रा सजदे में जाता है। आज हुसैन साहब के दरवाजे पर सुबह से ही कुरानख्वानी हो रही थी। लोग अल्लाह के कलाम पढ़ते और मरहूम शौकत की मगफिरत के लिए दुआ में हाथ उठाते। सिलसिला सुबह से शुरू हुआ तो देर रात चलता रहा। दूसरे दिन जब जिंदगी शुरू हुई तो एक बात हुसैन साहब को विचलित कर गई। हालाँकि बेगम और बेवा बहन पर कोई असर न हुआ। दरअसल, लैला अपने कमरे में नहीं थी। वह कहाँ गई, किसी को कुछ मालूम न हो सका। लैला का घर छोड़कर चले जाना कोई ऐसी खबर न थी, जिस पर ज्यादा हाय-तौबा मचती। अब ये नाचने, गाने और बजाने वाले का कोई स्थायी ठौर-ठिकाना थोड़े होता है कि खूँटा गाड़ रहें! जब तक मन किया मौज किए, मन भर गया तो तंबू उखाड़ चल दिए। यह बात बसिरा दिन भर में दर्जनों बार बोली। बात आई-गई और

खत्म हो गई। बहरहाल, बेरहम वक्त ने पीछे मुड़कर नहीं देखा। वह अपनी रफ्तार में चलता रहा। ऐसे दो साल गुजर गए।

आज फज्र की अजान के साथ चहल-पहल बढ़ गई। तीस रोजे बीते। चंदामामा आसमान में तनिक नीचे क्या आए रात उँगलियों पर कट गई। भोर होते सेवइयाँ भुनी जाने लगीं। इत्र की खुशबू माहौल को मुअत्तर करने लगी। रोजेदारों के चेहरे चमक उठे। रंग-बिरंगे कपड़े और जालीदार टोपियों में नन्हे नमाजी ईदगाह की तरफ दौड़ पड़े। एक ईद क्या आई, ढेर सारी खुशियाँ लाई। पूरा गाँव ईदगाह की ओर चल पड़ा, लेकिन हुसैन साहब अब तक न निकले। गई रात जब नमाज से फारिग हो दुआ के लिए हाथ उठाए तो हथेलियाँ आँसुओं से भीग गईं। डॉ. भारद्वाज की बातें जेहन में कौंधने लगीं—'देखिए, शौकत के शरीर की रिपोर्ट बता रही है, वह बहुत कम दिन के मेहमान हैं। कुछ दवाएँ लिख देता हूँ, बेटे को खिलाएगा और खुश रखिएगा।' उफ्फ! कहाँ खुश रख सके। नतीजा, बेटे का गम नासूर बनता गया। अब ऐसे में ईद की क्या खुशी! दो साल बीत गए, बेगम ने कभी आँखों में सुरमा नहीं डाला। नए कपड़े न पहनीं। अलबत्ता बूढ़ी उमर बसिरा सज-धजकर गाँव का चार चक्कर लगा आईं। खसिब उदास बैठा रहा। बीवी के बार-बार कहने पर हुसैन साहब ने अनमने ढंग से ईदगाह का रुख किया। बोझिल कदम बड़ी मुश्किल से उठते थे। ईदगाह पहुँचे, नमाज अदा की और तुरंत रुख्सत हो गए। किसी से मिले-जुले नहीं। कभी इस घर की ईद इलाके में ऊँचा मकाम रखती थी। आज सबकुछ सूना-सूना था। जब से शौकत रुख्सत हुए, हुसैन साहब कमजोर होते गए। अल्लाह ऐसा दरख्त देता ही क्यों है, जो असमय अपना साया समेट ले। जैसे गए थे, वैसे लौट आए। मिलने-जुलने वाले आए तो ऐसे मिले जैसे दोपहरिया में देह अपनी छाया से मिलती है।

हुसैन अपने कमरे में निढाल पड़े थे। पास बेगम बैठी थीं। तभी किसी ने दरवाजा खटखटाया। खसिब ने दरवाजा खोला। देखा, नकाब में एक बूढ़ी औरत खड़ी थी। तंगहाली मुफलिसी का बयान कर रही थी। कपड़े देख खसिब ने पूछा, 'क्या आप खैरात के लिए खड़ी हो?' 'नहीं, हमें हुसैन साहब से मिलना है। बराए मेहरबानी उनसे मुलाकात करा दीजिए। हम बड़ी दूर से आए हैं और तुरंत निकलना भी है।' बूढ़ी औरत ने गुजारिश की। बंदा

पलटा और हुसैन साहब को बताया। हुसैन आना नहीं चाहते थे, लेकिन दूर के नाम पर आ गए। पीछे-पीछे बेगम भी आईं। 'क्या बात है? कुछ लेना है क्या?' हुसैन का पहला सवाल था। 'नहीं साहब! हम लेने नहीं, बल्कि कुछ देने आए हैं।' बूढ़ी औरत बोली। 'मतलब···!' ताज्जुब से हुसैन ने पूछा। 'जी! आपकी अमानत आपको लौटाने आई हूँ।' फिर वह पीछे पलटी और दूर ओट में खड़ी एक औरत को बुला लाई जिसकी गोद में एक बच्चा भी था। बच्चे को उठाया और हुसैन साहब की ओर बढ़ा दिया, "लीजिए! पहचानिए इसे। हुसैन खानदान का चश्म-ओ-चिराग। मरहूम शौकत बाबू की आखिरी निशानी।" "क्या··· !! क्या··· !! सभी चौंक गए।' बेगम दौड़कर सामने आईं और बच्चे को गोद में ले लिया। ओह! वही आँखें, वही होंठ और वही नाक-नक्शा। ऐसा लगा, शौकत शिकम से निकलकर अभी-अभी धरती पर उतर आया हो। हुसैन को अपनी आँखों पर यकीन न हुआ। फौरन बोले, "लेकिन आप हो कौन? और ये औरत कौन है?" बूढ़ी औरत ने अपना और पास खड़ी औरत के चेहरे से नकाब हटा दिया। दुनिया का आठवाँ आश्चर्य नजर आया। सामने सिर झुकाए लैला खड़ी थी। सूखी आँखें समंदर हुई जा रही थीं। लम्हे न लगे, गुजरा अतीत नयनों में नाच गया। हुसैन खड़े न रह सके। बैठ गए और बच्चों-सा बिलख-बिलखकर रो पड़े। इस बीच दर्जनों लोग आ गए और मौके का गवाह बनने लगे। फिर बूढ़ी औरत ने लैला का हाथ पकड़ा और जाने लगी। हुसैन चीखे, "अब आप कहाँ जा रही हो?" बूढ़ी औरत बिना मुड़े बोली, "हमें लौटना है साहब! ट्रेन छूट गई तो पूरी रात प्लेटफॉर्म पर बितानी पड़ेगी और हमारे पास दो साँझ खाने के लिए पैसे भी नहीं हैं।" औरत चल पड़ी। साथ में लैला भी जाने लगी। अपनी माँ को जाते देख बच्चा चिल्ला-चिल्लाकर रोने लगा। बेगम से बरदाश्त नहीं हुआ। दौड़ीं और लैला का हाथ पकड़ लिया। हुसैन ने लैला की माँ को रोक लिया। बोले, "बहन! आज ईद है। इतनी बड़ी ईदी देकर क्या आप खाली हाथ जाओगी?" फिर लैला से मुखातिब हो बोले, "बेटी! हम तेरे गुनाहगार हैं। हमने तेरे फन को सिर्फ तालियों से तौला। बहुत ज्यादती की तेरे साथ। हाथ जोड़कर माफी माँगता हूँ। सिर्फ एक बार, सिर्फ एक बार अपने मुँह से मुझे अब्बा कह बुलाओ। दुनिया की तमाम नेमतें मेरी झोली में आ जाएँगी। ऐसा

लगेगा, मेरा शौकत मुझे बुला रहा है।" लैला कुछ न बोली। बिना पलक गिराए देखती रही। हुसैन साहब ने फिर दोहराया, "सिर्फ एक बार अब्बा कहकर पुकारो।" "माफ करें हुजूर! मेरी बेटी ऐसा कुछ नहीं बुला सकती। अल्लाह ने इसे आवाज नहीं बक्शी है। यह तो जन्म से गूंगी है। मगर आँखों से बहते आँसू अब्बा ही बुला रहे हैं।" माँ एक साँस में बोल गई। "लेकिन, नाटक में तो लैला खूब बोलती थी।" हुसैन ने जानना चाहा। "नहीं, साहब! लैला सिर्फ होंठ हिलाती थी। आवाज तो मेरी थी। बेटी को मैंने इसी तरह सिखाया था। निकाह के पहले मैं सबकुछ बता देना चाहती थी। लेकिन आपने मेरी एक न सुनी और शादी कर दी। फिर जो हुआ, आपके सामने है। महज बीस दिन बहु बनकर रही। जब दरवाजे बंद हो गए तो बेजुबान कहाँ जाती? उस शब-ए-बरात की रात शौकत बाबू के मजार पर गई। खूब रोई और माफी माँग लौट आई। मासूम भले कुछ न बोली, लेकिन माँ होने के नाते मुझे सबकुछ मालूम हो गया। जब जानकारी हुई कि लैला पेट से है तो मैंने भी बहुत पसीना बहाया। नाटक कंपनी ने दुबारा काम नहीं दिया। मजबूरन चौक-चौराहे पर हारमोनियम लिये बैठ गई और लगी गाने। साहब! आज भी इस दुनिया में फन को तरजीह देने वाले लोग हैं। मुझे भी चार पैसे मिलने लगे। बेटी की परवरिश करती रही। जब मौला ने लैला को चाँद-सा बेटा अता किया तो अपना फर्ज निभाने आ गई। अपनी अमानत सँभालिए और हमें जाने का हुक्म दीजिए। हम नाचने, गाने और बजाने वाले लोग हैं। हमारा दूसरा कोई खानदान नहीं होता साहब!" इतना कहकर माँ ने नजरें नीची कर लीं। शायद अपने आँसू छुपा रही थी। हुसैन ने आगे बढ़ हाथ पकड़ लिया और जरा जोर देकर बोले, "अब यहाँ से कोई कहीं नहीं जाएगा। मेरी बहू मेरे पास रहेगी। मेरा पोता अपनी नानी-दादी के साए में परवरिश पाएगा। फिर वह पीछे मुड़े। बीवी की ओर देखे। वह आगे बढ़ीं और बसिरा के कमरबंद से चाभियों का गुच्छा निकालकर लैला की कमर में खोंस दिया।" फिर प्यार से बोलीं, "बहु!' लो, अपना घर सँभालो। अब हमसे नहीं होता। बसिरा ने सिर झुका लिया और पीछे हट गई। उधर बच्चा हुसैन साहब की गोद से ऐसा चिपका, मानो वर्षों की पहचान रही हो। फिर हाथ हिला-हिलाकर खेलने लगा। हुसैन उठे। बच्चे को कंधे पर रखा और

तेजी से गाँव की ओर जाने लगे।" बेगम चिल्लाईं, "अरे, बिना जूते पहने कहाँ जा रहे हैं?" हुसैन जोर से बोले, "अब ये भी बताना पड़ेगा? इतना भी नहीं जानती आज क्या होगा? अरे, आज भारी भोज होगा। सबको बोलना भी तो पड़ेगा।" बेगम ने गौर किया। शौहर के पाँव आज जमीन पर नहीं पड़ रहे थे। फिर पीछे मुड़ीं। लैला की पेशानी चुमीं और देर तक दुआएँ देती रहीं। सबने देखा, मुद्दत बाद लैला के होंठों से रूठी मुसकान लौट आई थी।

□

बहुरूपिया

हाँ, वह बहुरूपिया ही था। भेस बदलकर भीख माँगता था। सभ्य समाज इसे बख्शीश कहते थे। कभी संतरी बन जाता, कभी मंत्री बन जाता। कभी राजा तो कभी रियाया बन जाता। लोग देखते, खुश होते और जो दे देते उससे परिवार का लालन-पालन करता। बंदा एक दिन जा पहुँचा बादशाह के दरबार में। आज उसने किसी राजा के दूत का भेष धारण किया था। संतरी ने तो सलामी दे दी, लेकिन बादशाह ताड़ गए। बोले, 'बेवकूफ बहुरूपिया! ये कैसा स्वांग रचा है? राजदूत बनकर आए हो और तन पर एक बढ़िया कपड़ा तक नहीं है! रे, बहुरूपिया तो वो होता है, जो अपने भेष एवं स्वांग से लोगों को सचमुच भ्रम में डाल दे। भाग यहाँ से!' बेचारा बहुरूपिया मुँह लटकाए उदास मन वापस हो गया। आज न मुट्ठी भर अन्न मिला और न अठन्नी ही हाथ लगी। कुछ दिन बाद फिर वह बादशाह के पास जा पहुँचा। इस बार बढ़िया तैयारी थी। कपड़े भी ठीक-ठाक थे। लेकिन, अफसोस! बंदा फिर पहचान लिया गया। बादशाह कड़ककर बोले, 'भागो यहाँ से। आइंदा कभी अपनी मनहूस सूरत न दिखाना। और हाँ, कान खोलकर सुन लो। जिस दिन भेष बदलकर मुझे भ्रम में डाल दोगे, उस दिन अपना आधा राजपाट दे दूँगा। और, अगर ऐसा नहीं कर सका तो तुझे और तेरे परिवार को मौत के घाट उतरवा दूँगा। जा, दफा हो जा यहाँ से…!' बहुरूपिया डर गया और काँपते कदमों से वापस हो गया।

बाबू कहा करते थे, "बेटा! इस धंधे में अब लज्जत न रही। जब सारी दुनिया ही बहुरूपिया बनने पर तुली हुई है तो तुझे चार पैसे कौन देगा! कुछ और कर लेना, लेकिन इसमें हाथ न लगाना।" ओह! बाबूजी कितने सही थे!

उसने सोच लिया, आज सचमुच इस मनहूस धंधे से तौबा कर लेगा। आखिरी बार उसने रूप सज्जा की सामग्रियों का मुआयना किया। कहीं साधु बाबा की दाढ़ी रखी हुई थी। कहीं राजा के कपड़े टँगे थे। बगल की दीवार पर हनुमानजी के लँगोट, मुकुट रखे थे। नीचे गदा पड़ा हुआ था। तीर-धनुष और तलवारों से सजे कमरे किसी महाराज के दीवाने खास का नजारा पैदा कर रहे थे। इन्हें देखकर कौन कह सकता था कि ये किसी गरीब के जीने का जरिया हैं! उसने सबको जमा किया और चूल्हे से आग लाकर फेंक दी। बीबी ने देखा तो छाती पीट ली। भागी और सुलगती सामग्रियों से आग को अलग किया। फिर बच्चों की दुहाई देती हाथ जोड़ लिये। समय सरकता रहा। कोई दो साल गुजर गए।

उस दिन बादशाहत में भारी बेचैनी थी। सारे आम व खास बुलाए गए थे। जब सब जमा हो गए तो बादशाह ने बताना शुरू किया, "सरहद पार से एक बड़े बादशाह ने खबर भिजवाई है कि मैं उसकी अधीनता स्वीकार कर लूँ और बतौर नजराना एक अच्छी-खासी रकम उसके हवाले कर दूँ। अगरचे ऐसा नहीं किया तो मुकर्रर तारीख पर उसके साथ जंग लड़नी पड़ेगी। अब समझ में नहीं आ रहा कि क्या किया जाए? क्या उसकी अधीनता स्वीकार कर रकम रवाना कर दी जाए या जंग लड़ी जाए? अगर हम जंग लड़ते हैं तो पाँच दिन भी उसके सामने टिक नहीं पाएँगे क्योंकि उसकी सेना बहुत बड़ी है। आप सभी राय दें। इस चुनौती का सामना कैसे किया जाए?" सभासदों में अफरा-तफरी मच गई। लोग अपने-अपने तरीके से समाधान पर सोचने लगे। अधिकांश इस बात पर सहमत थे कि बगल के बादशाह को कुछ दे, लेकर मामले को रफा-दफा कर लिया जाए। जब जंग में टिक ही नहीं पाएँगे तो फालतू में तलवार भाँजने से क्या फायदा! तभी एक बूढ़ा वजीर खड़ा हुआ। बाअदब बादशाह को सलामी पेश की और कहना शुरू किया, "जहाँपनाह! मैं हुजूर के मरहूम अब्बाजान के वक्त से यहाँ हूँ। तारीखें गवाह हैं कि कभी इस बादशाहत ने गुलामी कबूल नहीं की। हमारी प्यारी प्रजा परतंत्र रहना नहीं स्वीकार करेगी। हम लड़ेंगे। आखिरी साँस तक लड़ेंगे। लेकिन जीते जी गुलामी कबूल नहीं करेंगे।" सुनते ही तालियाँ बजने लगीं। बाजू फड़कने लगे। जयकारे गूँजने लगे। फिर क्या था? कासिद से इत्तिला करा दी गई कि पराधीनता हमें स्वीकार नहीं। हम जंग के लिए तैयार हैं।

मुकर्रर वक्त पर दोनों मुल्क की सेनाएँ कूच कर गईं। सात दिन का सफर था। लोग दिन भर चलते और साँझ होते किसी सुरक्षित जगह पर खेमा गाड़ ठहर जाते। फिर सुबह होते ही मय लाव-लश्कर रवाना हो जाते। ऐसे तीन दिन गुजर गए। अब जंगल, पहाड़ शुरू हो गए थे। चौथे दिन सुबह-सबेरे जब सेना निकलने को तैयार हो रही थी कि बादशाह की नजर पहाड़ी पर चढ़ते कुछ लोगों पर पड़ी। एक चरवाहे से पूछा, ये कौन हैं और कहाँ जा रहे हैं? चरवाहा बोला, "हुजूर! सामने पहाड़ी पर एक गुफा है। उसमें एक फकीर रहता है। लोग उसी से मिलने जा रहे हैं। यहाँ अकसर लोग आते-जाते रहते हैं। कहते हैं, उस फकीर की वाणी बेकार नहीं जाती। जो कह देता है वह हो जाता है।" सुनकर बादशाह को हैरत हुई और फकीर से मिलने की ख्वाहिश भी। कुछ सैनिकों को लेकर चल पड़ा। कोई आधे घंटे की चढ़ाई के बाद ऊपर पहाड़ी पर पहुँचा। सामने एक छोटी सी गुफा थी। अंदर काले लिबास में आँखें बंद किए फकीर बैठा हुआ था। बादशाह को देख बाकी लोग हट गए। बादशाह अंदर गया और हाथ जोड़कर बोला, "बाबा! सुना है आपकी दुआ बेजा नहीं जाती। आप पहुँचे हुए फकीर हैं। मेहरबानी करके इस नाचीज के लिए दुआ कर दीजिए। सामने जंग है और मेरी फौज छोटी है। सिर्फ आपकी दुआ ही मुझे मैदान ए जंग में कायम रख सकती है। अगर जीत गया तो हीरे-जवाहरात से आपकी झोली भर दूँगा और ताउम्र आपकी गुलामी बजाऊँगा।" कहते-कहते बादशाह की आँखें भर आईं। तभी फकीर की आँखें खुली। होंठ मुसकराए। धीरे से बोला, "ऐ बादशाह! जा, मैं दुआ देता हूँ। तुम ठीक आज से दस दिन बाद जीत का जश्न मनाते, कामयाबी का परचम लहराते इसी राह से लौटोगे।" फिर उसने आँखें बंद कर ली और ध्यानमग्न हो गया। बादशाह ने झुककर सलाम पेश किया और खुशी-खुशी पहाड़ी उतरने लगा। उसने महसूस किया। धमनियों में खून की रफ्तार तेज हो गई थी। बाजू फड़कने लगे थे।

जंग हुई और खूब हुई। बगल मुल्क के बादशाह की सेना सचमुच बहुत बड़ी थी। सैकड़ों हाथी-घोड़े और तमाम लाव लश्कर तूफानी रफ्तार से टूट पड़े। पहले तो लगा, बादशाह तनिक टिक नहीं पाएगा, लेकिन दिन ढलते-ढलते पासा पलट गया। सैनिक दूने जोश से लड़े। सबके जेहन में यह बात बैठ गई थी कि हमारे साथ एक ऐसे फकीर की दुआ है, जो कभी बेजा

नहीं जाती। नतीजा अच्छा हुआ। महज चार दिन में ही दुश्मन की सेना पस्त पड़ गई। जो बादशाह को बंदी बनाने आया था। वह खुद बंदी बना लिया गया। लाखों की दौलत हाथ लगी। फिर क्या था! जीत का जश्न मनाते और कामयाबी का परचम लहराते बादशाह खुशी-खुशी लौट पड़ा। चार दिन का सफर पूरा कर फिर उसी जगह पहुँचा, जहाँ वह फकीर रहता था। जैसे-तैसे रात कटी। सुबह होते ही हीरे-जवाहरात लेकर गाजे-बाजे के साथ फकीर की खिदमत में हाजिर हुआ। लेकिन, यह क्या! गुफा खाली थी। वहाँ कोई नहीं था। एक चरवाहे ने बताया कि वह फकीर तो दूसरे दिन ही चला गया। 'कहाँ गया··· ?' बादशाह चौंका। 'अब बहते पानी और रमते योगी का क्या भरोसा! कब ठौर-ठिकाना बदल ले!' कहता हुआ चरवाहा अपनी भेंड़-बकरियों को लेने चल दिया। बादशाह को लगा, वह रो पड़ेगा। ओह! कितने अरमान लेकर आया था! बहरहाल, उदास मन से वापस हुआ।

सप्ताह बीता। जीत का जश्न शबाब पर था। बादशाह दरबारियों में इनाम बाँट रहा था। तभी वह बहुरूपिया हाजिर हो गया। देखते ही बादशाह आग-बबूला हो बोला, "तू फिर चला आया! याद है मैंने क्या कहा था?" "वही तो याद दिलाने आया हूँ, कि मैं जीत गया और आप हार गए। लाइए, दीजिए मेरा इनाम। आधा राजपाट न सही, कुछ तो दीजिए।" बहुरूपिया बिला खौफ बोला। "लेकिन, तूने ऐसा किया ही क्या कि तुझे इनाम दूँ?" बादशाह का लहजा जरा सख्त हुआ। "वाह! इतनी जल्दी भूल गए! याद है, महीने भर पहले जंग में जाते वक्त आप पहाड़ी वाले फकीर के पास गए थे?" "हाँ, गए थे।" "वह फकीर कोई और नहीं, मैं ही था। देखिए, भेस बदलकर मैंने आपको भ्रम में डाल दिया। अब तो इनाम दीजिए।" बहुरूपिया विनम्रता से बोला। "कैसे मान लूँ कि वह फकीर तुम्हीं थे?" बादशाह ने शंका जाहिर की। इतना कहना था कि बहुरूपिया ने झोला से काला लिबास निकाला। जटा जुट लगाया और फकीर बन बैठ गया। फिर उठा और हाथ जोड़ बोला, "हुजूर! इस बार ना मत कहिएगा। आज माह भर से मेरे बच्चों को भरपेट भोजन नसीब नहीं हुआ है। बीबी के कपड़े फट गए हैं। शर्म के मारे बेचारी बाहर मजदूरी पर नहीं जा रही है। मैं माह भर से उधर ही मेहनत कर रहा था, सो कुछ तो दे दीजिए।" कहते-कहते बहुरूपिया बिलख पड़ा। बादशाह ने गौर किया। बंदा

गलत न था। गले लगाते बोले, "मेरे प्यारे बहुरूपिए! यकीनन तुम जीत गए और मैं हार गया। वायदे के मुताबिक तुम आधे राजपाट के हकदार हो। मैं ईमान का सच्चा और कौल का पक्का हूँ। सो ठीक आज के आठवें दिन तुम्हें मेरी बादशाहत का आधा हिस्सा मिल जाएगा। जाओ, आठवें दिन आ जाना। इस बीच सल्तनत का हिसाब-किताब पूरा कर लिया जाएगा। आज से खजाने पर तुम्हारा भी आधे का हक है सो जाओ और अपनी जरूरतें पूरी कर लो।" बहुरूपिया खुशी-खुशी चला गया।

उस रात बादशाह को नींद न आई। पूरी रात सोचते रहे, 'आखिर मेरी जीत हुई कैसे? यह तो तय है कि मेरी जीत मेरे अपने दमखम पर नहीं हुई है। यकीनन इस कामयाबी की वजह सिर्फ-और-सिर्फ फकीर की दुआ है। और, दुआ देने वाला एक नकली फकीर था। फिर उसकी दुआ मेरे लिए कारगर कैसे हो गई?' करवट बदलते-बदलते भोर हो गई। थोड़ी देर के लिए बोझिल पलकें बंद हुईं तो बादशाह को ख्वाब आया। देखा, सफेद परिधान पहने कोई बुजुर्ग उसके सिरहाने बैठे प्यार से उसका माथा सहलाकर कहने लगे, "मेरे प्यारे बादशाह! इसमें इतना परेशान होने की जरूरत ही क्या है! हाँ, ये सच है कि तेरी जीत उस फकीर की दुआ से हुई है। लेकिन, वह फकीर न होकर एक मामूली बहुरूपिया था। जानते हो ऐसा क्यों हुआ? बादशाह बोला, 'सिर्फ यही तो जानना चाहता हूँ, कि जब वह बहुरूपिया फकीर था ही नहीं तो मौला ने उसकी दुआ कैसे कबूल कर ली?' बुजुर्ग बोले, 'बादशाह! जरा गौर तो कर कि उस बहुरूपिए ने चोला किसका पहन रखा था? आवरण किसका धारण किया था? आखिर एक फकीर का ही न! अगर ऐसा नहीं होता तो तेरा विश्वास फकीरों से हमेशा के लिए उठ न जाता! क्या तुम फिर कभी किसी फकीर पर यकीन करते? मालिक ने उस बहुरूपिए की नहीं बल्कि उस आवरण की लाज रखी, जिसे उसने धारण किया था।" फिर वह बुजुर्ग अंतर्धान हो गए। स्वप्न टूट गया। इसके साथ ही दिन भर का जकड़ा जेहन भी हलका हो गया।

आठवाँ दिन। हाथी-हथसार, घोड़ा-घुड़सार, खर-खजाना सब आधे-आधे कर दिए गए। दो ताज दो सिंहासन पर बिराजमान हो गए। अब इंतजार प्यारे बहुरूपिए का था। जन सैलाब उमड़ आया था। लोग नए राजा की प्रतीक्षा

कर रहे थे। ताजपोशी का मुहूरत निकल रहा था। लेकिन, उसका कहीं पता न था। देखते-देखते साँझ हो गई। मुट्ठी भर अनाज व चार पैसे के लिए कई बार दौड़ लगा चुका और डाँट खा चुका वह बहुरूपिया नहीं आया। बादशाह की चिंता बढ़ गई। फिर खोज शुरू हुई। कई दिन की तलाश के बाद वह मिला। नदी किनारे बालू की रेत पर बैठा था। कपड़े तार-तार हो गए थे। पागलों सी हरकत कर रहा था। कभी हँसता, कभी रोता। बहरहाल, सैनिकों ने बाअदब सलाम पेश किया और समझा-बुझाकर दरबार में हाजिर किया। खबर मिलते ही लोगों का जमावड़ा लग गया। बादशाह ने उसकी अजीब कैफियत देखी। नीचे उतरे और प्यार से बोले, "क्यों भाई! पूरी प्रजा तुझे सिंहासन पर बैठते देखना चाह रही है। कहाँ चले गए थे? देखो, ये ताज, तख्त, और सल्तनत, सब तेरा इंतजार कर रहे हैं। चलो, तेरी ताजपोशी हो जाए।" बहुरूपिया दो कदम पीछे हट गया और लरजते स्वर में बोला, "राजन! तेरी सल्तनत, तेरी बादशाहत तुझे ही मुबारक हो। मुझे अब एक अधेला न चाहिए।" बादशाह चौंका, "क्यों भाई! महज मुट्ठी भर अन्न और अठन्नी के लिए भेस बदलकर भीख माँगने वाले बहुरूपिए को क्या हो गया, जो आज आधी बादशाहत को लात मार रहा है?" बहुरूपिया मुसकराया, "बादशाह! अगर जानना ही चाहते हो तो ध्यान से सुनो! आधा राजपाट देने का जिस दिन तूने ऐलान किया उस रात मुझे नींद न आई। सिर्फ सोचता रहा। बार-बार परमपिता परमेश्वर से पूछता रहा, 'मेरे मालिक! बादशाह मान बैठा है कि जंग में उसकी जीत मेरी दुआ से हुई है। जबकि मैं एक मामूली बहुरूपिया था। फिर क्यों कर तूने मेरी दुआ कबूल कर ली?' करवट बदलते-बदलते भोर हो गई। फिर अचानक नींद आ गई। बहुरूपिया तनिक रुका। तभी भारी उत्सुकता से बादशाह ने पूछा, 'आगे क्या हुआ?' 'एक सुनहरा स्वप्न आया। देखा, सफेद परिधान पहने एक बुजुर्ग सिरहाने बैठे और प्यार से पेशानी सहलाए। कहने लगे, "प्यारे बहुरूपिए! इसमें नाहक परेशान होने की जरूरत नहीं है। हाँ, ये सच है कि मालिक ने तेरी ही दुआ कबूल कर राजन को जीत दिला दी। जानते हो ऐसा क्यों हुआ? जरा विचार करो। तूने चोला किसका पहना था? एक सच्चे फकीर का ही न! अगर ऐसा नहीं होता तो राजन का विश्वास हमेशा-हमेशा के लिए फकीरों पर से उठ न जाता! सच तो ये है कि मालिक ने तेरी नहीं, तेरे आवरण

की रक्षा की।" फिर वे बुजुर्ग गायब हो गए। तब से उनकी तलाश कर रहा हूँ। लेकिन, वे हैं कि मिलते ही नहीं। इतना कह बहुरूपिया जाने लगा। बादशाह की चीख निकल गई, "लेकिन इस राजपाट का क्या होगा?" बहुरूपिया हँसते हुए बोला, "ये कल भी तेरा था और आज भी तेरा है। मुझे जाने दो। रोको मत।" "परंतु तुम जा कहाँ रहे हो?" राजन का शायद आखिरी सवाल था। बहुरूपिया बिना मुड़े बोला, "जब नकली फकीर की दुआ में इतनी तासीर है तो असली फकीर बन जाने के बाद क्या होगा? मैं जा रहा हूँ, पहाड़ी की उसी गुफा में बैठने। शायद वह बुजुर्ग उधर ही कहीं मिल जाएँ।" फिर वह लंबे-लंबे डग भरता चला गया। पीछे मुड़कर नहीं देखा।

□

जामुन वाली परती

"जुम्मन जैसे ही जामुन वाली परती से गुजरा, जोर की हवा बही। बेर, बबूल और बरगद के पेड़ काँपने लगे। चाँदनी रात में ऐसा बवंडर उठा कि घटाटोप अँधेरा छा गया। अगल-बगल कोई नहीं था। घोड़ी दो पैरों पर खड़ी हो गई और जोर से हिनहिनाई। जुम्मन गिरते-गिरते बचा। अचानक सामने दरख्त से किसी के कूदने की आवाज आई। फिर पीछे से कोई कूदा। अब कूदने की आवाज चारों तरफ से आने लगी। जुम्मन घबड़ा गया। पीछे मुड़ा तो सफेद साड़ी में कोई औरत आगे बढ़ती दिखी। साथ में दो बच्चे भी थे। जुम्मन को हिम्मत हुई कि वह अकेला नहीं है। रुक गया और औरत के आने का इंतजार करने लगा। थोड़ी देर में वह औरत पास आई और बड़े प्रेम से बोली, भैया! तुम सौदागर हो। तुम्हारे पास तराजू तो होगा। मेरे बच्चे जामुन के लिए झगड़ रहे हैं। कोई कम लेना नहीं चाहता। इसलिए तौल कर बराबर-बराबर बाँट दो। बदले में तुम्हें भी कुछ जामुन दे दूँगी। जुम्मन तैयार हो गया और घोड़ी की पीठ से तराजू उतारकर नीचे बैठ गया। औरत भी बैठ गई। उसने अपने आँचल में रखे जामुन जमीन पर उड़ेल दिए। इसी बीच बिजली चमकी। जुम्मन ने गौर किया। औरत के पैर पीछे मुड़े हुए थे। उनमें बड़े-बड़े नाखून थे। ऐसे ही पैर दोनों बच्चों के भी थे। जुम्मन घबड़ा गया। बदन लोहार की धौंकनी की तरह थर-थर काँपने लगा। बंदा समझ गया, सामने बैठी औरत कोई सामान्य औरत नहीं है। लेकिन, उसने हिम्मत न हारी। जामुन तौलने लगा और गिनती की जगह रामे ही राम''रामे ही राम बोलने लगा। औरत बोली, भैया गिनती आगे बढ़ाओ, ऐसे कैसे बाँटोगे? लेकिन जुम्मन ने गिनती आगे नहीं बढ़ाई। सिर्फ रामे ही राम ही कहता रहा। तौलते-तौलते जामुन का ढेर लग

गया। लेकिन जामुन खत्म होने का नाम नहीं लेते थे। बीच-बीच में बिजली चमकती तो जुम्मन गौर करता। औरत और उसके बच्चों के हाथ बेतहाशा बड़े हो जाते और जामुन के दरख्तों से जामुन तोड़ लाते। जुम्मन समझ गया कि जामुन वाली परती में वह बुरा फँस गया है। लेकिन जवानी में पहलवानी कर चुका जुम्मन भी कोई मामूली खिलाड़ी नहीं था। उसे हर दाव-पेंच आते थे। उसने गिनती आगे नहीं बढ़ाई। सिर्फ रामे···राम कहता रहा। बंदा भली-भाँति जानता था, अगर उसने एक···दो···तीन कहा तो यह औरत उसे कच्चा चबा जाएगी। जब तक वह रामे···राम कहता रहेगा, औरत उसका कुछ नहीं बिगाड़ेगी। जुम्मन तौलता गया। औरत और उसके बच्चे बाँहें बढ़ा-बढ़ाकर जामुन लाते गए। बंदा थककर चकनाचूर हो गया और अंत में गश्त खाकर गिर गया। थोड़ी देर बाद पंछी बोलने लगे। गोया कि भोर हो गई। लोग घरों से निकलने लगे। खोजते-खोजते जुम्मन की पत्नी भी आ पहुँची। झकझोरकर उठाया। जुम्मन ने आँखें खोलीं। देखा, कहीं कुछ नहीं था। वह जामुन वाली परती में था तो जरूर, लेकिन न कहीं जामुन थे और न वह पीछे पैरों वाली औरत ही थी।" "तो···बच्चो! यह थी जामुन वाली परती की कहानी जो हमारे जमाने की बड़ी घटना थी।" काका बुझक्कड़ कहानी कहकर बच्चों के चेहरे पर उभर आए भावों को पढ़ रहे थे। देखा, मनोहरा डर गया था। नन्ही सिनी काँप रही थी। गरमी के दिन में भी उसके दाँत कटकटा रहे थे। वह डरकर भाग गई। कमोबेश यही स्थिति सभी बच्चों की थी। मूछों पर ताव फेरते काका बुझक्कड़ इसे अपनी जीत मान ही रहे थे कि आँखें लाल-लाल किए बड़ी भावज निकली और दहाड़ी, "आज तुम फिर बैठ गए अनाप-शनाप सुनाने। बच्चों को डराने में तुझे मजा आता है क्या? अंदर चलकर देखो, सिनी कैसे काँप रही है! लगता है, मनोहरा अभी रो पड़ेगा। सोहना सहमा हुआ है। दुनिया रूई से निकल रॉकेट पर सवार हो चाँद-सितारों की सैर कर रही है और तुम अभी तक जामुन की जड़ पकड़े बैठे हो! लानत है तुम्हारी बुद्धि-विवेक पर। बच्चों के बालमन में ऐसी बेतुकी बातें डालते तुम्हें तनिक भी शर्म नहीं आती! जरा सोचो, कभी ये बच्चे जामुन वाली परती से गुजरेंगे तो उन्हें कैसा महसूस होगा? वे डर नहीं जाएँगे? बचपन में बैठी बातें पूरी उम्र पीछा नहीं छोड़तीं। लेकिन तुम हो कि अपनी आदत से बाज ही नहीं आते। बथाने भैंस भाँय-भाँय

कर रही है। अभी तक गाय का गोबर नहीं उठा और लेकर बैठ गए उलटा-सुल्टा सुनाने। कभी तुम्हारा बढ़िया से इलाज करना होगा। तभी तुम चेतोगे।" भावज की बातें सुन काका बुझक्कड़ की सिट्टी-पिट्टी गुम हो गई। लगे ही··· ही करने और फौरन नौ दो ग्यारह हो गया।

यह एक दिन की बात नहीं थी। काका बुझक्कड़ अपनी आदत से लाचार थे। बढ़-चढ़कर बोलना और डींगें हाँकना उनकी आदत में शुमार थे। ऐसे बखान करते मानो घटना के चश्मदीद गवाह हों। ऐसे ही एक दिन दुकान से जरूरी सौदा लिये लौट रहे थे कि चौपाल पर बैठे चंद निठल्ले लड़कों ने छेड़ दिया, "काका! वह कौन जादूगरनी थी, जो राजकुमार को सुग्गा बना पिंजड़े में बैठा ली थी?" कहना था कि काका शुरू हो गए। भूल गए कि सौदा साथ है, जिसकी घर में बहुत जरूरत है। आनन-फानन में दस-बारह बच्चे भी जमा हो गए। बच्चों को देखते ही काका बुझक्कड़ की बाँछें खिल गईं। नमक में तेल मिलाकर लगे परोसने। कभी अठारह आँखों वाला राक्षस कहानी में आ जाता तो कभी हवा में हाथी उड़ने लगता। कहानी अभी जादुई जमीन तक पहुँची ही थी कि भावज आ गईं। नतीजा, कहानी बीच में ही बंद कर काका को घर की राह धरनी पड़ी। मजे की बात ये रही कि भावज उस दिन कुछ न बोलीं। अलबत्ता बच्चों को बुलाकर अलग ले गईं और देर तक बातें करती रहीं।

सरसों सूख गए तो तरस खाती तीसी भी कुम्हलाने लगी। गेहूँ की पीली होती प्यारी बालियाँ नई नवेली दुलहन-सी फाग के राग अलापने लगीं। गोया कि फागुन आ गया। दूर देस से परदेसी गाँव लौट आए। ढोल-मजीरे जिंदा हो गए। चौपाल से सटे चौमुहानी पर होलिका दहन की तैयारी होने लगी। इस बार लकड़ी काठी का सारा इंतजाम काका के कंधों पर था। एक दिन की बात है। काका बुझक्कड़ जामुन वाली परती में लकड़ी काट रहे थे। काटते-काटते साँझ हो गई। काम में मशगूल काका को समय का खयाल ही न रहा। जब पेड़ से उतरे तो अँधेरा छा गया। जल्दी-जल्दी लकड़ियों का गठ्ठर बनाए और जैसे ही चलना चाहे, पीछे पेड़ से कोई कूदा। मुड़े तब तक आगे पेड़ से कोई कूदा। अब चारों ओर से कूदने की आवाज आने लगी। काका घबड़ा गए। पीछे मुड़े तो वही कहानी जीवंत हो गई, जिसे चटखारे लेकर सुनाया करते थे। सचमुच सफेद साड़ी में कोई औरत आ रही थी। सिर के बाल घुटनों तक

झूल रहे थे। औरत अजीब आवाज निकालती आगे बढ़ रही थी। फिर ऐसी ही आवाज चारों ओर से आने लगी। काका बुझक्कड़ अपनी ही कहानी का किरदार बन गए। घिग्घी बँध गई। थर-थर काँपने लगे। जिधर मुड़ते, उधर से वैसी ही आवाज आती। काका समझ गए कि जामुन वाली परती में जुम्मन की तरह वह भी बुरे फँस गए हैं। इसके पहले कि काका बुझक्कड़ सँभलते, सफेद साड़ी वाली औरत ने धावा बोल दिया। काका गिरे और बेहोश हो गए।

सुबह सूरज निकला तो काका की आँख खुली। देखा, बिस्तर पर पड़े हैं और मनोहरा, सोहना, सिनी घेरे खड़े हैं। काका को ज्वर हो गया था सो भावज माथे पर पानी की पट्टी रख रही थीं। 'अब तबीयत कैसी है?' बड़े ही आत्मीय ढंग से भावज ने पूछा। 'लेकिन, मैं यहाँ पहुँचा कैसे? मैं तो जामुन वाली परती में पड़ा था।' काका ने भारी अचरज से जानना चाहा। भावज बड़े प्रेम से बोलीं, 'चार आदमी गए थे उठाने। पता नहीं तूने वहाँ ऐसा क्या देख लिया कि गिरकर बेहोश हो गए? कहीं ओ सफेद साड़ी वाली औरत तो नहीं दीख गई?' काका लगभग उछलते हुए बोले, "हाँ··हाँ, ओ लंबे बालों वाली औरत ही थी। मुझे मार देना चाहती थी। पता नहीं मैं बच कैसे गया?" "तुम बचे नहीं, तुम्हें बचाया गया है। ऐन मौके पर लोग न पहुँचते तो खतरा हो ही जाता। हम लोग जैसे पहुँचे, वह औरत भाग खड़ी हुई।" भावज बोल ही रही थी कि सिनी सामने आई और बड़े-बड़े बाल दिखाते हुई बोली, "हमने तो उसके बाल भी नोच लिये। ये देखो।" और, सचमुच सिनी ने बड़े-बड़े बालों को सामने रख दिया। भावज मुसकराईं और बच्चों को लिए निकल गईं।

समय बदला। काका बुझक्कड़ भी बदल गए। एक दिन बच्चों ने जिद की, "काका! सुनाओ न जामुन वाली परती की कहानी।" सुनते ही काका ऐसे भड़के जैसे भूखा साँढ़ लाल छाता देख भड़कता है। अलबत्ता काका कभी नहीं जान पाए कि जामुन वाली परती में दिखी औरत कोई और नहीं बल्कि खुद उनकी अपनी भावज थीं। और मुँह से अजीब आवाज निकालने वाले मनोहरा, सोहना और सिनी ही थे।

□

बच्चे बड़े हो गए

घड़ी पर नजर पड़ते ही माधवी की बेचैनी बढ़ गई। बाप रे, बस तो कब की आ चुकी होगी! ओफ, ये धारावाहिक भी न···! जल्दी-जल्दी दरवाजे को लॉक किया और स्टैंड की तरफ भागी। स्टैंड महज दस मिनट की दूरी पर था। पहुँची तो सचमुच बस जा चुकी थी। चारों तरफ नजर दौड़ाई, बच्चे कहीं नहीं दिखे। रामू फलवाले से पूछा, 'भैया, मनु—मानव दिखे क्या?' 'हाँ, बच्चे उतरे तो थे। लेकिन किधर गए, कह नहीं सकता।' तरबूज तौलता रामू बोला। अब तो माधवी का बुरा हाल था। भाग-भागकर इधर-उधर देखने लगी। फिर मोबाइल निकाल मानवेंद्र का नंबर डायल किया। वही घिसा-पीटा, जवाब—'इस रूट की सभी लाइनें अभी व्यस्त हैं'···कई बार कोशिश की लेकिन बात नहीं हो पाई। अनिष्ट की आशंका घर करने लगी। लगा, रो पड़ेगी। रामू गौर से देख रहा था। तभी चार नन्हे हाथों ने माधवी को पीछे से पकड़ा। अचकचाकर मुड़ी, ये मनु—मानव थे। गुस्से में तमतमाती बोली, 'कहाँ थे, तुम दोनों, मैं कब से खोज रही हूँ?' 'वाह, पहले तुम न बताओ तुम कहाँ थी, हम भी तो तुम्हें कब से खोज रहे हैं।' मनु ने छूटते ही दागा। गलती माधवी की थी लेकिन मम्मियाँ मानती कहाँ हैं! आँखें तरेरी तो बच्चे टूट गए, बता दिया कि रामू भैया फलवाले की दुकान के पीछे छिपे थे। 'घर चलो, कल उसकी भी खैरियत लेती हूँ।' अब चुपचाप चलने में ही भलाई थी। मम्मी को सरप्राइज देना महँगा पड़ गया, आज टॉफी गई हाथ से। फिर भी हिम्मत कर मानव ने टॉफी के लिए माँ को सहलाया। 'नहीं, टॉफी खाने से दाँत सड़ जाते हैं, दर्द होने लगता है फिर परसों से परीक्षा भी तो है।' मम्मी नहीं मानी। मानव मन मसोसकर रह गया। मनु को इशारा किया, तुम कुछ कहो। उसने चिप्स

के लिए चिरौंरी की। मम्मी ने सिरे से खारिज कर दिया, "चिप्स खाने से पेट में दर्द होता है। सुना न उस दिन डॉक्टर अंकल क्या कह रहे थे?" माधवी ने किसी की नहीं सुनी। लगभग खींचते हुए बच्चों को लेकर क्वार्टर पहुँची।

गए शाम मानवेंद्र पहुँचे। बच्चे स्कूल से मिले होमवर्क को पूरा कर रहे थे। हाथ-मुँह धोकर बच्चों के पास बैठ गए। माधवी चाय लाई। मानव मैथ्स की बुक्स सामने करते हुए बोला, 'पापा, आप कहीं से पूछ लीजिए, मुझे सब याद है।' मनु पर्यावरण की पुस्तक बढ़ाते बोली, 'मुझे तो लेसन एक से इकतीस तक कंठस्थ है।' मानवेंद्र जानते थे, बच्चे पढ़ने में कोई कोताही नहीं करते हैं, फिर भी उनका मन रखने के लिए दो-चार सवाल दोनों से पूछ लिए। बच्चों ने माकूल जवाब दिए। शाबाशी देते बोले, 'बस ऐसे ही पढ़ते रहो और अव्वल आओ।' 'लेकिन इस बार हमारा गिफ्ट तो मिलेगा न, पिछली बार दीदी जब अव्वल आई थी तो आपने उसे छुक-छुककर चलने वाली रेलगाड़ी कहाँ दी थी? मैं तो इस बार उड़ने वाला हेलीकॉप्टर लूँगा। बोलिए, दीजिएगा न?' मानव शिकायती लहजे में बोला। बात काटती माधवी बोली, 'तुम लोग पापा को तंग न करो। मैं वादा करती हूँ, मुँहमाँगी गिफ्ट दूँगी। शर्त सिर्फ सारे सब्जेक्ट में अव्वल आने की है।' 'नहीं, तेरी बात पर विश्वास न है। पापा कहें तो मान लेंगे।' विरोध में मानव संग मनु भी खड़ी हो गई। मानवेंद्र हँसते हुए सबकुछ मान लिए। आखिर ये बच्चे ही तो कुल जमा-पूँजी थे। इन्हीं के लिए माधवी ने अपनी नौकरी छोड़ दी थी। पापा प्रतिदिन पचास किलोमीटर की दूरी तय कर जॉब पर जाते थे। जब दोनों के वेतन साथ आते थे तो थोड़े ही दिन में फ्लैट ले लिया गया। पुरानी स्कूटर की जगह नई स्कूटी आ गई। फ्रिज, कूलर, टी.वी. और वाशिंग मशीन आसान किस्तों पर मिल गए। शहर के सिरमौर स्कूल में बच्चों को दाखिला मिल गया। सबकुछ सही होता चला गया। लेकिन मम्मी की नौकरी और बच्चों के स्कूल-टाइमिंग मैनेज न हो पाए। लिहाजा न चाहते हुए भी माधवी को नौकरी छोड़नी पड़ी। वरना, इतना तो कमा ही लेती थी, जिससे गृहस्थी की गाड़ी सरकती रहे। अब वह बात नहीं रही। खर्चे बढ़ गए और आमदनी छोटी पड़ गई। जब किस्तें टूटने लगीं तो बैंकों ने किरकिरी करनी शुरू कर दी। पहले वार्निंग आई फिर लीगल नोटिस आने लगे। नतीजा अच्छा न हुआ। औने-पौने भाव में स्कूटी बेचनी पड़ी। फ्लैट किराए पर दे

दूसरी जगह शिफ्ट करना पड़ा। इससे कुछ मार्जिन मनी मिलने लगी, जिससे किस्तों का भुगतान होने लगा। मानसिक संघर्ष ने शरीर को न बक्शा। मानवेंद्र शुगर और माधवी बी.पी. की चपेट में आ गए। अब वेतन का एक भाग नियमित रूप से जाँच व दवाओं के नाम हो जाता। लेकिन जिंदगी है सो जीनी पड़ेगी जैसे सब जीते हैं।

आज बच्चे बहुत खुश थे। पापा का इंतजार हो रहा था। मम्मी स्पेशल डिशेज बना रही थी। रिजल्ट का बल्ले-बल्ले था। बच्चों ने अपनी कक्षाओं में अव्वल आकर अपना गिफ्ट पक्का कर लिया था। सो, जब कभी डोरबेल बजती दोनों भागे जाते। पापा अपने निर्धारित समय पर आ गए। उछलकर दोनों ने अपने-अपने रिजल्ट कार्ड सामने रख दिए।

पापा खुश होकर बोले, 'वेलडन, बहुत बढ़िया। जैसे आप अव्वल आए हैं वैसे हमने भी गिफ्ट के लिए सारी तैयारी कर ली है। कल हमारी छुट्टी भी है। साथ चलेंगे। बाहर खाएँगे, खूब मस्ती करेंगे और गिफ्ट के साथ लौटेंगे।' सभी साथ में खाए। बच्चे सोने चले गए। लेकिन, आज आँखों में नींद कहाँ? कल जब छुक-छुककर चलने वाली रेलगाड़ी आएगी और उसके ऊपर से हेलीकॉप्टर सर से उड़ेगा तो कितना मजा आएगा! दोनों अपने-अपने खिलौनों की तारीफ करने लगे। कभी रेलगाड़ी भारी पड़ती तो कभी हेलीकॉप्टर ऊपर आ जाता। अंत में तय हुआ कि खिलौनों की अदला-बदली भी होगी। अब एक नई समस्या आन खड़ी हुई—रेलगाड़ी रहेगी कहाँ? उसके लिए तो प्लेटफॉर्म चाहिए। और, हेलीपैड बिना हेलीकॉप्टर उड़ेगा कैसे? तो क्यों नहीं प्लेटफॉर्म और हेलीपैड बना लिए जाए? सहमति बन गई तो काम भी शुरू हो गया। किताबों को किनारे कर काम लायक जगह बना दी गई। मानव बोला, "दीदी तेरी रेलगाड़ी को चलने के लिए हरी झंडी तो दिखानी पड़ेगी।" मनु सोच में पड़ गई, अब हरी झंडी कहाँ से आए? मानव ने ही याद दिलाया, मम्मी का हरा रुमाल किस दिन काम आएगा? बच्चे कल पर कुछ भी छोड़ना नहीं चाहते थे, सो मनु दबे पाँव मम्मी के कमरे की तरफ बढ़ी। पूरी उम्मीद थी, कि मम्मी-पापा सो गए होंगे। लेकिन ऐसा नहीं हुआ। अंदर लाइट जल रही थी। पापा कह रहे थे, "माधवी जैसे भी हो इस बार बच्चों को उनका गिफ्ट मिलना ही चाहिए। देखो, कितने बढ़िया मार्क्स लाए हैं, ए ग्रेड, ए प्लस ग्रेड!

मनु ने तो कमाल कर दिया है। मानव के मार्क्स में भी भारी इजाफा हुआ है। गिफ्ट नहीं दिया गया तो उनके कोमल मन पर भारी आघात लगेगा। फिर उनका मुझसे भी भरोसा उठ जाएगा।" अब मम्मी की बारी थी, "मैं इससे इनकार कहाँ कर रही हूँ? मैं तो सिर्फ ये कह रही हूँ, कि कल तुम्हारी सारी दवाइयाँ समाप्त हो रही हैं। परसों टेस्ट कराकर डॉक्टर से देखा लेना जरूरी है। इसमें कम-से-कम, दो-ढाई हजार रुपए तो लग ही जाएँगे। वेतन दस दिन बाद ही आएगा। ऐसे में खिलौनों पर खर्च करना कहीं से बुद्धिमानी नहीं है। बच्चे हैं, एकाध दिन रोएँगे, रूठेंगे फिर मान ही जाएँगे। लेकिन दवाओं के बिना तो एक दिन भी नहीं रहा जा सकता।" कहते-कहते मम्मी अचानक से चुप हो गई। पापा सोच में पड़ गए। फिर गंभीर स्वर में बोले, "नहीं माधवी, इस बार चाहे जो हो, भले ही दस दिन दवाओं के बिना रहना पड़े, लेकिन मैं मनु-मानव की उम्मीदों पर पानी नहीं फेरूँगा।" "ठीक है, मैंने सारी स्थिति बता दी है अब तुम्हारी मरजी जो करो।" फिर मम्मी सो गई। पापा देर तक जागते रहे। लाइट जलती रही। मनु जैसे गई थी वैसे चुपचाप लौट आई। देखा, मानव हाथों से हेलीपैड पकड़े सो गया था।

आज मानवेंद्र व माधवी आठ बजे उठे। देखा, बच्चे नहीं थे। अमूमन छुट्टी के दिन बच्चे बगल के पार्क में खेलने चले जाते थे और खूब मस्ती कर घंटे भर बाद लौटते थे। लेकिन, नौ बजे तक जब बच्चे नहीं लौटे तो मानवेंद्र चिंतित हो उठे। माधवी पार्क में गई। बच्चे वहाँ न थे। चारों तरफ देखा, अगल-बगल पूछा, पर पता न चला। लौटकर आ गई। चिंता बढ़ने लगी। तभी दोनों बच्चों ने अंदर प्रवेश किया। पापा के लिए पपीता और मम्मी के लिए अंगूर टेबल पर रखते मनु बोली। पापा, मैंने व मानव ने सोच लिया है, 'इस बार रेलगाड़ी और हेलीकॉप्टर हम नहीं लेंगे। ये आप पर उधारी रहा। आप अगले रिजल्ट पर हमें रिमोट वाला हवाई जहाज दे देना। क्या मानव!' मानव ने हाँ में सिर हिलाया। 'हाथ में क्या लिया है बेटा?' माधवी ने पूछा। मानव जिस पॉकेट को अब तक छुपाए हुए था, सामने रखा। मम्मी पॉकेट खोलने लगी। उसमें पापा-मम्मी की महीने भर की सारी दवाएँ थीं। साथ में पुर्जा भी पड़ा हुआ था। मानवेंद्र टकटकी लगाकर बच्चों को देखते रहे। माधवी खुद को रोक न सकी। बच्चों को खींचकर सीने से चिपका लिया। भर्राए गले से पूछा,

"अपने लिए कुछ नहीं लिया, कम-से-कम दो टॉफी या चिप्स ही ले लेते।" 'नहीं मम्मी, टॉफी खाने से दाँत सड़ जाते हैं।' मानव बोला। तभी मनु बोल पड़ी, 'और चिप्स खाने से पेट में दर्द होने लगता है। उस दिन डॉक्टर अंकल कह रहे थे न!' माधवी के पास कोई जवाब नहीं था। पति को ताकने लगी। मानवेंद्र ने पलकों पर छलक आए आँसुओं को पोंछते हुए कहा, 'माधवी, बच्चे अब बड़े हो गए¨ ! सुन रही हो न, हमारे बच्चे अब बड़े हो गए¨ !' माधवी अब भी मनु-मानव को निहारे जा रही थी¨ !

□

गुरुदक्षिणा

इतनी खूबसूरत कार का गाँव में आना संयोग ही था। कच्ची सड़क पर भी फर्राटे भर रही थी। सामने सड़क को कटी देखकर ड्राइवर ने गाड़ी रोक दी। पीछे सीट पर बैठी युवती ने पूछा, 'क्या हुआ?' 'जी मैम, आगे बढ़ना मुश्किल है।' दोनों साथ ही उतरे। खेतों में काम करते लोगों को ड्राइवर ने मदद की गरज से आवाज लगाई। एक नौजवान फुरती से आया और ड्राइवर को गाड़ी स्टार्ट करने को कहा। युवती बाहर ही खड़ी रही। पहलवाननुमा इस जवान के एक ही धक्के ने गाड़ी को पार करा दिया। युवती ने बड़ी शालीनता में धन्यवाद कहा और अंदर जा बैठी।

रामबढ़ाई बाबू! अब देख नहीं पाते। अरसा गुजर गए रिटायर हुए। मामूली पेंशन में भी संतोषी जीवन जी रहे थे। अपने जमाने के जाने-माने भाषा, गणित के शिक्षक। चक्रवर्ती के हिसाब और कविता कौमुदी की दोहावली कंठ में ही रहते। जब रिटायर हुए तो गाँव वाले पालकी में बिठाकर विदा करने आए थे। कई दिन तक चर्चा होती रही। आज स्नान ध्यान करके बैठे ही थे कि दरवाजे पर कार आ लगी। गाड़ी देख कुछ और लोग भी जमा हो गए। युवती बाहर निकली और एक सरसरी निगाह से पूरे परिवेश को देखा।

जिंदगी के जज्बों को जमीन देने वाले गुरु को पहचानने में चूक नहीं हो सकती। दौड़कर रामबढ़ाई बाबू के पैरों पर गिर पड़ी। कुछ बोल न सकी सिर्फ रोती रही। रामबढ़ाई बाबू को कुछ सूझा नहीं, फिर भी हिम्मत कर माथे पर हाथ फेरा, पूछा, 'तुम कौन हो बेटी?' बड़ी मुश्किल से बोल पाई, 'जी, मैं जिउती! रामधेनी की बेटी!' नहीं समझ पाए रामबढ़ाई बाबू! अस्सी वर्ष

की अवस्था में यादें भी साथ छोड़ने लगती हैं। "याद कीजिए गुरुजी। आज से ठीक पच्चीस वर्ष पहले मैं आपकी दर्जा तीन की छात्रा थी।"

अतीत के आईने में अक्स उभरने लगे। उस दिन रामबढ़ाई बाबू दर्जा तीन में हाजिरी ले रहे थे—रोल न. 25 ? कोई आवाज नहीं आई। फिर नाम लेकर पुकारा —जिउती! पूरी कक्षा खामोश।

चश्मा उतार नजर दौड़ाई। जिउती आज नहीं आई थी। कारण पूछे जाने पर एक लड़के ने बताया कि जिउती का लगन हो गया, पंद्रह दिनों बाद उसकी शादी है, गोया कि जिउती का स्कूल आना बंद···। अपनी होनहार छात्रा को गुरुजी खोना नहीं चाहते थे। सो दस पंद्रह छात्र-छात्राओं को साथ ले पहुँच गए रामधेनी के घर।

गुरुजी का संकेत पा बच्चे अंदर घुसे और जिउती को बस्ता सहित बाहर ले आए। फूल-सी बच्ची दौड़कर गुरुजी से लिपट गई। फिर सबने स्कूल की राह फिर से पकड़ ली। लोग टकटकी लगा ताकते रह गए। दूसरे दिन पंचायत बैठी। लेकिन गुरु के गुरुत्तर भार के सामने पंच पसेरी पसंगें में भी न आ सके और एक बाल अपराध होने से बच गया। जिउती जहाँ खड़ी थी, वहाँ की जमीन साबुत बच गई थी। और उड़ने के लिए पूरा आसमान बाकी था। और उसने लंबी उड़ान भरी। आज वही जिउती मेडिकल कॉलेज की सहायक प्राध्यापक बन अपने गुरु के चरणों में पड़ी हुई थी।

अतीत स्पष्ट हो चुका था। रामबढ़ाई बाबू अपनी शिष्या के सफर का हाल सुन बड़े प्रसन्न हुए, वहीं जिउती अपने गुरु की दशा देखकर अंदर से हिल गई। तभी पहलवाननुमा जवान ने आकर कंधे का कुदाल रखा। आहट सुन गुरुजी ने एक-दूसरे का परिचय कराया—ये गुरुजी के पुत्र बाँकेबिहारी थे। संस्कार विरासत में मिले थे। उसी ने गाड़ी को धक्के देकर मदद जो की थी। अब बारी जिउती की थी।

गाड़ी फर्राटे से भागी जा रही थी। शाम के पहले शहर जो पहुँचना था। कल गुरुजी की आँखों का ऑपरेशन वह खुद करने वाली है। साथ बैठा पहलवान बाँकेबिहारी सोच रहे थे—'क्या 'गुरुदक्षिणा' कुछ ऐसी ही होती है··· ?"

□

बक्कन का नगाड़ा

नगाड़े के उस्ताद बक्कन नाम के उलट खामोशी पसंद इनसान थे। मुहर्रम का मातम हो या महावीरी मेला, अखाड़े का आगाज ही बक्कन के नगाड़े से होता था। नगाड़े पर चोट मार जब ताल काटते तो खिलाड़ी का जोश दूना हो जाता। कहते हैं कि सोनपुर के दंगल में ऐसा नगाड़ा बजाया कि अठाररह साल के छोकरे ने नामी पहलवान को पटखनी दे मारी। नकद इक्यावन रुपए का इनाम पा कई दिन तक चर्चा में बने रहे।

बक्कन का नगाड़ा सिर्फ मेला मजमा में ही न बजा, एक बार आधी रात को भी बज गया। नींद से बेजार लोग भागे बक्कन की ओर, मालूम हुआ—तराई गाँव में डाका पड़ा है। भीड़ ने भारी शोर किया और डकैतों को भागना पड़ा।

ऐसा ही एक बार ठीक दुपहरिया में बजा। लोग भागे आए। इस बार भीषण आग लगी थी। लोगों ने मिल-जुलकर आग पर काबू पा लिया। जब कोशी में नाव पलटी तो इसी नगाड़े ने लोगों को जमा कर दर्जनों की जान बचा ली। लोग वाह, वाह कह उठे। नगाड़ा, नगाड़ा न होकर 'समय का सायरन' बन गया।

कहते हैं, बक्कन किसी काम से बाहर गए हुए थे। इस बीच बड़ी घटना घटी। आधी रात को कोशी ने करवट ली और सबकुछ स्वाहा हो गया। घर द्वार, बीबी और बच्ची बह गए, लंपट लहरों के साथ। बक्कन को मलाल रहा कि, जिस गाँव को अकेला वो बचाते रहे, उसी के परिवार को पूरा गाँव मिलकर नहीं बचा सका। कहते हैं, इसके बाद ही वे खामोश रहने लगे। उनके साथ ही खामोश हो गया उनका नगाड़ा भी।

कहते हैं, बाबूराम काका के दरवाजे से उस दिन बारात लौट गई, बेचारे दहेज की पूरी किस्त चुका नहीं पाए थे। और कुसुम ने मारे लोक लाज के कोशी में कूदकर अपनी इह लीला समाप्त कर ली। पूरे गाँव में मातम पसर गया। बक्कन की खामोश नजरों में उस दिन बड़ा आक्रोश देखा गया।

सख्त वक्त गुजरता गया। उस दिन बक्कन ने अपनी खामोशी तोड़ दी। लगे नगाड़ा बजाने। भीड़ लगने लगी। मजमा बन गया, फिर मजमा मेला बन गया। लोगों ने एक-दूसरे का हाथ थाम लिया। कारवाँ बन गया। लोग वाह, वाह, बक्कन कह उठे। आखिर बक्कन ने खामोशी तोड़ी भी तो एक सामाजिक सरोकार के लिए। वह दिन था—21 जनवरी, 2018…। जब पूरा बिहार सड़कों पर उतर आया, दहेज दानव को दूर भगाने के लिए और बना डाली विश्व की सबसे बड़ी ऐतिहासिक मानव-शृंखला।

□

समधन तोहे साल मुबारक

ज्ञान बाबू की गिनती गिने चुने लोगों में होती थी। महकमे के बड़े अफसर आदर करते थे। छोटे उन्हें अपना रोल मॉडल मानते थे। नौकरी के पच्चीस साल बड़ी ईमानदारी से जिए थे। बड़ी बेटी रीना की शादी को लेकर चिंतित थे। वैसे बड़े-बड़े काम का निपटान हो गया था। दहेज की पहली किस्त चुकाई जा चुकी थी। पाँच लाख नकद कोई मामूली रकम नहीं होती। सर्विस की जमा-पूँजी खिसक गई थी। मारुति 800 के लिए बैंक तैयार था। बारात के स्वागत के लिए मगजमारी कर रहे थे। सुशीला पति की बेचैनी को पिछले पंद्रह दिनों से देख रही थी। कितना बदल गए हैं! अब तो टहलने भी नहीं जाते। आज सुबह चाय रखकर बोली, मैरेज हॉल की बुकिंग का क्या हुआ? ज्ञान बाबू 'हाँ' में सिर हिलाए और डायरी में देर तक कुछ लिखते रहे। तभी किसी ने दरवाजा खटखटाया। सुशीला ने बढ़कर दरवाजा खोला। सामने अजनबी को देख पीछे हट गई।

अब ज्ञान बाबू खुद में लौटे। पूछे, 'जी! मैंने पहचाना नहीं।' आगंतुक ने अपना परिचय दिया, 'मैं बेलापुर से आया हूँ। किशोर बाबू ने इसे आपको देने के लिए मुझे भेजा है।' अपशकुन की आशंका ने ज्ञान बाबू के साथ पूरे परिवार की साँसें रोक दी। काँपते हाथों से लिफाफे को पकड़ा। फिर हकलाते हुए पूछे, 'बेलापुर! किशोर बाबू! लेकिन बात क्या है? हिम्मत कर लिफाफा खोला। अंदर वही पाँच लाख का ड्रॉफ्ट था। जिसे उन्होंने महीने भर पहले दहेज के रूप में किशोर बाबू को दिया था।' ज्ञान बाबू से कुछ बोलते नहीं बना। सो सुशीला की तरफ लिफाफा बढ़ा दिया। सिर झुका सोचने लगे, 'ओह! किशोर बाबू को ऐसा नहीं करना चाहिए। अब तो कार्ड भी बँट गए हैं।' सुशीला तो

संज्ञाशून्य सी हो गई थी। कल कौन सा मुँह लिये बाहर जाएगी? लोग क्या कहेंगे? सदमे में बेटी ने कुछ उलटा-सीधा कर लिया तो···! भगवान! अब तू ही कुछ···!

इतने में फोन की घंटी बजी। ज्ञान बाबू और सुशीला एक-दूसरे को देखने लगे। कोई न उठा। बेटी जो अब तक दरवाजे की ओट में खड़ी थी, बाहर आई और फोन उठा ली। "हेलो, मैं बेलापुर से किशोर बोल रहा हूँ। ज्ञान बाबू हैं?" उधर से आवाज आई। बेटी ने इशारे से माँ को बुलाया। पापा बाजी हारे जुआरी की भाँति बैठे ही रहे। सुशीला ने फोन थामा। 'जी, मैं सुशीला बोल रही हूँ। ज्ञान बाबू की···।' उधर से चहकती आवाज आई—'समधन जी! नया साल मुबारक हो।' 'क्यों, किस बात का मुबारक हो? दहेज की रकम लौटाकर, रिश्ता तोड़कर!' आवाज भर्रा गई सुशीला की। गंभीर स्वर में किशोर बाबू बोले, समधन जी! मैंने दहेज की रकम लौटाई है। रिश्तों की थाती को यथावत सँभालकर रखा है। बारात उसी दिन जाएगी। लेकिन बाराती अब 20 ही रहेंगे।

पति-पत्नी, एक-दूसरे का मुँह देखने लगे। इतने बड़े बदलाव का कारण समझ से परे था। किशोर बाबू बोलते गए, 'कल नाके पर दहेज विरोधी एक नुक्कड़ नाटक देखा। सच कहता हूँ, समधनजी, नाटक ने अंदर तक हिला दिया। नतीजा आपके सामने है। अब ज्ञान बाबू भी सुशीला के पास आ गए थे। किशोर बाबू की बातें सुन आँखें गंगा-जमुना हो गईं। देखा, बेटी आगंतुक के सामने चाय रख रही थी। सुशीला के चेहरे पर मुद्दतों बाद नैसर्गिक आभा लौट आई थी।

उधर किशोर बाबू दोहराए जा रहे थे—"समधन तोहे साल मुबारक···!"

□

दानेदार

बात उन दिनों की है, जब नेट मोबाइल नहीं हुआ करते थे। हाल समाचार के लिए चिट्ठियों पर निर्भर रहना पड़ता था। कन्या के लिए वर ढूँढ़ना टेढ़ी खीर जैसा हुआ करता था। महीनों मशक्कत के बाद भी काम बनना आसान नहीं था। घर मिले तो वर नहीं और वर मिले तो घर नहीं। कृपाल बाबू इसी गरज से हर हफ्ते कई कोस का चक्कर लगाते। पुराने लोग थे, लेकिन देखते दूर की थे। आखिर बेटी ब्याहनी थी। सो जाँच-परख करना जरूरी था।

बेलापुर में खानदानी लड़के का पता चला था। अच्छे मुहूरत में चले और जब सुरज माथे पर चढ़ा तो गाँव के सीमाना में आ पहुँचे। लड़के वाले के घर का हुलिया पता किया और आ बिराजे। एक सज्जन ने आने का प्रयोजन पूछा और उचित आदर-सत्कार किया, बैठाया, सुंदर जलपान कराया फिर हाथ जोड़ विनम्रता से बोले, "भाई साहब, दरअसल आपको जिनके यहाँ जाना है, उनका घर दस मकान बाद पड़ेगा।" कृपाल बाबू ने बड़े गौर से उस सज्जन को देखा। कोई बात नहीं, मैं अपने छोटे बच्चे को साथ लगा देता हूँ, वह आपको वहाँ तक पहुँचा देगा।

मासूम बच्चे ने उनकी उँगली पकड़ ली। दोनों आगे बढ़े। बच्चे ने कहना शुरु किया, "जानते हैं, बाबू जी, जिनके घर आपको जाना है न, वे लोग हमारे दुश्मन हैं, मुकदमा चलता है, इसीलिए मेरे बाबूजी ने खुद नहीं आकर मुझे भेजा है।"

राह चलते कृपाल बाबू ने बड़े प्यार से बच्चे के माथे पर हाथ फेरा और बोले, "बेटा, मैंने सोच लिया, बेटी इसी गाँव ब्याहूँगा। अब तुम जाओ, फिर झटके से लड़के वाले के द्वार की तरफ बढ़ गए।" मूँछों पर ताव फेरते बोले—"जिसके दुश्मन इतने दानेदार हैं उसके दोस्त कैसे होंगे?"

□

कहानी एक संगतराश की

लखनऊ और उसकी शाम अपनी तहजीब, नजाकत व नफासत के लिए जाने जाते हैं। सुबह चाहे जैसी हो, दिन चाहे जैसे गुजरे, लेकिन शाम का रूमानी हो जाना लाजमी है। खैर, उस शाम की तो बात ही निराली थी। राष्ट्रीय ललित कला केंद्र अलीगंज की आर्ट गैलरी के पीछे पसीने से सराबोर प्रेम पत्थरों पर लगातार हथौड़े चलाए जा रहा था। पिछले दो पखवारे से दिन-रात मेहनत का नतीजा था। कि अनगढ़ पत्थरों से निकल मुजस्समा अब मुसकराने लगी थी। झील-सी उकेरी गहरी आँखों में शरमो-हया की लहरें रह-रहकर उठने लगी थीं। कमान-सी तनी भौहें लरजती नदी की भँवरों सी लग रही थीं। बिंदास बैठे होंठ बोलने को बेकरार हुए जा रहे थे। प्रेम के हाथों में गजब का हुनर था। दाँए से देखो तो मूरत मायूस दिखती थी। बाएँ बैठ जाओ तो खुशगवार नजर आती थी और सामने खड़े हो जाओ तो लगता, जैसे अभी बोल पड़ेगी। देखने के लिए कला संकाय के विद्यार्थियों का हुजूम लगा रहता। सब भूरी-भूरी प्रशंसा करते। हालाँकि मुजस्समा अभी पूरी तरह तराशी नहीं गई थी। बारीकी के काम बाकी थे। बावजूद सब अभी से कयास लगाने लगे थे कि प्रेम परीक्षा में अव्वल आएगा। माँ-बाबू के सपने और अपने अरमानों को पंख देकर परवाज करने की मुफीद जगह मिल गई थी। सो, लगातार लगा रहा। आज जब भीड़ छँट गई तो उसने भर नजर मुजस्समे को निहारा। फिर एक लंबी साँस ली और उठना चाहा। तभी दो कदमों की धमक सुनाई दी। पलटकर देखा, ये संपा थी। फाइन आर्ट एंड क्राफ्ट की तेजतर्रार युवती। निहायत ही शरीफ वे संस्कारी। लेकिन, आज उसका अंदाज बदला हुआ था। प्रायः सामान्य लिबास में रहने वाली संपा आज खास लखनवी सफेद चिकन

की कुरती में कहर बरपा रही थी। मेल खाते दुपट्टे में सौंदर्य निखर आया था। आई और देर तक मुजस्समे को निहारती रही। फिर मूरत के करीब खड़ी हो गई। संपा का यह अंदाज दिल को छू गया। प्रेम ने देखा तो देखता ही रह गया। हालाँकि संपा यहाँ अकसर आया करती थी, लेकिन आज का अंदाज तो कुछ और ही था! प्रेम की नजरें हटने का नाम नहीं ले रही थीं। तभी संपा बोल पड़ी, "ऐसे टकटकी लगाकर क्या ताक रहे हो? मैं तो तेरी मूरत की मुद्रा में ढलने की कोशिश कर रही हूँ।" अब प्रेम बोला, "इस अंदाजे कयामत को देखकर तो मूरत भी शर्मा जाए। आप क्या किसी की नकल करेंगी?" उस मुजस्समा और उसे गढ़ने वाले संगतराश का सौभाग्य होगा, जो आपकी तनिक छाया भी अपने कैनवास पर उतार सके। सुनकर संपा खिल-खिलाकर हँसी और बोली, "प्रेम, मेरी छाया क्या कैनवास पर उतारोगे, मैं तो तेरे सामने खड़ी हूँ, मुझे ही तराशो न!" फिर वह छुई-मुई सी भाग खड़ी हुई। प्रेम उसे जाते देखता रहा। फिर आँखें बंद कर लीं। लगा, जैसे झील के ठहरे हुए पानी में किसी शरारती बच्चे ने अनायास कंकड़ फेंक दिया हो। जैसे, सितार के सारे तार एक साथ झंकृत हो गए हों। जब आँखें खोली तो संपा ओझल हो चुकी थी, लेकिन आर्ट गैलरी से गुजरते उसके कदमों की आहट देर तक आती रही⋯!

समय पंख लगाकर उड़ चला। प्रेम मशहूर मूर्तिकार बना। देश के कोने-कोने में उसकी अनूठी कलाकृतियाँ लगीं। पत्र-पत्रिकाओं में अकसर उसकी कला सुर्खियाँ बटोर लेती। माँ-बाबू की रजामंदी से पायल जैसी खूबसूरत जीवन-संगिनी मिली। शादी के बाद दोनों दार्जिलिंग घूमने गए। कुदरत की खूबसूरत वादियों में पखवारे भर रहे और लखनऊ होते हुए लौटे। पायल की जिद पर प्रेम उसे ललित कला केंद्र घुमाने ले गया। दोनों अलीगंज के गेस्ट हाऊस में ठहरे। प्रेम जैसे ख्यातिप्राप्त मूर्तिकार का आना अब बड़ी बात थी। खबर कानोकान पूरे कैंपस में फैल गई। मिलने वाले सीनियर-जूनियर का तांता लग गया। प्रिंसिपल के विशेष अनुरोध पर शाम को सभा-भवन में कार्यक्रम रखा गया। समय से पहले ही हॉल खचाखच भर गया। सभी प्रेम को सुनना चाहते थे। उसके लिए भी यह अनूठा अनुभव था। पायल पति को मिल रही प्रतिष्ठा पर निछावर हुए जा रही थी। खैर, निर्धारित समय पर कार्यक्रम शुरू हुआ।

पहले प्रिंसिपल सर ने छात्र-छात्राओं को संबोधित किया और प्रेम के छात्र—जीवन की उपलब्धियों पर प्रकाश डाला। फिर कार्यक्रम संचालन के लिए फाइन आर्ट एंड क्राफ्ट फेकल्टी का नाम पुकारा। प्रेम को यह सुनकर सुखद आश्चर्य हुआ कि संचालन करने आ रही महिला कोई और नहीं बल्कि संपा ही थी। और सचमुच संपा ने समां बाँध दिया। प्रेम की मेहनत को ऊँचा मकाम देते हुए खूब नवाजा। संचालन के क्रम में जब मुसकराकर देखती तो प्रेम पर अजीब कैफियत तारी हो जाती। प्रेम ने गौर किया, संपा की आँखों के नीचे झुर्रियाँ पड़ गई थीं। काली नागिन से लहराते बाल कहीं-कहीं सफेद पड़ गए थे। कार्यक्रम चलता रहा और सभी सम्मोहित से सुनते रहे। प्रेम ही नहीं पायल को भी खूब नवाजा गया। कार्यक्रम समाप्त हुआ तो रात्रि के नौ बज रहे थे। पायल जहाँ पति की उपलब्धियों पर गर्व कर रही थी वहीं प्रेम को यह जानकर सदमा सा लगा कि संपा ने अब तक शादी ही नहीं की। ढेरों जूनियर्स गेस्ट हाऊस तक छोड़ने आए।

दरभंगा जाने वाली ट्रेन थोड़ी देर में खुलने वाली थी। प्रेम ने भर नजर स्टेशन को निहारा। फिर दोनों बर्थ पर जाकर बैठ गए। तभी संपा आई और पायल को फूलों का गुलदस्ता भेंट करते हुए बोली—भाभी, लखनऊ फिर आइएगा। आप भाग्यशाली हैं, जो प्रेम जैसे पति को पाया। दुनिया प्रेम को आले दर्जे का संगतराश कहती है। अनगढ़ पत्थरों से मुजस्समे निकाल उसे तराशने की कला इन्हें खूब आती है। भगवान इनकी कला में दिन दूनी रात चौगुनी तरक्की दें। हम लोग तो सिर्फ ये सोचकर ही जुड़ा जाते हैं कि कभी इनके साथ पढ़े भी थे। लेकिन कुछ चूक हो गई। कुछ अनगढ़ पत्थरों को बिना गढ़े ही चले गए, शायद उनसे भी कोई मूरत निकल आती! उसे तो तराशना ही भूल गए! खैर, यह जिंदगी ही ऐसी है भाभी। यहाँ ऐसी भूल-चूक होते रहती है···! पायल ने पति को देखा। प्रेम ने आँखें बंद कर ली थीं। शायद संपा को देखने की हिम्मत नहीं रही। उधर ट्रेन ने खिसकना शुरू किया। प्लेटफार्म छूटने लगा। फिर उसने रफ्तार पकड़ ली। पायल ने देखा, संपा अभी भी हाथ हिलाए जा रही थी···!

□

हाय री होली

होली का दिन था और तिजहरिया ढल रही थी। मगर होली नजर नहीं आ रही थी। सभी अपने घरों में बंद थे। कस्तूरी की बेचैनी बढ़ती जा रही थी। सुनैना पकवान पकाकर नहाने जा रही थी तभी कस्तूरी पहुँची और बोली—"दीदी, इतनी जल्दी नहाने जा रही हो। क्या होली न खेलोगी?" पीढ़ा बढ़ाती सुनैना बोली—"कोई रंग डाले तब न! अब वो बात कहाँ रही? एक समय था जब तीन दिन पहले से घर से निकलना मुश्किल हो जाता था। दिन क्या, रात में भी लोग रंग डाल जाते थे। अब तो सूखे-सूखे होली ऐसे सरक जाती है जैसे सुपर फास्ट किसी छोटे हाल्ट पर खड़े पैसेंजर को अँगूठा दिखाती सर्र से निकल जाती है!" "हाँ दीदी, तब कितना नीक लगता था। दस दिन पहले से फगुआ शुरू हो जाता। बाप रे! होली के दिन तो किस्म-किस्म के गीत-गवनई होते थे! देवर लोग तो भगवाने घर से भौजाई पर कापी राइट लेकर आए हैं बाकि बुढ़ऊ लोग भी होली के दिन बउरा जाते। धत्, वैसी होली अब कहाँ?" सुनैना सुनाने लगी—"जुम्मन चाचा जब ढोलक पकड़ लेते और बागेसर बाबा झाल धर लेते तो पूरा गाँव उमड़ पड़ता।" याद है, पहले शिवजी का सुमिरन होता—'बम भोला हो लाल, कहवा रंगवल पागरिया···।' फिर होता—'बँगला में उड़ेला अबीर, आहो बाबा, बाबू कुंअर सिंह तेगवा बहादुर, बँगला में उड़ेला अबीर···!' सुनैना से रहा न गया सो सुर में गाने लगी। फिर कस्तूरी टोकी—"दीदी, तब होली में धमार, झुमरा, जोगीरा, लटका और आखिर में चटनी गाई जाती थी। सुनकर सगरी देह में सुरसुरी समा जाती। जब 'खेलब होरी हो खेलब होरी, आज अइहें मोर बलमुआ खेलब होरी'···गाया जाता तो मन मयूर नाच उठते थे।" ओह, कस्तूरी तो जैसे गुजरे जमाने में खो

गई। सुनैना ने टोका—"पहपट होता तो पेट में बल पड़ जाते—'पाँच रुपैया पिया पटना से भेजेले, हँसुली गढ़ाई कि छवाई बँगला, असरेसवा में चुवेला हमार बँगला⋯।' रात गुजर जाती मगर होली खत्म होने का नाम न लेती। अंत में गाया जाता—'सदा आनंद रहे एही द्वारे, मोहन खेले होरी हो⋯!' आ खिर बरस-बरस के तेवहार को कोई क्यों अकारथ जाने दे? लिहाजा गाँव जवार होली के रंग में रम जाता। लगता, आसमान से अबीर, गुलाल और रंगों की बारिश हो रही है! खैर अब तो युग बदला, आदमी बदले और बदल गए परब तेवहार।" कस्तूरी बात काटते बोली—"अब देखो ना, होली के नाम पर सगरी लड़का-लड़की लोग गाँव आया है। तिजहरिया ढल रही है, लेकिन कहीं किसी का अता-पता नहीं है?" "मगर ये सब हैं कहाँ?" सुनैना उत्सुकता वश पूछी। मुँह बिचकाती कुस्तुरी बोली—"हूँह, होंगे कहाँ? सब अपने-अपने मोबाइल में समाए हैं। आ रही थी तो देखी, सारी लड़कियाँ बिंदा के दुआरे बैठी हैं और अपना-अपना मोबाइल निहार रही हैं। ऐसे ही लड़का लोग बिपिन बाबा के बथाने मजलिस जमवले हैं और मोबाइल में खोए हैं। पता ना, बित्ते भर के मोबाइल में ये सब क्या निहारते हैं? सोमेशवा से पूछी तो बोला—'साथी-संगियों को होली के मेसेज भेज रहे हैं।' मन तो किया कि मोबइलवे छिन के फेंक दे। रे, जब यही करना था तो पटना, पंजाब और लुधियाना से आया क्या करने?" देर तक दोनों बतियाती रहीं। फिर उठीं तो चेहरे की मुसकान चौड़ी हो गई थी।

बिपिन बाबा के बथान पर सचमुच जमावड़ा था। बैठे तो सब साथ थे, लेकिन किसी-से-किसी को कोई मतलब नहीं था। कोई व्हाट्सएप्प में खोया था, कोई मैसेंजर में डूबा हुआ था। बाकी बचे बेचारे फेसबुक के तिलस्मी संसार में समाए हुए थे। तभी छपाक सी आवाज आई। लगा, आसमान से बादल का टुकड़ा सिर पर आ गिरा। थोड़ी देर के लिए कुछ न सूझा। लेकिन, हमला इतना सटीक था कि तीर निशाने पर लगा। जब नजरें उठीं तो सामने सुनैना व कस्तूरी भाभियाँ खिल-खिलाकर हँस रही थीं। जोर का झटका धीरे से लगा तो छवछेदिया जींस से लेकर चेहरे भी रंगीन हो गए। फिर तो भाभियों ने भागना शुरू किया। बिना देर किए दूसरा हमला बिंदा के दुआरे हुआ। सारी लड़कियों के हाथ से मोबाइल फेंका गए। सब

रंगों में नहा गईं। अब मूड होलियाना हो गया। फिर तो होली ने अपना रुख पकड़ लिया। देखते-देखते सारा गाँव रंगीन हो गया। गीत, गवनई शुरू हुए तो रात भर चलते रहे। भोर हो रही थी। सुनैना के दुआरे जब टोली पहुँची तो होली ने बीहड़ रूप धर लिया। बागेसर बाबा ने तारसप्तक में ऊँचा सुर लगाया—'अंखिया भइले लाल, अंखिया भइले लाल, एक नींद सुते दऽ बलमु हो, अंखिया भइले लाल··· !' उधर कस्तूरी की मुसकान गहरी होती जा रही थी। आखिर उसने युवा-पीढ़ी को तिलस्मी संसार से निकाल असलियत के धरातल पर जो ला पटका था··· !

□

डोरबेल

डोरबेल बजते ही बेटा चहक गया लो पापा आ गए, आज मुझे खेलाने के लिए बाहर ले जाएँगे। सो चहककर दरवाजा खोला। लेकिन, यह क्या, ऑफिसियल फाइलों के साथ लौटे पापा धड़ाम से सोफे पर पसर गए। नहीं बेटा, आज नहीं फिर कभी खेलने चलेंगे, देखो—कितने जरूरी काम हैं, पहले इन्हें···। बेटा जानता था कि पापा यही कहेंगे सो चुपचाप चला गया। ऐसा तो रोज होता था। लोरी सुनाकर सुलाने वाली माँ अब थोड़े जिंदा थी कि अरमानों को पंख लगते। खुद को कमरे में बंद कर लिया उसने।

पापा फाइलों में उलझ गए। कोई घंटे भर बाद उन्हें बेटे की सुध आई, पूछा—बेटा होम वर्क कर लिया? जी, कर लिया।···फिर वही पापा की फाइल और बेटे की उदासी, दोनों साथ-साथ चलने लगे। कुछ दिन ऐसे ही चलते रहे···।

आज बेटा खुश था, पापा ने वादा किया था कि आज खूब मस्ती होगी, सिर्फ मस्ती। सो डोरबेल का बेसब्री से इंतजार कर रहा था। समय पर पापा आ गए। बेटे की खुशी तब और बढ़ गई जब उसने पापा को पहली बार बिना फाइल के देखा। "तो पापा, आप जल्दी से हाथ-मुँह धोकर तैयार हो जाइए, खेलने चलना है न?" बिल्कुल खेलेंगे, लेकिन बाहर नहीं, यहीं घर में। ऐसा है बेटा कि एक जरूरी फाइल मिल नहीं रही है, उसे ढूँढ़ना है, बस मुझे सिर्फ घंटे भर का समय लगेगा। बेटे को घंटे भर के लिए कैसे अलग किया जाए···? क्या किया जाए की बेटा बुरा भी न माने और उसे अलग कर काम कर लिया जाए? पापा स्टोर रूम से कोई पुराना अखबार उठा लाए। पन्ने पलटे, सामने

के पेज पर 'बिहार' का नक्शा बना था, शायद वहाँ का कोई विज्ञापन था, जो बिहार के मैप पर बना था।

पापा ने पेज से बिहार के मैप को अलग कर बेटे को दिखाया, फिर बिहार के टुकड़े-टुकड़े कर बेटे को सौंपते हुए कहा—जा, सादे कागज पर गोंद से बिहार को पहले जैसा बना दे फिर खेलते हैं। बेटे ने बिहार के दर्जनों टुकड़ों को सावधानी से उठाया और अपने कमरे में चला गया। इधर पापा खोई फाइल खोजने लगे। बेटे को घंटे भर के काम में लगा जो दिया था…।

लेकिन यह क्या… ? बेटा 10 मिनट में बिहार को यथावत जोड़कर ले आया। और, बोला—देखिए पापा, मैंने बिहार को फिर से जोड़ दिया, अब तो चलिए। लेकिन तूने इतनी जल्दी यह किया कैसे? दरअसल मैप के टुकड़ों को गौर से देखने पर मैंने देखा कि बिहार के नक्शे के पीछे किसी इनसान की आकृति बनी थी। मैंने इनसान के अंगों को अंगों से जोड़ दिया। जैसे ही इनसान खड़ा हुआ, मैंने पन्ने पलटकर देखा—बिहार खड़ा हो चुका था…।

अब पापा की हालत देखने लायक थी।

बोले—चलो कहीं खेलने चलते हैं। और हाँ, आज खाना भी उधर ही खाएँगे…।

□

कच्चे आम

आज चीकू का रिजल्ट आने वाला था। गोबिंद और मानवी ने उससे टूनटुनिया साइकिल के वायदे कर रखे थे, शर्त सिर्फ क्लास में अव्वल आने की थी। पापा के स्कूटी पर पीछे बैठे चीकू की चहक बढ़ती जा रही थी। जबकि पति-पत्नी के बीच खामोशी तारी थी। कितनी मेहनत की थी दोनों ने चीकू को लेकर। दो-दो ट्यूशन लगाए। ऑफिस से छुट्टी ले पापा ने मैथ्स से मोर्चा सँभाला तो मम्मी अंग्रेजी से भिड़ी रहीं। दादी ने रामायण की चौपाइयाँ चीकू को सिखाने की कोशिश जरूर की, लेकिन उसे सिरे से खारिज कर दिया गया। अलबत्ता होमवर्क जरूर अपडेट रखा गया। कच्ची नींद चीकू को जगाने की सारी टेक्निक मानवी को खूब आती थी। अलसाई आँखों के साथ चीकू जब शहर के बड़े स्कूल की बस पकड़ता तो मानवी खुद को खास समझने से बाज नहीं आती। ये बात दीगर है कि यहाँ एडमिशन लेने के लिए गोबिंद के तीन जोड़ी जूते घिस गए थे।

क्लास-एक आज बच्चों से कम, पैरेंट्स से ज्यादा भरी थी। अंग्रेजी मैम ने कक्षा में प्रवेश करते ही चीकू को घूरा—यू आर टेन मिनट लेट। गो एंड सून टेक योर सीट। चीकू, मैम के तेवर से परिचित था सो चुपचाप अपनी सीट की तरफ बढ़ गया। पति-पत्नी भी साथ हो लिये। गजब माहौल था क्लास रूम का! बच्चे मस्त और पेरेंट्स पस्त। टीचर ने घड़ी देखी और बच्चों को बुला-बुलाकर उनके रिजल्ट बाँटने लगी। जब चीकू की बारी आई तो वह भी दौड़कर रिजल्ट ले लाया और पापा को सौंप दिया। पापा-मम्मी रिजल्ट देखने लगे। और, बच्चे अपने पेरेंट्स से मिलने वाले गिफ्ट्स की चर्चा में मशगूल हो गए। चीकू भी खासा खुश था। टूनटुनिया साइकिल जो मिलनी थी!

"सत्यानाश!" गोबिंद ने मानवी को अंग्रेजी की कॉपी दिखाई। इसमें 'सी' ग्रेड था। मानवी ने भी गोबिंद की तरफ मैथ्स की कॉपी सरकाई। इसमें भी 'सी' ही ग्रेड था। दोनों एक-दूसरे की कमी निकालने लगे। श्वेत श्याम आँखें जब लाल होने लगती हैं तो खामियाजा अकसर बच्चों को भरते देखा गया है। मासूम मन समझ गया कि टूनटुनिया हाथ से गई।

लौटते समय किसी ने कोई बात नहीं की। सीधे घर आए। दरवाजा खुलते ही चीकू भागकर दादी के पीछे छिप गया। पहली दफा उसने मानवी की आँखों में ममता की जगह लाल अंगारे देखे थे। बाप की तरफ तो उसने देखने की हिम्मत ही न की। दादी चीकू को लेकर अपने कमरे में चली गईं। पूछा, क्या हुआ बेटा? चीकू सिर्फ'''रिजल्ट'''ही बोल पाया और सुबक-सुबककर रोने लगा। घंटों रोता रहा। मम्मी-पापा में से कोई पूछने तक नहीं आया। अलबत्ता दादी के आँचल ने कोई कमी न होने दी और, चीकू सो गया'''।

उधर पति-पत्नी निढाल पड़े थे। किसी ने कुछ नहीं खाया। अदने से रिजल्ट ने बड़ा बवाल खड़ा कर दिया। क्या जवाब देंगे! परसेंट और परसेंटाइल के युग में बेचारा 'सी' ग्रेड कहाँ ठहरता'''! मारे फिकर के मारे जा रहे थे दोनों।

घड़ी ने जब पाँच बजाए तो दादी से रहा नहीं गया और सब्जी लेने निकल पडीं। अकसर ये काम मानवी ही करती थी, लेकिन आज की बात तो कुछ और थी। चुप्पी गोबिंद ने ही तोड़ी। देखो, माँ सब्जी लेने जा रही है। 'तो तुम क्यों नहीं चले जाते' पुरकस जवाब मानवी का था। समझौता के हालात अभी बन नहीं रहे थे। दादी कोई घंटे भर बाद लौटीं। किचेन में सब्जी रखते बोलीं—बहू, हाथ-मुँह धो लो, तब तक मैं चाय लाती हूँ। गोबिंद तुम भी आ जाओ। मानवी झटके से भागी और माँ के हाथ से बरतन ले चाय बनाने लगी। उधर माँ ने झोले से आम निकाले। बारीकी से उन्हें धोया और काटकर थाल में रखने लगीं। इतने में गोबिंद भी आ गए। पीले-पीले आम देख भूख की शिद्दत बढ़ गई। सीजन से पहले सुनहले आम। तीनों बैठ गए। चीकू सोता रहा।

माँ, चीकू को जगा लूँ? खाने से पहले मानवी ने माँ से पूछा। नहीं बहू, उसे सोने दो। गोबिंद और मानवी ने साथ ही खाना शुरू किया। लेकिन यह

क्या, आम हलक से नीचे नहीं उतर सका। ऐसा लगा, मानो, आम नहीं धतूरा खा लिया हो। दोनों साथ ही बेसिन की तरफ भागे। कई बार कुल्ली की, तब जाकर स्थिति सामान्य हुई। बैठते हुए उलाहने भरे शब्द में गोबिंद बोले, "माँ, कहाँ से ये विषैले आम उठा लाई?" "मैं जानती थी कि तुम यही कहोगे, इसीलिए सिर्फ पाव भर लाई।" मैं समझा नहीं, तुम कहना क्या चाहती हो? "बैठ बेटा, चाय पीकर स्वाद सही करो, फिर खुद विचार करो।"

"समय से पहले पकाए आम जब कुदरती स्वाद नहीं दे सकते, कार्बाइड की करामात स्थायी नहीं हो सकती तो बित्ते भर के बच्चे का बचपन छीनकर उसे विद्वान कैसे बनाया जा सकता है? बहुत ज्यादती की है तुम दोनों ने मेरे चीकू के साथ। मैं तो सिर्फ तीन माह से हूँ यहाँ। इत्ते में सबकुछ देख लिया। आज जो बच्चे विपरीत परीक्षा परिणाम आने पर माँ-बाप का सामना करने की बजाय मौत का सामना करना आसान समझते हैं, वे तेरे ही जैसी सोच का नतीजा है। एक मिडिलची माँ तुझे क्या समझा सकती है। पता है मेरा चीकू··· आज रिजल्ट···कह घंटों रोता रहा। शायद उसे बुखार भी न आ जाए।" इत्ता सुनते ही मानवी चीकू के तरफ भागी। सचमुच देह गरम थी। दोनों को अपनी भूल का एहसास हो चुका था। गोबिंद दवा लेने जाने लगे। माँ ने रोक दिया, "बेटा, माँ-बाप की आँखों में पनपा प्यार, बुखार क्या, बहुतेरी बीमारियों में लाभदायक होता है। और सुनो, चीकू आज से मेरे ही पास सोएगा। दादा-दादी, नाना-नानी की कहानियाँ भले बीते युग की बात हो गईं, लेकिन उनके वर्तमान का प्यार हमेशा-हमेशा बच्चों का भविष्य ही सँवारेगा। चाय पी ले बेटा ठंडी हो रही है।" कहते हुए दादी चीकू के पास चली गई।

रात लंबी तन गई। चीकू का सामना करने की हिम्मत दोनों में न रही। जब आँख खुली तो पहर भर सूरज चढ़ गया था। चीकू टूनटुनिया साइकिल की सवारी कर रहा था। यह भी दोनों के लिए झटका ही था। लेकिन साइकिल आई कहाँ से? जी हाँ, दादी ने ही मँगवाई थी। आखिर दादी की पेंशन किस दिन काम आती। सरकारी स्कूल के शिक्षक की पत्नी जो ठहरीं।

□□□